THE LIGHT BETWEEN OCEANS

大洋之间的光

M.L. STEDMAN

[英] M.L. 斯特德曼——著
石靓亮——译

CNS
湖南文艺出版社
HUNAN LITERATURE AND ART PUBLISHING HOUSE
博集天卷
CS-BOOKY

图书在版编目（CIP）数据

大洋之间的光 /（英）M. L. 斯特德曼（M. L. Stedman）著；石靓亮译. — 长沙：湖南文艺出版社，2018.1
书名原文：The Light Between Oceans
ISBN 978-7-5404-8351-7

Ⅰ. ①大… Ⅱ. ① M… ②石… Ⅲ. 长篇小说—英国—现代 Ⅳ. ① I561.45

中国版本图书馆 CIP 数据核字（2017）第 252733 号

著作权合同登记号：图字 18-2017-245

上架建议：畅销 • 外国文学

DAYANG ZHIJIAN DE GUANG

大洋之间的光

作　　者：[英]M.L. 斯特德曼（M.L.Stedman）
译　　者：石靓亮
出 版 人：曾赛丰
责任编辑：薛　健　刘诗哲
监　　制：蔡明菲　邢越超
策划编辑：马冬冬　刘宁远
特约编辑：蔡文婷
版权支持：文赛峰
营销支持：张锦涵　李　群　姚长杰
版式设计：梁秋晨
封面设计：尚燕平
出版发行：湖南文艺出版社
（长沙市雨花区东二环一段 508 号　邮编：410014）
网　　址：www.hnwy.net
印　　刷：三河市华东印刷有限公司
经　　销：新华书店
开　　本：880mm × 1230mm　1/32
字　　数：270 千字
印　　张：11
版　　次：2018 年 1 月第 1 版
印　　次：2021 年 7 月第 3 次印刷
书　　号：ISBN 978-7-5404-8351-7
定　　价：45.00

质量监督电话：010-59096394
团购电话：010-59320018

目录 //

Contents

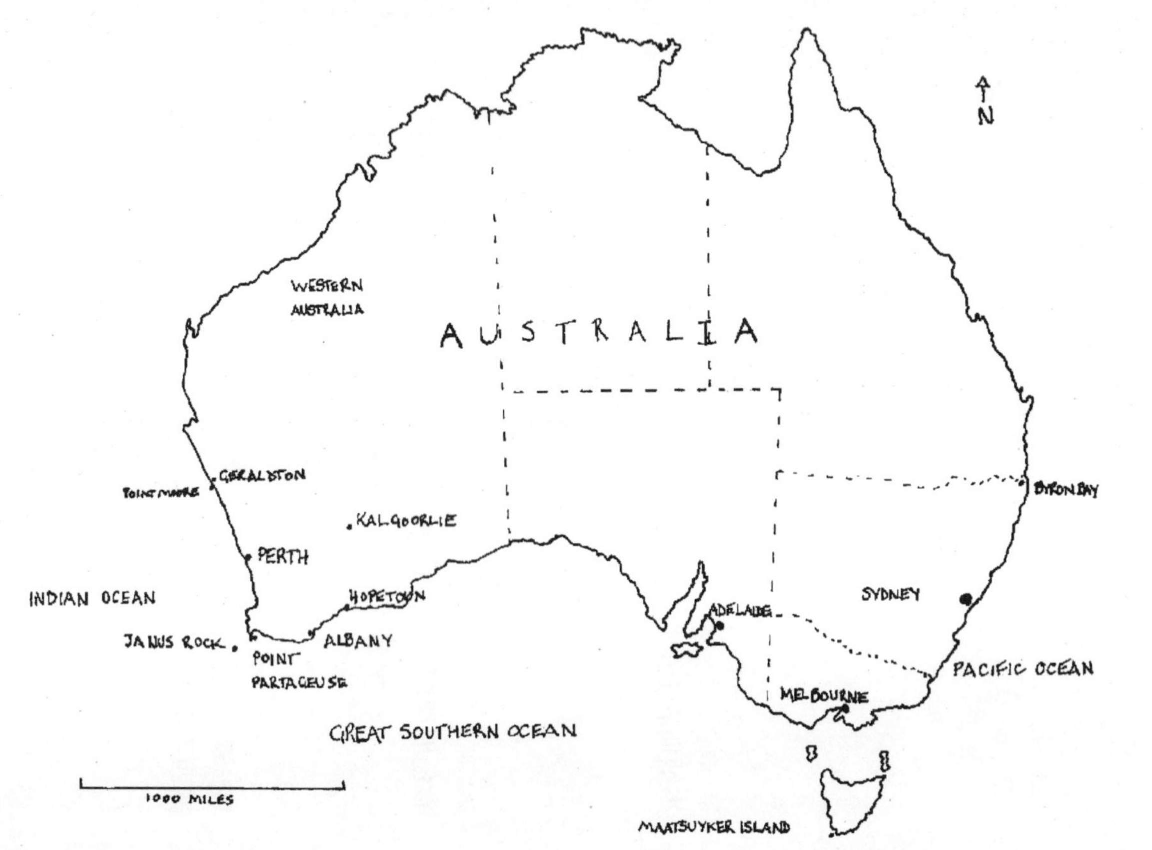
N
AUSTRALIA
WESTERN AUSTRALIA
GERALDTON
POINT MOORE
KALGOORLIE
PERTH
INDIAN OCEAN
HOPETOUN
JANUS ROCK
ALBANY
POINT PARTAGEUSE
GREAT SOUTHERN OCEAN
1000 MILES
ADELAIDE
SYDNEY
BYRON BAY
PACIFIC OCEAN
MELBOURNE
MAATSUYKER ISLAND

第一部

杰纳斯岩上的灯塔

/

亲爱的伊莎贝尔：很幸运，我没有被吹走，也没有被冲到海里（或是别的什么地方）去。我见到过很多鲸鱼，但它们迄今为止都没想吃我，我想大概是因为我不太好吃。

一九二六年四月二十七日。

奇迹降临的那一天，伊莎贝尔正跪在峭壁边缘，望着那架小小的用浮木新制成的十字架。四月末的天空里，一朵厚厚的白云缓缓飘过，绵延于这个岛的上空，倒映在如镜子般的海面上。她给刚刚种下的迷迭香丛洒了些水，轻轻拍打着周围的泥土。

“……请指引我远离诱惑，救赎我于邪恶。”她低语。

一瞬间，她仿佛听到了婴儿的啼哭声。她甩开这个幻觉，眼神被一群在海面游弋的鲸鱼吸引了去，它们正在游往更温暖的水域繁衍后代，时而能看到它们的尾巴摆动着露出海面，好似在织锦上飞针走线。在清晨的微风中，她又听到了那个哭声，这一次，那哭声更响了。这不可能。

从岛的这一侧望出去，是烟波浩渺的海洋，直直地通往非洲。印度洋和南太平洋在这里交汇，峭壁下，这一片海犹如无边无际的地毯般向外延伸。海面是如此平静，仿佛静止一般，她甚至觉得自己能够踏上这蓝色的旅程，走向马达加斯加。而从岛的另一面往回看，海水波涛汹涌，一百英里之外是大洋洲大陆。这个岛不与大陆相连，却又离陆地很近。

一连串海底山脉从海底升起，在海平面上突起，那些最高的山峰就好像锯齿状下腭骨上的一排牙齿，仿佛在等待海浪最终冲击海港的时刻，好吞噬那些无辜的船只。

仿佛是要赔罪似的，这个岛——杰纳斯岩上有一座灯塔，她散发的光束覆盖了方圆三十海里，为经过这里的船只保驾护航。每个夜晚，她就在那里，旋转着，旋转着，发出持续而稳定的嗡嗡声，似在空气中低吟，公平，没有偏见，不责怪岩石，也不惧怕海浪。她在那里，履行着她为拯救而生的使命。

啼哭声还在继续。远远地，传来灯塔门的叮当声。汤姆高大的身影出现在瞭望台上，他用望远镜扫视了整个岛。“伊奇！”他大声喊道，“有条船！”他指着海湾，“在海滩上，有条船！”

他消失在瞭望台上，过了一会儿，出现在了一楼。“好像有人在里面。”他叫道。伊莎贝尔以最快的速度与他会合，他握住她的手，他们沿着一条陡峭的小径往那小小的海滩走去。

“是一条船没错，”汤姆说道，“还有，噢，天哪！这儿有个人，但是……”那个人一动不动，但哭声仍很响亮。汤姆冲向那条小船，想要叫醒那个人，然后他循着声音的来源到船头处搜寻。他从那里抱出一个毛织的包裹，那是一件柔软的淡紫色的女式开衫，包裹着一个小小的尖声大哭的婴儿。

“天哪！”他大喊，“我的天哪，伊奇。这是……”

“一个孩子！噢，我的上帝啊！噢，汤姆！汤姆！这里——把孩子给我！”

他把包裹递给她，再一次试图让那个陌生人苏醒过来，但是他已经没有呼吸了。汤姆看向伊莎贝尔，她正在查看那个孩子。

“他死了，伊奇。孩子怎么样？”

“看起来没事，身上没有割伤或擦伤。他是那么小！”她说道，转脸望向手中抱着的婴儿，“好了，好了，没事了，现在没事了，小宝贝。你安全了，你这个美丽的小东西。”

汤姆一动不动地站着，想着那个人的尸体，他紧紧地闭上了眼，又睁开，确信自己不是在做梦。孩子已经停止了啼哭，在伊莎贝尔的怀抱里大口大口地呼吸着。

“那家伙的身上看不出任何问题，看起来也不像是生病。他不可能漂流那么久……真是让人无法相信。”他停了停说，“你把孩子抱到屋里去吧，伊奇，我去找点东西把尸体盖起来。”

“但是，汤姆……”

“我一个人没办法把他弄上去，只好先把他留在这里，等救援来了再说。我先用些帆布把他遮盖起来，不然他一定会被鸟或者苍蝇盯上。”他说得很冷静。秋日的阳光很明亮，但是渐渐地，有阴影遮挡了阳光，他的双手和脸感觉到了凉意。

杰纳斯岩是一块一平方英里的绿地，岛上的青草足够喂养一些绵羊、山羊和少量的鸡，也有足够的土壤维持最基本的菜园。岛上仅有的树是两棵高耸入云的诺福克松树，三十多年前，也就是一八八九年，来自帕特吉乌斯的船员们在此建造灯站时种下它们。一片古老的墓碑群记录了在那之前发生的一次海难，伯明翰的“骄傲”号沉没在这片凶险的岩石间。后来，有船只从英格兰带来了灯站上的灯源。

环岛的洋流会带来各种各样的东西——漂浮物和被抛弃的废物打着旋，好像在双螺旋桨中间似的，还有各种残骸、茶叶罐和鲸骨。这些东西会以各种各样的方式随时出现。而灯站始终坚定地矗立于正中间，看守人的小屋和其他屋子则守在灯塔旁边，历经几十年的风吹雨打。

厨房里，伊莎贝尔坐在老旧的桌子前，怀里抱着那个婴儿。门口的垫子上，汤姆正慢慢地脱去他的靴子，他走进来，满是茧子的手搭上她的肩膀。“我已经用帆布把那个可怜的人遮盖起来了。这个小东西怎么样了？”

“是个女孩，”伊莎贝尔微笑着说，“我给她洗了个澡，她看起来很健康。”

那孩子被他的注视吸引住了，大大的眼睛转向他。“她究竟经历了什么呢？”他问道。

“我还给她喝了一些牛奶呢，是吧，小宝贝？”伊莎贝尔柔声地说，好似在问那个孩子，“噢，她真是太……太美了，汤姆。”她说着，亲吻了孩子，“天知道她都经历了什么。”

汤姆从松木橱柜上拿了一瓶白兰地，给自己倒了一小杯，一饮而尽。他坐在妻子身边，看着她脸上散发的光芒。她全神凝视怀里的宝贝，而那孩子的眼睛也紧紧地盯着伊莎贝尔的每一个动作，仿佛只要她一移开目光，伊莎贝尔就会跑掉似的。

“噢，小宝贝，”伊莎贝尔低吟，“可怜的、可怜的小宝贝。”孩子把脸紧紧地埋入她的胸前。汤姆听到伊莎贝尔的声音中带着哽咽，那段回忆仿佛又回来了，无形地弥漫于他们之间。

“她喜欢你。”他说。然后，他几乎是在自言自语：“让我想起以前，我们也曾经有可能这样。”他飞快地补充：“我的意思是……我不是说……

你看起来天生就该如此，就是这个意思。”他抚摸着她的脸颊。

伊莎贝尔抬起头看了他一眼。“我知道，这是爱。我知道你的意思，我也有同样的感觉。”

他伸出双臂抱住她们。伊莎贝尔闻到了他呼吸中白兰地的味道。她喃喃地说：“噢，汤姆，感谢上帝，让我们及时找到了她。”

汤姆亲了亲她，然后将自己的双唇印在孩子的前额上。三个人就这样待着，很久很久。直到孩子开始扭动，一只小拳头从软软的黄色绒毯中伸出来。

“好了，”汤姆站起来，伸展了一下身子，“我去发信号，报告一下那条船，让他们派艘船来运尸体。另外，还得告诉他们这里有个幸存者。”

“不要！”伊莎贝尔说，她抚摸着孩子的手指，“我的意思是，不用那么着急去做这件事。那个可怜的人现在还不会怎么样。我想说，这个小家伙坐船坐得够多了。让她在这里待一会儿，让她喘口气。”

“他们到这儿要好几小时。她会没事的，你已经让她安静下来了。”

“再等等吧。早晚写报告反正也都一样。”

“这些都要写进日志的，亲爱的。你知道的，碰到这类事情，我必须马上报告。”汤姆说。这是他的职责，记录灯站上或灯站附近的每一起重大事件，包括过往船只、天气，以及设备问题。

“明天早上再报告，好吗？”

“但是，万一这条船是来自一艘大船呢？”

“这是一条小船，不是救生艇。”她说。

“孩子的妈妈可能正在岸边等着她，翘首以盼呢。如果孩子是你的，你会是什么感觉？”

“你看到那件羊毛开衫了。孩子的妈妈一定已经掉下船淹死了。”

“亲爱的，我们不知道任何关于她妈妈的事情，也不知道那个男人是谁。”

“但这个可能性最大，不是吗？婴儿是不会离开父母的。”

“伊奇，任何事情都有可能。我们只是不知道发生了什么。”

“你什么时候听说过一个小宝宝会待在一条船里，身边没有妈妈？”她抱紧了孩子。

“这件事很严重。那个人死了，伊奇。”

“可孩子还活着。发发善心吧，汤姆。”

她的语调里，有什么东西打动了他。他没有再出言反驳，而是静静思考起来。出乎寻常地，这一次他开始考虑接受她的恳求。也许她需要和孩子待一段时间。也许这是他欠她的。

他们沉默着，伊莎贝尔转过脸来望着他，无声地恳求着。“我想，必要时……”他让步了，费了很大的劲才把话说出来，“我可以……到明天早上再发信号。但这是明早的第一件事，灯塔的光一熄灭就发。”

伊莎贝尔亲吻了他，紧紧握住了他的胳膊。

“我先回灯室去了，整流管还没有换好。”他说。

他沿着小路走向灯塔时，听到伊莎贝尔甜美的歌声，她唱道：“南风轻轻吹，轻轻吹，轻轻吹，南风轻轻吹过美丽的蓝色大海。”那歌声很悦耳，却无法给他带来安慰。他爬上灯塔的楼梯，心里隐隐感到有些不安。

第一章

一九一八年十二月十六日。

“是的，我知道。”汤姆·舍伯恩说。此时，他正坐在一个简陋的房间里，里面几乎跟外面一样闷热。悉尼夏天的雨猛烈地打在窗子上，路上的行人急匆匆地四处找地方躲雨。

“我的意思是会很艰苦。”坐在办公桌对面的男人前倾了身子，强调道，“这件事不轻松。我并不是说拜伦湾的职位是所有灯站中最艰苦的，但我还是希望你能明白你即将面临的情况。”他用大拇指压紧烟丝，点燃了烟斗。汤姆的申请信和当时其他很多人的并没有太多不同：生于一八九三年九月二十八日，战争期间服役于军队，具备国际电码和摩尔斯密码方面的经验，身体健康，光荣退役。条例里有规定，应优先考虑退伍军人。

“那里不会——”汤姆停下来，又重新说道，“恕我冒昧，考夫兰先生，那里应该不太可能比西方战线更艰苦。”

考夫兰又仔细地看了看汤姆的退伍文件，然后看着他，想从他的眼睛里，从他的脸上读出些什么。“你错了，年轻人。但是从战场的角度来看你也许是对的。”他开始列举一些规定，“你需要自己支付任职所需的交通费。作为救援人员，你没有假期。长期雇员可以在每个为期三年的合同结束时享有一个月的休假。”他拿起笔，在面前的表格上签好字。他一边在印泥上来回滚动着印章，一边说道：“欢迎——”他在文件的三个地方盖好章，“加入联邦灯塔服务体系。”表格上，“一九一八年十二月十六日”的字样油光闪亮，墨迹未干。

汤姆在新南威尔士海岸线上的拜伦湾做了六个月的救援工作，灯站上还有另外两位看守人和他们的家人，他们教会了汤姆在灯塔上最基本的生活方式。后来，汤姆又在马特苏克岛生活过一段时间。马特苏克岛是塔斯马尼亚南部的荒岛，在那里，一年之中大部分时间都是雨季，暴风雨来的时候，岛上的鸡都会被吹进海里。

在灯站，汤姆·舍伯恩经常会回忆起那场战争。他会想起那些曾站在他身边的同伴，那些面孔、那些声音、那些用各种方式挽救过他生命的人；会想起那些在他耳边留下的临终遗言和喃喃细语，即使有些他无法听清，但在当时，无论是什么要求，他都会点头答应。

战争中，有些人脚筋断裂，有些人的内脏如鳗鱼般从体内滑出，有些人的肺部则因为气体中毒而严重损伤。虽然汤姆没受这些伤，但是他同样伤痕累累。他如行尸走肉般生活着，每每被忙碌的事情左右，但内心始终笼罩着战争带来的阴影。

他试着不去想那些事情，他曾目睹太多的人因为那场战争而变得无比糟糕，所以他选择了这样一份默默无闻的工作继续生活。他依然会梦到那些年，只是在他的梦里，经历那一切的汤姆，双手沾满鲜血的汤姆，还是一个八岁大的男孩。梦里，正是这个小男孩，在面对敌人时，拿起了枪杆和刺刀，奋起反抗。梦里，他无时无刻不在担心。他的校袜滑了下来，如果要把袜子拉好他就必须先把枪放下，可是他还太小，几乎无法抓牢那把枪。梦里，他无法找到他的妈妈。

后来，他醒了。他在的地方，只有风、海浪、灯塔和那部复杂的机器，它让火持续地燃烧，让灯不停地转动。那盏灯，它总是在那里，转啊、转啊、转啊……

他多想远离那些人，远离那些记忆，或许，只有时间能够帮他。

数千里之外的西海岸上，杰纳斯岩是这块大陆上距离汤姆儿时的故乡悉尼最远的地方。一九一五年，汤姆乘坐军队的运兵蒸汽船驶向埃及，整个澳洲最后消失在他视野里的就是杰纳斯灯塔发出的光。那一年，运兵船驶离奥班尼，桉树的气味跟随着他们飘荡了数英里，然后逐渐远离。汤姆忽然很难过，觉得自己失去了一些东西，而那时他还不知道自己以后会怀念这些东西。几小时后，他看到了那道光，来自他渐行渐远的祖国，每五秒钟闪一次，真实而坚定。后来，这段记忆一直伴随着他，就好像一个告别吻，伴随着他度过了后来几年炼狱般的生活。一九二〇年六月，他听说杰纳斯岩上有一个紧急的职位空缺，这个消息就仿佛当年的那道光，一直在召唤着他。

杰纳斯岩地处大陆架的边缘，那里的职位向来不受欢迎。杰纳斯岩的工作艰难程度为一级，虽然薪水略高，但有经验的人都说不值得。杰纳斯岩上的前一任看守人是特林布·多切蒂。特林布曾报告，他的妻子使用彩色的信号旗向过往的船只发送信号。此事一度引起过争议。当局对此不满的原因有二：第一，灯塔管理局副局长在几年前曾禁止杰纳斯灯塔使用信号旗发送信号，认为这会给船舶带来危险，因为船舶需要航行至很近才能破译这些信号；第二，上级是在特林布的妻子去世以后才知道这件事情。

此事使往来于弗里曼特尔和墨尔本的信件大量增加，这些信件一式三份，连同弗里曼特尔管理局副局长的辩护信一起发往墨尔本总部，副局长在信中为多切蒂做了辩护，并表扬他多年来的杰出服务，但总部更关心的问题是效率、成本和是否遵守了规定。双方最终达成了折中方案：向杰纳斯岩派遣一位临时看守人，而给予多切蒂六个月的病假。

“我们一般不会把一个单身男人派到杰纳斯去——那里实在太偏远了，有妻子等家人在身边会好很多。”这里的地区官员对汤姆说道，“但鉴于这只是一个临时性的工作……你两天后就得出发前往帕特吉乌斯。”他一边说，一边为汤姆登记了六个月的时长。

没有太多东西需要整理，也不需要跟任何人告别。两天后，汤姆背着简单的行囊，踏上了登船的舷梯。“普罗米修斯”号从悉尼出发，终点是珀斯，沿着澳大利亚的南海岸航行，中间停靠各个港口。面朝船头的上层甲板上是为头等舱乘客预留的舱位。汤姆在三等舱，同舱的还有一位老水手。“我坐这趟船五十年了，他们居然还有脸让我付钱。运气不好，你懂的。”那个人兴致勃勃地说着，但很快，他便不再与汤姆说话，因为他的注意力回到那一大瓶酒精超标的朗姆酒上。为了躲开酒气，汤姆养成了白天到甲板上散步的习惯。到了晚上，总有人在甲板底下打牌。

人们往往拥有基本的判断力，一眼就可以看出谁曾上过战场，谁没有。这些人属于哪一类人，一看便知。他们每一个人依然保有自己的特色。待在船舱里的日子让汤姆回想起当年，那艘运兵船将他们带往中东，后来他们又去了法国。船在中东和法国靠岸时，他们几乎拥有了动物般的嗅觉，能够推断出谁是军官，谁的级别较低，谁去过哪些地方。

与在运兵船上一样，大家总要找点乐子，让旅途变得不那么枯燥。这次的游戏大家都很熟悉。第一个从头等舱乘客那里拿到纪念品的人就是赢家。说是纪念品，可不是随便什么东西都行。这次指定的物品是一条女士内裤。“如果她正穿着那条内裤，奖金就翻倍。”

领头的是一个叫作麦高文的男人，他留着小胡子，抽忍冬牌香烟，手指因为抽烟被熏成了黄色。他说他问过一个服务员，这次的乘客名单使他们的选择非常有限。头等舱一共只有十个舱位，其中包括一个律师和他的妻子（对这一对，他们最好敬而远之）、几对老年夫妇、两个老姑娘（这两个很有希望），最好的目标是一个有钱人的女儿，她这趟是独自旅行。

“我觉得我们可以从边上爬上去，然后从她的窗户进去。”他大声说道，“谁跟我一起去？”

汤姆当然知道这种游戏有多危险。他回来以后听过太多诸如此类的事情。有些人会冒着生命危险去做一些疯狂之事——在铁路道口飞快地跳过栅栏，游泳时游到激流处看他们能否从那里穿过去。太多在战场上死里逃生的人似乎都很容易沉迷于死亡的诱惑。这些人现在大都没有工作，满嘴胡言乱语。

第二天晚上，汤姆的噩梦比往常更加厉害，为了摆脱这些噩梦，他决定去甲板散散步。凌晨两点钟，甲板上没什么人。所以，他不慌不忙地踱着，欣赏迷人的月色。月光流泻，倾洒在海面上。他爬上上层甲板，船身轻微地摇晃着，他抓住楼梯扶手，在最顶端站了一会儿。微风徐徐，他尽情地呼吸新鲜空气，仰望着漫漫星空。

他的眼角瞥到有一丝光线从一间客舱中微微透出。就算是头等舱的乘客也会偶尔失眠，他这样想着。忽然，第六感警醒了他，这种熟悉却莫可名状的直觉告诉他可能有麻烦了。他悄悄地往那个客舱走去，透过窗子往里看。

昏黄的灯光下，他看到一个女人直挺挺地贴在墙壁上。尽管她面前的男人并没有碰触到她，但她依然手足无措地靠在那里。那个男人离她的脸只有一英寸，色眯眯地盯着她。这种表情汤姆见过太多。汤姆认出了这个人，他在下层甲板看到过他。汤姆想起了奖金的事情。这些浑蛋！他伸手去推门。

“放开她。”他迈进了船舱，语气很冷静，没有任何回旋余地。

那男人转过身来，也认出了汤姆，他咧嘴一笑。“上帝！我还以为是管理员呢！来帮忙吧，我只是……”

“我说放开她！你出去。现在。”

“但我还没搞定。我只是要让她高兴高兴。”这人满嘴的酒气和烟臭味。

汤姆用力抓住他的肩膀，那男人疼得叫了出来。他比汤姆矮六英寸左右，但他仍然挥拳朝汤姆打过来。汤姆抓住他的手腕一拧。“姓名和军衔！”

“麦肯齐。二等兵。CX 3277。”汤姆并未问他的编号，他却条件反射似的报出了口。

“二等兵，向这位年轻的女士道歉，然后回到你的铺位上去，靠岸之前不准再出现在甲板上，明白了？”

“是，长官！”他转向那个女人，“请原谅，小姐。我没有任何恶意。”

那个女人依然还处于惊吓之中，她轻轻地点了点头。

“现在，出去！”汤姆说。那人猛地清醒过来，泄了气，慢吞吞地走出客舱。

“你还好吗？”汤姆问那个女人。

“我……我想是的。”

“他有没有伤害你？”

“他没有——”她对他，也这么对自己说道，“——他其实没有碰到我。”

他观察着女人的脸——她灰色的眼睛现在看上去已经平静下来，深色的头发松散地披着，手指依然紧紧地抓着睡衣领口。汤姆伸手从墙上的挂钩上拿下她的晨衣，披在她的肩膀上。

“谢谢你。”她说。

“你一定吓坏了。有些人似乎已经忘记该怎样文明待人了。”

她没有说话。

“他不会再来骚扰你了。”他扶起刚才冲突时被推翻的椅子，“要不要告发他取决于你，小姐。我想说，他已经不是从前那个人了。”

她不解地看着他。

“战场会改变一个人。它会让人失去辨别是非的能力。”他转身离开，但走到门口时，他回过头来，“你有很充分的理由可以指控他。但是我想他的麻烦可能已经很多了。不过，决定权还是在你身上。”然后，他的身影便消失在门口。

第二章

帕特吉乌斯得名于来自法国的探险家，这些探险家早在一八二六年，英国对西澳大利亚开始殖民统治之前，就将大洋洲大陆西南角突出的海角部分绘入了地图。从那以后，北起奥班尼，南至天鹅河殖民地，居住者开始慢慢地向中间绵延数百英里的原始森林迁移。高耸入云的树木被砍伐，建起了牧场。白种人带着他们的夏尔马队在这块土地上一寸一寸辟出狭窄的小道。这块曾经人迹罕至的处女地，被砍伐、被焚烧、被勘测、被丈量、被割据。淘金者一心想在这个半球碰碰运气，无论等待他们的是绝望、死亡，还是他们做梦也想象不到的财富。

帕特吉乌斯的人们就好像微风中的无数颗尘埃，飘浮到这里，然后在两大洋交汇的地方安定下来。这里有丰富的淡水资源、一个天然的海港和肥沃的土地。尽管这里的港口无法与奥班尼的相比，但是对当地运送木材、檀香或者牛肉的船只来说非常方便。小公司迅速涌现，并在这里扎根，好像长在岩石上的青苔一般。渐渐地，镇上有了一所学校，一些不同宗教不同建筑风格的教堂，许许多多的砖石房子，还有很多用挡风舷和锡建造的房子。再后来，又有了各种各样的商店，市政厅也建了起来，甚至还有了一个供货商代理机构。镇上还出现了很多酒吧。

在帕特吉乌斯发展的起步阶段，人们有个心照不宣的执念：真正重要的大事只会发生在别处。外面世界的新鲜事像雨水滴落枝叶一般不断传入帕特吉乌斯，不是零碎的片段，就是捕风捉影的传说。电报线路在一八九〇年时被接入帕特吉乌斯，更加速了新闻的传播，还有一些人装上了电话。一八九九年，帕特吉乌斯镇向德兰士瓦派遣了军队，小部分牺牲在了那里。但是，总体而言，帕特吉乌斯的生活更像是一出串场的小节目，在这里不会有什么凶险的剧情，也不会发生太精彩的事情。

西部其他城镇的情况就不一样了，比如卡尔古利。卡尔古利位于数百英里之外的内陆，地表为沙漠覆盖，却坐拥地下黄金之河。人们推着手推车在卡尔古利镇淘金，然后开着用猫一样大小的金块买下的汽车离开这里。讽刺的是，这个小镇只有一半的街道拥有诸如“大富豪”之类的名字。这个世界需要卡尔古利所拥有的东西。而帕特吉乌斯能提供的木材和檀香微不足道，无法为它带来卡尔古利般的光鲜和繁荣。

到了一九一四年，情况发生了变化。帕特吉乌斯发现它也有一样世界需要的东西。那就是男人。年轻的、健壮的男人。一直依靠伐木或者耕地过活，生活艰辛的男人。他们将成为另一个半球战争祭台上的牺牲品。

但一开始，一九一四只是一个出现在军装徽章和皮革上的年份。一年以后，帕特吉乌斯的人们才真正感觉到他们的生活发生了改变，不再如串场的小节目那般简单。这一年，女人们珍爱着的那些人——她们身材魁梧的丈夫和儿子没有回来，她们开始收到电报。电报带来了令人震惊的消息，那些男孩，她们曾为他们喂过奶、洗过澡，也曾责罚过他们，为他们伤心过，而今他们——他们——都不在了。电报的小纸片从她们手中跌落，被吹散在刀锋般尖利的风中。帕特吉乌斯最终融入了这个世界，与这个世界一起经历这一次阵痛。

失去孩子是人生必须经历的一种苦痛。没有人能为这件事情打包票，即使怀孕了，孩子也未必能够安全降生；或者，生下来了也未必能够活得很久。一条生命要足够健康，足够幸运才能分享这个世界，这是自然规律。不信的话，你可以翻开任何一本家庭圣经，你一定能从中找到答案。再看看那些墓地吧，它们也在讲述那些死去的孩子的故事，他们或许是因为被蛇咬了，或许是因为发高烧，亦或许是从马车上跌下，最终都在他们母亲“嘘，嘘，小宝贝”的哄骗下渐渐失去了生息。活下来的那些孩子对家里的餐桌上忽然少了一个成员这种事情已经习以为常，就像他们也早已习惯为新降生的弟妹腾出一个空位。跟种麦子一个道理，地里种下的总比收获的多，上帝似乎故意在人间多种下很多很多孩子，然后在某个神秘的时间收获他们。

镇上的公墓总是真实地记录下这些逝去的生命。墓园里的墓碑就像松散的沾满污垢的牙齿一般歪歪斜斜地立着，上面如实记载那些生命流逝的原因，流感、溺水、车祸，甚至雷击。然而，在一九一五年，公墓也变得不那么诚实了。这个地区的男性大量死去，而当地的墓园却没有任何变化。

真相是那些年轻的尸体都躺在万里之外的泥地里。当局做了他们能做的：在条件和战力允许的情况下，他们为那些尸体挖下墓穴；尽最大可能凑齐一副尸骨，视作一个单独的士兵，为他们每一个人举行下葬仪式，并保留记录。后来，他们给这些坟墓拍了照片，一个家庭可以花两英镑一先令六便士购买一块官方纪念牌。再后来，战争纪念馆拔地而起，不是为了安放亡灵，而是为了纪念那些亡灵用生命换取的胜利。胜利当然是一件大好事，但是，“用死亡换来的胜利，”有些人喃喃自语，“那是多么卑微的胜利。”

这个地方像极了千疮百孔的瑞士芝士，这里没有男人。其实这里没有征兵制，也没有人逼迫他们走进战争。

每个人都把那些活着从战场归来的人叫作“幸运儿”，可是，战争跟他们开了最残酷的玩笑。他们是回来了。孩子们打扮得漂漂亮亮，迎接他们回家。连狗的颈圈上也系了丝带，分享主人们的快乐。第一个发觉异样的往往是家里的狗。它发现它的主人不只是眼睛瞎了或是失去了一条腿，因为即使他就坐在它的面前，它仍然觉得他的灵魂不在这里，他的整个人仿佛已经消失在战争的硝烟中。比如来自萨德勒伐木场的比利·韦希特，家里有三个小家伙。他不在的时候，他的妻子像一个男人般独自支撑着这个家庭，她完全有理由对他的归来满怀期待，可是他中了毒气，拿不稳勺子，他的手不停地抖啊抖，勺子里的汤汁如除草机的草沫般飞溅出来，洒得满桌都是。因为手抖得厉害，他甚至无法自己解开扣子。夜晚与他妻子独处时，他不脱衣服，整个人在床上蜷缩成一团，不停哭泣。另一个年轻人山姆·多赛特，他是第一次加里波利登陆的幸存者，不料却在布里阔特的战役中失去了双臂，半边脸毁容。他的母亲是一个寡妇，担心得整夜无法入睡，她害怕在她离开人世后，没有人照顾儿子。她知道这里不会有姑娘傻到嫁给她的儿子。这些人都失去了太多，心里空空落落的。

很长时间里，人们脸上都是一种表情，就是玩游戏时玩着玩着突然发现规则变了的那种不知所措的表情。他们努力地宽慰自己：那些男孩并没有白白死去，他们是那场为权利而战的伟大斗争中的一员。有那么一些时刻，他们觉得可以相信那是事实，也可以硬生生咽下那愤怒、绝望，还有在喉头翻滚挣扎几乎就要冲口而出的尖叫。

战后，尽管那些从战场上回来的男人有点太沉迷于喝酒干架，或者一份工作做不了几天，但人们还是尽力体谅他们。小镇上的那些生意勉强维持着。凯莉仍然开着杂货铺。屠夫还是老莱恩·布拉德肖，他的儿子小莱恩蠢蠢欲动想要接管父亲的生意，这点从他在柜台上的行为就可以看出来，他越过老莱恩探身去拿排骨或猪脸肉的时候总是挤着他的父亲。英克潘太太接管了她丈夫的铁匠铺，她的丈夫马克没能从加里波利活着回来。这个女人拥有蹄铁般坚毅的面孔和一颗坚强的心。那些为她工作的身形壮硕的男人都只会嘴上敷衍她“行，英克潘太太。好的，英克潘太太。没问题，英克潘太太”，其实他们几乎用一根手指就能把她拎起来。

人们知道可以借钱给谁，需要让谁预先支付，也知道可以给谁在要求退货时退款。

在一九二〇年以前，帕特吉乌斯拥有所有西澳小镇特有的那种底气不足的骄傲，也有着同样苦难的经历。小镇主大街旁的芳草地中央耸立着一座新的花岗岩方尖碑，碑上铭刻着那些男人和男孩的名字，他们中有些还不到十六岁。尽管镇上的很多人依然抱着一丝希望，在等待他们的归来，但是，也许他们再也不会回来犁地砍树，再也无法完成学业了。

生命就像一条一条的线，上学、工作和婚姻把这一条条线编织到一起，渐渐地编织成一块布，把这个小镇与外部世界无形间联系到了一起。

而杰纳斯岩，就像一颗松了的纽扣，悬挂在这块布的边缘，仿佛随时可能掉到南极洲去，这里，仅仅依靠补给船一年往来四次与大陆保持联系。

帕特吉乌斯狭长的码头上，红柳桉木被装在手推车里，将要被装到货船上去。手推车行进在用同种桉木铺成的码头上，发出嘎吱嘎吱的响声。小镇依托着的这片宽阔的海湾清澈湛蓝。汤姆乘坐的船靠岸了，这一天，海面波光粼粼，晶莹如镜。

男人们在码头上急急忙忙地穿梭往来，搬运货物，装船卸船，偶尔伴随着呼喊声或者口哨声。岸上的人们熙来攘往，走路的、骑马的、坐车的，各自奔忙着。

在这样一副繁忙的景象中有一个例外，一位年轻的女子正在给一大群海鸥喂食面包。她大笑着，将面包屑抛撒向不同的方向，看着那些鸟儿发出尖厉的叫声，争先恐后地飞上来抢食。其中一只海鸥在全速飞行中叼住了一小块面包，一口吞下，立刻扑向另一块，引得那女孩再次大笑连连。

汤姆已经有很多年没有听到这样纯粹甜美的笑声了。这是一个冬日午后，阳光正好。此刻，汤姆没有什么地方必须要去，他要过几天才乘船前往杰纳斯，虽然在那之前，他得先见完要见的人，签完该签的表格，但是现在，他还不需要写日志，不需要给灯塔的棱镜抛光，也不需要给油箱加油。而眼前正好有那么一个人，还挺有趣。忽然，他有一种强烈的感觉：战争真的结束了。他坐在码头旁边的一张长椅上，任阳光抚上他的脸颊。他望着那欢乐嬉戏的女孩，她乌黑的鬈发在风中肆意舒展飞舞。他的目光紧紧追随她纤细的手指，那轮廓似乎能够驱赶他心中的抑郁。慢慢地，他才注意到她很漂亮。又过了一会儿，他开始觉得她美极了。

“你在笑什么？”那女孩喊道，让汤姆有些猝不及防。

“不好意思。”他觉得自己的脸开始发烫。

“永远不要为自己的微笑说对不起！”她感叹道，不知为何，她的声音里带着一丝哀伤。可是她的表情立刻阳光起来。“你不是帕特吉乌斯人。”

“对。”

“我是帕特吉乌斯人。我从出生开始就一直生活这里。要来点面包吗？”

“不用了，谢谢，我不饿。”

“不是给你的，你这笨蛋！是给你喂海鸥的。”

她伸出手，递给他一块面包。要是这种事情放在一年以前，或者哪怕只是一天前，汤姆都可能会拒绝她，然后离开。但是突然，那温暖、那自在、那微笑，还有一种莫可名状的东西让他接受了她的邀请。

“我赌我吸引的海鸥一定比你多。”她说。

“那行！我们试试！”汤姆说。

“开始！”她宣布。于是两个人开始往天空中抛撒面包屑，或是抛得老高，或是抛出刁钻的角度。那些海鸥猛烈地拍打着翅膀。他们一边抛，一边躲避嘶鸣着俯冲过来的海鸥。

最后，他们抛完了所有的面包。汤姆大笑着问：“谁赢了？”

“哎呀！我忘记看了，”那女孩耸耸肩，“就算平局吧。”

“还算公平。”他说着，重新戴上他的帽子，拿起他的行李袋，“我得走了。谢谢你，我很愉快。”

“这只是一个无聊的游戏。”她笑道。

“好吧，”他说，“但还是要谢谢你，提醒我这些无聊的游戏其实还挺有趣。”他把包背上他宽阔的肩膀，转向小镇的方向。“好了，小姐，祝你有一个愉快的下午。”他补充道。

汤姆按响了旅馆的门铃。旅馆位于小镇的主大街，主人是缪伊特太太，那是一个六十多岁的女人，整个人就像一个矮胖的胡椒罐子。她很不客气地对他说：“我看了你的证明信，我知道你是单身，从东海岸来。但是，现在请你记住，这里是帕特吉乌斯，我们信奉基督。另外，这楼里不准抽烟，不准喝酒。”

汤姆刚要接过她手中的钥匙并表示感谢，但是她狠狠地抓住钥匙，继续说道：“别以为我不知道你们那边的坏习惯，别把它们带过来。我会在你出去的时候换床单，我不希望你走了我还得使劲洗床单，你知道我的意思。大门晚上十点上锁。早上六点提供早餐，到点不来就等着挨饿吧。下午茶是五点半，跟早餐一样，过时不候。午餐自己到别的地方去吃。”

“非常感谢，缪伊特太太。”汤姆说。他决定不对她微笑，怕万一又破坏了别的规矩。

“需要热水的话，每星期要多付一先令，要不要随你。我觉得你这个年纪的男人不用热水不会怎么样。”她把房间钥匙使劲塞给他，步履蹒跚地走下楼梯过道。

他的房间在这栋房子的后部。在这个小房间里，汤姆打开他的行李袋，将肥皂和剃须用具整齐地放在屋里的架子上。然后叠好他的长内衣裤和袜子，放进抽屉，又把他的三件衬衫和两条裤子，连同他上好的西装、领带一起挂进了那口狭窄的衣橱。最后，他往口袋里塞了一本书，打算出门去探索一下这个小镇。

汤姆·舍伯恩在帕特吉乌斯的最后一项任务是去和港务局局长以及局长夫人共进晚餐。珀西·哈斯拉克上校负责这个港口所有的船只往来，杰纳斯灯塔的新看守人在出发上岛之前都会被邀请与他共进晚餐，这是惯例。

下午，汤姆重新洗漱剃须，还在头发上打了发蜡。他扣好领口的纽扣，然后套上西装。这些天，强风从南极洲刮过来，所以汤姆又套上了大衣。

汤姆还保持着在悉尼工作时的习惯，对于不熟悉的线路，他会给自己预留充足的时间。所以，他到得很早。房子的主人用灿烂的笑容迎接了他，正当汤姆为自己过早的拜访道歉时，主人开口介绍道："这位是哈斯拉克上校夫人。"上校夫人拍了拍手，说："哎呀，舍伯恩先生！你完全不用向我们道歉，尤其你还带来了这么美丽的花。"她闻了闻那束玫瑰。这玫瑰是汤姆跟缪伊特太太协商后，付了钱刚从她的花园里摘的。上校夫人抬起头仰视着汤姆，"我的天哪！你自己都有灯塔那么高了！"她一边说，一边咯咯直笑。

上校接过汤姆的帽子和大衣，说："来吧，到客厅里来。"他的妻子立刻接上话来："你这是蜘蛛在对苍蝇说话吧！"

"啊，你看，她就是这么逗！"上校大声说，这显然是他最喜欢的玩笑。

汤姆开始担心，这个夜晚会很漫长。

“好了，你要来点雪利酒吗？还是你想要波特酒？”

“你就饶了这可怜的家伙吧，上校夫人，给他来瓶啤酒。”上校大笑道。他拍了拍汤姆的后背。“坐吧，年轻人，跟我说说你的事情。”

这时候，门铃声救了汤姆。“不好意思。”哈斯拉克上校说。汤姆听到从大厅传来的说话声，“西里尔、伯莎，很高兴你们能来。来，帽子给我就行了。”

上校夫人端着一个银托盘回到客厅，托盘上放着一瓶啤酒和几个杯子，她说：“我们觉得应该多邀请一些人，好介绍一些当地人给你认识。帕特吉乌斯是一个很友好的地方。”

上校引着新客人走进来。那是一对阴郁的夫妻，西里尔·奇珀长得很胖，他是当地道路委员会的主席。而他的妻子伯莎，是一个又高又瘦的女人。

“你觉得这儿的道路怎么样？”在被介绍过之后，西里尔发话了，“你但说无妨。跟东部的路相比，你怎么评价我们这里的道路？”

“噢，别烦人家，西里尔。”他的妻子说道。汤姆感到很庆幸，不仅仅是因为伯莎打断了西里尔的话，还因为，门铃又响了。

“比尔、维奥莱特，很高兴见到你们。”上校打开前门时说道。

“呀，今天我们的小美女也来了。”

上校又带着一男一女走了进来。男人留着灰色的胡须，很结实，女人面色红润。“这位是比尔·格雷斯马克，他的太太，维奥莱特，还有他们的女儿——”上校转过身，“——她跑去哪儿了？好吧，总之，他们的女儿就躲在这房子里的某个地方。希望她一会儿就能逛完我们家。比尔是这儿学校的校长。”

“很高兴见到您。”汤姆说，他和男人握了握手，对女人点头致意。

“所以，”比尔·格雷斯马克说，“你觉得你能承担杰纳斯的工作？”

“我想我很快就能知道了。”汤姆说。

“那里很荒凉。”

“我听说了。”

“杰纳斯岩上连路都没有。”西里尔·奇珀插进来说。

“哦。”汤姆说。

“我几乎想不到其他没有道路的地方。”奇珀继续说道，语气有些古怪。

“没有路是你会面临的最小的问题，孩子。”格雷斯马克再次说道。

“爸爸，别说这些了好吗？”刚才找不到的那个女儿走进客厅来。这时，汤姆正背对着门。“这可怜的人现在最不需要的就是听你讲那些凄惨的故事。”

“啊！我就说她会出现，”哈斯拉克上校说道，“这是伊莎贝尔·格雷斯马克。伊莎贝尔——来，见见舍伯恩先生。”

汤姆站起来跟她打招呼，目光相遇的一刻，他们认出了彼此。他正要提及海鸥的事情，却被她的话及时制止：“很高兴见到你，舍伯恩先生。”

“请叫我汤姆吧。”他说，心里猜想她或许觉得自己不应该把一下午都耗在喂鸟这件事上。她那顽皮的笑容背后还隐藏着其他秘密，汤姆很好奇那些秘密是什么。

这个夜晚过得还不错。哈斯拉克一家把这个地区以及灯塔建筑的历史告诉了汤姆，一直追溯到上校父亲生活的年代。“那里对贸易非常重要，”港务局局长肯定地说，“南大洋在海面上就已经很凶险，何况还有海下山脊。我们每个人都知道，保证交通的安全对于贸易来说非常重要。”

“当然，交通安全真正的基础是好的道路。”奇珀又开始了，他老想把对话扯到他唯一能谈论的话题上去。汤姆试着集中注意力，但他眼角的余光却被伊莎贝尔吸引了去。由于她椅子的角度问题，其他人都看不到她，她开始模仿西里尔·奇珀说话时严肃的表情，像是在表演一出小小的哑剧，每句话她都能模仿到。

她的表演还在继续，汤姆努力保持一脸严肃，不过最终还是忍不住笑了出来，他赶紧掩饰，装作咳嗽的样子。

“汤姆，你没事吧？”上校夫人问道，“我去给你拿点水来。”汤姆无法抬起头来，还是咳嗽，说：“谢谢。我跟你一起去。我也不知道怎么回事。”

汤姆站起来的时候，伊莎贝尔一脸严肃地说道：“奇珀先生，等汤姆回来，你一定要告诉他你们是怎么用红柳桉木铺路的。”她转向汤姆，说：“别去太久了，奇珀先生还有很多有趣的故事。”她无辜地微笑着，只有在对上汤姆眼睛的那一刹那嘴唇颤抖了一下。

聚会接近尾声，客人们纷纷对汤姆在杰纳斯岩上的生活表示祝福。

“你是个不错的年轻人。”哈斯拉克说道，比尔·格雷斯马克点头表示同意。

“谢谢。很高兴见到你们。”汤姆说，和所有的男人握了手，又对女士们点了点头。“谢谢你让我对西澳大利亚的道路建设有了全面的了解。”他悄悄地对伊莎贝尔说道，“很遗憾，我没有机会报答你了。”然后，这个小小的聚会便消散于那个寒冷的夜里了。

第三章

“迎风”号是一艘补给船，负责这一区域海岸线上所有的灯站。那是一艘老旧又行驶缓慢的船，但是拉尔夫·阿迪科特说，它就像一只令人信赖的牧羊犬。老拉尔夫是这艘船的船长，这份工作他已经干了很多很多年，他很自豪，总是说他拥有的是世界上最好的工作。

黎明前，汤姆登上这艘船，这是他第一次出发前往杰纳斯岩。“啊，你一定就是汤姆·舍伯恩，”他说，“欢迎你跟我们一起出发！”他抬手向汤姆示意，手指的方向是光秃秃的木头甲板，油漆经过了海水的浸泡，已经起泡。

“很高兴见到你。”汤姆握了握他的手，说道。发动机空转着，汤姆只觉得肺里充满了柴油燃烧的烟气。船舱里并没有比外面暖和多少，但至少为他们遮挡了一些凛冽咆哮的寒风。

有人顶着一头乱糟糟的红色鬈发出现在船舱后部的舱门。“拉尔夫，我想我们准备好了。”与他们一起来的年轻人说道。

“布鲁伊，这是汤姆·舍伯恩。”拉尔夫说。

“你好啊。”布鲁伊答道，他费力地穿过舱门走进来。

“早上好。”

“这天真是冷得要人命！希望你带了羊毛垫。这儿都已经这么冷了，杰纳斯那边会更糟糕。”布鲁伊边说边往自己手上哈气。

布鲁伊带着汤姆在船上转了一圈，而船长对整条船做了最后一遍检查。船长拿一面破旗子当抹布，擦了擦他面前被海水溅满污点的玻璃，喊道：“缆绳准备，伙计们。准备起航。”他打开油门。“来吧，老伴，我们出发了。”他咕哝着，慢慢地将船驶出泊位。

汤姆在海图桌上研究这里的地图。就算放大比例，杰纳斯也只是那些远离海岸线的浅滩中的一个小点。他紧紧地盯着前方一望无垠的大海，呼吸着带着浓重咸味的空气，没有回头。他怕一回头自己就会改变主意。

时间一分一秒流逝，周围海水的颜色渐渐变深。拉尔夫时不时指一些有趣的东西给他看，一只海鹰，或是一群在他们前方嬉戏的海豚。有一次，他们还看到了一艘蒸汽船的烟囱，在海平面上一闪而过。布鲁伊会定时从厨房出来，将装着茶的带缺口的搪瓷杯递给他们。拉尔夫给汤姆讲了很多发生在这一段海岸线上的有关暴风雨和灯塔的伟大故事。汤姆则讲了一些他以前的生活，在拜伦湾、在马特苏克岛，而那些，现在都已远在几千英里以外的东方。

“哦，你在马特苏克岛待过，那你说不定能在杰纳斯生活下来，嗯，说不定。”拉尔夫说道，他看了看他的手表，“你去打个盹吧，孩子，我们还有很长的路要走。”

汤姆从底下的床铺间走出来，重新出现在船舱的时候，布鲁伊正在对拉尔夫说话，声音很小，而拉尔夫一直在摇头。

“我只想知道是不是真的。问问他没关系吧？”布鲁伊说。

“问我什么？”汤姆说。

“如果……”布鲁伊看着拉尔夫，面红耳赤，陷入了沉默。他很想问汤姆，但拉尔夫阴沉的脸色又让他很挣扎。

“好吧，不关我的事请。”汤姆说。他看向海面，此时海水的颜色已经变成了海豚灰，海浪在他们四周起起伏伏。

“我当时太小了，我妈不让我报高年龄去参军。我只是听说……”

汤姆看了看他，眉毛挑起，等他说下去。

“他们说你拿到了十字勋章，”布鲁伊冲口而出，“他们说你的退役文件上写了，就是申请杰纳斯岩职位时候的文件。”

汤姆的目光依旧落在海面上。布鲁伊有点沮丧，又有点尴尬。“我的意思是，能够跟一个英雄握手，我感到很自豪。”

“那块黄铜勋章无法让任何人成为英雄。”汤姆说。大部分应该得到勋章的人都已经不在了。“大副先生，如果我是你，就不会那么激动。”他说道，然后转过身开始研究海图。

“她在那里！”布鲁伊叫道，把双筒望远镜递给汤姆。

“未来的六个月，那就是你的家，温暖的家。”拉尔夫呵呵一笑。

汤姆透过镜头望着那块陆地，它看上去就好像一只突出水面的海怪。岛屿一侧的悬崖顶是制高点，从这里开始，整个岛屿缓缓向下倾斜，一直到达海岸另一面。

“老内维尔会很高兴见到我们。”拉尔夫说，“他已经退休了，因为特布林的那件事被紧急调了回来，他其实并不太乐意，可他还是来了。所以，只要一个人成为灯塔看守人，他就永远不会置灯塔于无人看守，无论如何他都会坚持做下去。但是我警告你，内维尔·威特尼什，他不太好相处，话也很少。”

码头的栈桥从海岸直直伸入海里，足足有一百英里。为了能够抵挡最高的海浪和最猛烈的暴风雨，整座栈桥被建得很高。码头上装有滑车组，可以将船只运来的物资沿着峭壁吊到崖顶的建筑那儿。船靠岸的时候，有一个六十多岁的男人已经等在那里，那是一个表情严肃、长相粗犷的男人。

“拉尔夫，布鲁伊。”他例行公事般点了点头。“你就是那个替代者。”这是他对汤姆的问候。

“汤姆·舍伯恩。很高兴见到你。”汤姆答道，伸出手去。

这个年长的男人似乎忘记了这个动作代表的意义，心不在焉看了一会儿汤姆伸着的手，然后霸道地用力拽了它一把，好像在测试手臂是不是会被拽下来。“跟我来。”他说，没有等汤姆拿齐所有的行李就开始往灯站上爬。这时中午刚过，汤姆抓起他的行李袋跟上看守人，因为在海上颠簸了太久，汤姆的步伐有些蹒跚，过了一会儿才重新适应陆地的感觉。而这时，拉尔夫和布鲁伊正在准备卸货。

“这是看守人住的屋子。”威特尼什说道，他们的面前是一间波纹铁屋顶的矮房子。房子的后面排列着三个很大的雨水收集池，旁边还有一排房子，用来存放看守人和灯站的物资。“你可以把你的行李放在玄关，”他一边打开前门一边说道，“还有好多事情需要做呢。”他突然转身，直奔灯塔而去。虽然年纪很大，但是他的动作矫捷得像一只小灵犬。

这位老人谈起这座灯塔的时候，声音都变了，仿佛在谈论他忠实的狗，或者是他最爱的玫瑰。“经过了这么多年，她还是那么美。”他说道。那座用白色石头建成的灯塔高约一百三十英尺，映衬在蓝灰色的天空下，笔直矗立在悬崖边缘，矗立在这个岛屿的最高处。这景象震撼了汤姆的心，不仅仅因为它比他以往工作过的灯塔都要高，更因为它是如此挺拔修长，如此优雅动人。

走进灯塔那道绿色的门，里面的情形跟他预期的差不多。空间很小，几步就能走完，脚步声的回响杂乱无章地回荡在屋子里，好像流弹击中绿色亮漆面的地板和弧形的白色墙壁反弹，散得到处都是。两个储物柜和一张小桌子是仅有的几件家具，后背被修成弧形以契合塔内的圆形结构，这些家具就好像驼背的人一般蜷缩在弧形墙壁里。屋子正中间是圆柱形铁制油缸，常年运作，直通到楼上。用于控制灯光旋转的机械装置也被安置在这里。

墙的一边是旋转楼梯，楼梯很窄，不到两英尺宽，向上一直连接到二楼的厚金属板楼梯平台。汤姆跟在老人后面爬上第二层，这一层的空间更小，旋转楼梯在这一层的起点位于对面的墙上，然后再往上旋转。他们沿着楼梯一路往上，一直爬到第五层，这里是整座灯塔的管理中心，灯室就在这一层的上面。这个观察室里有一张桌子，桌上放着日志、摩尔斯设备，以及双筒望远镜。无疑，灯塔里禁止放床，或者任何可以让人躺下的家具，这里只有一张木头直背椅，它的扶手经历几代看守人的抚摸，光滑如水。

气压计应该擦一擦了，汤姆想。然后，他的目光被航海图旁边的一样东西吸引了去。那是一个插着编织针的毛线球，似乎连着一条刚开始打的围巾。

“那是老多切蒂的。”威特尼什点点头说道。

汤姆知道很多种灯塔看守人在值班时消磨时间的方法：刻球、刻贝壳，或者做国际象棋的棋子。打毛线是其中最平常不过的一种。

威特尼什翻了翻日志和气象观测记录，然后领着汤姆来到上一层，这就是灯室了。灯室的窗格玻璃用十字交叉的合缝条固定着。室外，围绕着灯塔有一圈金属搭建的瞭望台，拱形的屋顶一面搭着一把梯子，沿着梯子可以爬上一条狭窄的猫行道，行道上方便是风向标，时时在风中摇摆。

“确实很美。”汤姆说着，眼光瞬间被灯室里这个巨大的透镜吸引了去，它比他还要高很多，底部是一个旋转底座，整个透镜就像是一座棱柱状的宫殿，仿佛一个由玻璃构成的蜂巢。这便是杰纳斯的心脏了，光的源头，清澈而宁静。

老看守人的唇边闪过一丝不易察觉的微笑。“我还是个小男孩的时候就认识她了。是的，她很美。”

第二天清晨，拉尔夫站在码头上。“那我们差不多出发了。下次来的时候要给你带报纸吗？”

“三个月的新闻就不能算新闻了。我不如省钱买本好书来看。”汤姆答道。

拉尔夫看了看他，又检查了一遍船，看看是否一切就绪。“好吧，那就这样了。你现在可没法改变主意了，孩子。”

汤姆大笑，仿佛很悔恨的样子。“拉尔夫，搞不好这次你是对的。”

“我们会在你找到答案之前回来的。只要你坚持呼吸，三个月不算什么！”

“只要你好好对待灯塔，她就不会给你找麻烦。”威特尼什说道，“你需要的是耐心，还有一点机灵劲。”

“我会的。”汤姆说。然后他转向正准备解开缆绳的布鲁伊。“那三个月后再见了，布鲁伊？”

“一定。”

船迎着风起航了，烟囱冒起黑烟，马达发出巨大的轰鸣声，在船尾激起无数浪花。船越驶越远，离灰色的海平线越来越近，渐渐地，它变成了一个小点，直到完全消失在海平面上。

然后，是片刻的宁静，却并非无声无息。海浪依然击打着海边的岩石，风依然在他耳边呼啸，不知是哪个仓库的门没有关好，发出“砰”的一声巨响。但是，这是汤姆多年来第一次感到内心的宁静。

他走上悬崖顶端，站在那里。耳边，山羊的铃铛叮当作响，两只小鸡正在叽叽喳喳。忽然，汤姆觉得这些原本令人厌烦的声音有了新的意义：这些声音都来自鲜活的生命。汤姆走进灯塔，跨过那一百八十四级台阶，来到灯室。他打开门，站上瞭望台。呼啸的风如凶猛的捕食者一般扑面而来，他使劲保持着身体不被狂风推回到门里，手紧紧抓住铁栏杆。

汤姆从来没有见过如此波澜壮阔的景色。他站在海平面六百英尺之上，深深地沉迷于此，海浪在悬崖下不断地撞击着礁石绝壁，令他有一种想往下跳的冲动。海水涌动着，翻滚出乳白色黏稠的泡沫，白色油漆一般，有时候，那些泡沫要很久才会消失，那时，海水才会露出原本的深蓝色。岛屿的另一端，一排巨大的岩石仿佛筑起了一道屏障，岩外波涛汹涌，岩内平静如镜。他忽然觉得自己好像双脚离地，腾空而起，然后缓缓地、缓缓地在空中转了一个圈，仿佛陷入了一片虚无。他好像从未如此自由地呼吸过，也从未看过如此博大辽阔的景色，更从未听过如此磅礴浩大的海浪的声音。那一瞬间，他觉得，一切好像都没有了尽头。

他眨了眨眼睛，迅速晃了晃头，清醒过来，逃离那个漩涡。他感受着自己的心跳，终于觉得脚又踩在靴子里了，又脚踏实地了。他挺直身体，伸手将灯塔门上松掉的铰链螺丝旋紧。终于做了点实事。他必须做点实事，不然谁知道他的意识或者灵魂会不会像断了线的气球一般被海风吹到别的什么地方去。他之所以能熬过那段血雨腥风的岁月，只因为在那四年里，哪怕你只是在战壕里打十分钟的盹，也要知道枪放在哪里；你必须时刻检查自己的防毒面具；必须严格地确定士兵们是否明白上级的命令。那时候，你不会去想几年后或几个月后的事情；那时候，你只想当下的事情，只能活在当下，任何其他事情都只是空想。

他举起双筒望远镜，在这个岛屿上搜寻更多生命的迹象：他要找到那些山羊，还有绵羊，数数到底有多少只。他要把注意力都放在踏踏实实的事情上。黄铜的配件都应该要抛光了，玻璃也应该要擦一下——先擦灯室的玻璃，再擦那些棱镜。他要给齿轮加一些油，给水银槽加水银，好让这些设备运转自如。他牢牢记住每一件要做的事情，就像爬梯子时要紧紧抓住每一级横档，他要把自己从虚无中拉回到他知道的世界，拉回到他现在的生活里。

那一晚，他点了灯，走得很慢，检查得很仔细，就如同几千年前的那位祭司在法洛斯岛上——世界上第一座灯塔上所做的一样。他爬上通往灯室的那段狭窄的金属楼梯，猫着腰走进灯室。他在灯座内灌入煤油，隔着底部托盘点火加热，煤油蒸发成煤油蒸气，蒸气升腾至上方的纱罩。他划了一根火柴点燃纱罩，煤油蒸气瞬间化作一道耀眼的白光。然后他走下楼，开启了马达。灯，开始旋转，每五秒旋转一圈，精准而有节奏。他拿起笔，在那本皮面的宽形日志上写道：“下午五点零九分，点燃。风向北到东北，风速十五节。阴天，狂风。浪高六米。”然后，他写下了他姓名的首字母——“T. S.”。他将接替几小时前刚刚离开的威特尼什，接替再之前的多切蒂，继续看守着这座灯塔，成为永不间断的一代又一代看守人中的一员，继续谱写这里的故事。

他安排好一切回到小屋。他的身体已经很渴望睡眠，但他知道，吃不好就没法好好工作。厨房柜子里的架子上摆放着很多罐头，牛肉罐头、豌豆罐头和梨罐头，旁边是沙丁鱼罐头和糖罐头，还有一大罐传说中上一任的多切蒂太太非常爱吃的薄荷硬糖。这是汤姆在这里的第一顿晚餐，他切了一大块威特尼什留下来的硬面包，另外加上一片切达奶酪和一个皱了皮的苹果。

厨房的桌子上，煤油灯的火焰时不时地晃动着。风依旧呼啸着，狠狠地拍打着窗户，伴随着海浪翻滚咆哮的声音而来。他是方圆一百英里内唯一听到这些的人，这个认知深深刺痛了他。海鸥舒服地依偎在它们建于悬崖上的坚固的窝里，鱼儿安静地蛰伏在珊瑚礁的怀抱中，冰冷的海水庇护着它们。每一种生物都需要自己的栖息地。

汤姆提着灯走进卧室，煤油灯的灯光将他巨大的影子映在了墙上。他脱下靴子，脱去衣裤。头发里是厚厚的盐，皮肤被海风吹得生疼。他拉开被子钻了进去，在风声和海浪声中渐渐睡去。夜里，在远高于他头顶的地方，灯塔立在那里，它的光柱如剑一般劈开黑暗。

第四章

每天清晨，当太阳升起，汤姆便熄灭灯塔。然后，在开始一天的工作前，他会先去探索一下他的新领地。岛屿的北侧是一面陡立的花岗岩悬崖，绝壁下便是汪洋大海。地面由此往南倾斜而下，缓缓延伸入一个浅礁湖。浅礁湖小小的海滩边有一座水车，水车把从海泉中提取的淡水输送到看守人的小屋。这是来自大陆的泉水，它们沿着海底一直流淌到这儿，或者更远的地方，然后从那些裂缝里神秘地冒出来。十八世纪时，法国人曾经描述过这种现象，他们把它看作一个神话。但可以肯定的是，在世界各地的海洋里后来都发现了淡水，这就像是大自然为我们变的魔术。

他开始建立起自己的日常工作程序。条例要求看守人每周日升旗。所以每个星期天，他做的第一件事情就是升旗。每当有战舰经过这里时，他也会按照条例里说的把旗升起来。汤姆知道灯塔看守人都会私下抱怨条例里规定的那些义务，但他却觉得这样很好，因为有秩序的生活让他感到舒服。

他着手进行各种维修，自从特林布·多切蒂被免职，很多东西都荒废了，都需要修理。其中最重要的就是灯塔本身，他给灯室窗格玻璃的合缝条加入了油灰，进行了固定。接着，他找到一块磨光石，磨掉桌子抽屉木头上因为天气关系膨胀起来的部分，然后再用刷子刷干净。他给平台上磨损掉漆的部位补上绿色的油漆，如果要等人来粉刷整座灯站，估计还有很长一段时间。

他所做的一切都有了回报：玻璃闪闪发光，黄铜锃锃发亮，那灯浮在水银槽中，平稳而流畅地旋转着，仿如一只在天空滑翔的海鸥。时不时地，他会想办法下到礁石边去捕鱼，或者沿着浅礁湖的沙滩散散步。一对住在柴房里的黑蜥蜴成了他的朋友，他偶尔给它们喂些食物。补给船要过几个月才会来，所以，他得节省着点口粮。

这是一份艰苦而忙碌的工作。灯塔的看守人没有伙伴，跟补给船上的那些人不一样，没有人会为了更高的薪酬或者更好的条件而奋起抗争。漫长的日子会折磨他，让他感到疲惫。他会因为眼看着风暴急速逼近而忧心忡忡，会因为被冰雹砸烂了的菜地而觉挫败不堪。但如果他想太多，反而会看不清自己。他在这里，只是为了要让灯塔一直旋转下去。除此之外别无其他。

拉尔夫老爹好像一个圣诞老人，红光满面，脸上蓄着络腮胡子。他咧嘴大笑："汤姆·舍伯恩，你过得怎么样啊？"拉尔夫不等他回答，便把那根浸满海水的粗缆绳丢给他，让他把缆绳绕在系缆柱上。三个月过去了，拉尔夫船长再次抵达这里。

汤姆一直在等给灯塔的补给物资，几乎忘记了会同船抵达的新鲜食物。他也忘了，补给船还会带来信件。所以当这一天快结束，拉尔夫递给他几个信封的时候，他觉得有些惊讶。“差点忘记了。”拉尔夫说。其中有一封信来自灯塔服务体系的地区官员，信中确认了他的任命和条款。遣返部门也给他寄来了一封信，信中列出了最近针对退役军人的相关福利，例如养老金、商业贷款之类。这些对他来说都没用，所以他打开了下一封信，是联邦银行的对账单，账单显示他户头上的五百英镑替他挣了百分之四的利息。还有一个信封上的地址是手写的，他留到最后才看。他想不出会有谁给他写信，心里有些害怕，担心会不会是谁给他捎来了他哥哥或是他爸爸的消息。

他打开来。“亲爱的汤姆，我只是想确认下，你有没有被海风吹走，或是被海水冲到别的什么地方去。另外，希望没有道路这个问题没有给你造成太大的麻烦……”他跳过前面的文字直接看到了签名，“敬启，伊莎贝尔·格雷斯马克。”信里，她说希望他在这里不会太孤单，同时她还希望，等他完成在杰纳斯的任务离开时，不管将来要去何方，都能顺道去拜访一下她，跟她打个招呼。她还在信上画了一幅小小的素描，一个灯塔看守人斜靠在灯塔上，吹着口哨，在他身后，一条巨大的鲸鱼出现在海面，张着它的血盆大口。她还在旁边写了建议：“在那之前，可千万不要被鲸鱼吃掉。”

汤姆看着这幅画微笑起来。因为它很搞笑，但更重要的是，它很纯真。不知怎的，光是这样拿着这封信，他就觉得轻松起来。

“能稍等一下吗？”他问拉尔夫。这时，拉尔夫正在收拾东西准备返航了。

汤姆冲到他的办公桌前，拿好笔和纸。他坐下来，也不知道自己要写什么。他其实没什么要说的，只想寄个微笑给她。

亲爱的伊莎贝尔：

很幸运，我没有被吹走，也没有被冲到海里（或是别的什么地方）去。我见到过很多鲸鱼，但它们迄今为止都没想吃我，我想大概是因为我不太好吃。

总的来说，我适应得还不错，也能够很好地应付没有道路的问题。我相信你把你那边的鸟儿都喂得很好。我也不知道我会去哪儿，但我很期待能在三个月后，离开帕特吉乌斯之前见到你。

他要怎么落款呢？

“快好了吗？”拉尔夫喊道。

“马上。”他回答，写下“汤姆”。他封好信封，写好地址，把信递给船长。“能帮我寄出这封信吗？”

拉尔夫看着信封上的地址，眨眨眼睛。“我自己给你送过去，反正总要路过这个地方。”

第五章

就在汤姆这六个月的临时工作快结束时，他再次享受到了缪伊特太太的盛情款待，而原因谁也没有料到：杰纳斯岩上的看守人岗位从临时职位变成了永久职位。特林布·多切蒂失去了理智，从奥班尼著名的花岗岩大悬崖——断魂谷上一跃而下，他深信，是他深爱着的妻子开着船来接他了，而他跳上了那艘船。所以，汤姆被传唤回大陆，讨论接替这个职位并完成接替手续。同时，在他正式开始这份工作前，他还有一些假期。到现在为止，汤姆非常胜任，所以弗里曼特尔灯塔管理局并不用费心找其他人来填补这个空缺。

“永远不要低估妻子的重要性，”哈斯拉克上校在汤姆离开他的办公室前说道，“老莫伊拉·多切蒂陪着特林布在灯站上工作了很久很久，她甚至可以独自在灯塔上工作。在灯站上生活，需要很特别的女人。等你找到了合适的人，一定要迅速抓住机会。而现在，你必须等待，等待这个人的出现……”

汤姆慢慢地走回缪伊特太太的旅馆，他一边走，一边想着灯塔里留下的那些小东西——多切蒂的毛线，还有他妻子的那罐薄荷硬糖，依然放在厨房的柜子里。生命流逝，留下这些痕迹。那个男人的绝望、悲伤，最终摧毁了他，这不禁让汤姆感到疑惑。即使没有战争，人也终会走向生命的边缘。

汤姆回到帕特吉乌斯的两天后，他正襟危坐于格雷斯马克家的客厅里。格雷斯马克夫妇像老鹰看小鸡似的盯着他们唯一的女儿。汤姆努力寻找合适的聊天话题，还好关于天气和海风有不少事情可以讲，他们还聊到了住在西澳大利亚另一边的格雷斯马克家的堂兄妹。他不用费什么力气就能把谈话的焦点从自己身上移开。

后来，伊莎贝尔送他走到门口，她问："你还要待多久？"

"两个礼拜。"

"那我们得好好利用这两个礼拜。"她说，好像在总结陈词一般。

"是这样吗？"汤姆问，既好笑又惊讶。心里的感觉像跳华尔兹般轻盈美好。

"对，就是这样。"伊莎贝尔微笑着。透过她那闪烁着光芒的眼睛，他仿佛看到了她的内心。她是如此纯洁，如此率真，如此吸引着他。"明天过来哦，我们可以去海边野餐。"

"我是不是应该先征得你爸爸的同意，还是要问你妈妈？"他偏着头说道，"恕我直言，你多大了？"

"大到可以去野餐了。"

"给我一个数字会让你……"

"十九。马上就十九了。所以，我爸妈交给我解决就好了。"她说着，朝他挥挥手，转身往回走去。

汤姆走回缪伊特太太的旅馆，不知怎的，他的脚步异常轻盈。关于这个女孩，他其实什么都不知道。他只知道，她很爱笑，这让他觉得——美好。

第二天，汤姆走在去格雷斯马克家的路上。他并不紧张，只是觉得有些困惑。他也不清楚自己是怎么回事，怎么这么快就回到那里去了。

格雷斯马克太太微笑着给他开了门。“你很准时。”她说道，一般人并不会注意到这个细节。

“是军队里的习惯……”汤姆说。

伊莎贝尔提着一个野餐篮子出现在他面前，她把篮子递给他。“你负责把这个完整地带到那儿。”她说，转身吻了吻母亲的脸颊，“妈妈再见。”

“注意避着点太阳。我可不想你被晒得满脸雀斑。”她看了一眼汤姆，她的眼神要比说出来的话严厉得多，“祝你玩得愉快。别太晚回家。”

“谢谢，格雷斯马克太太。我们不会太晚的。”

伊莎贝尔在前面带路，他们穿过几条镇外的街道，去往海边。

“我们这是去哪儿？”汤姆问。

“你一定会大吃一惊的。”

他们沿着通往海岬的泥土路往前走着，道路两旁灌木丛生。这里的树木矮小而又茂密，不像内陆的森林里都是参天大树。结实粗壮的植物能够抵御海水的侵蚀和海风的袭击。“我们还得走一会儿。你不会累了吧？”她问。

汤姆大笑。“刚好可以不用拐杖。”

“好吧，我只是在想，在杰纳斯岩上，你走不了多远吧？”

“相信我，整天在灯塔的楼梯上爬上爬下也很锻炼人的。”他一直观察着这个女孩，她有一种不可思议的魔力，在他平静的内心激起丝丝涟漪。

他们继续往前走着，两旁的树木渐渐变得稀疏，大海的声音越来越近。“我想，对你来说，帕特吉乌斯跟悉尼比起来一定特别无聊吧。”伊莎贝尔猜测道。

“说真的，我待在这儿的时间不长，还不了解这里。”

“我倒觉得还好。不过悉尼——在我想象里——应该很大很热闹，也很精彩，是个雾都。”

“悉尼的雾比伦敦小多了。”

伊莎贝尔的脸一下子红了。“哦，我不知道你去过那儿呢。那儿一定是个真正的大城市。或许有一天我会去那儿。”

“我倒觉得这里更舒服。伦敦——很糟糕，我每次在那儿休假时都这么觉得。灰暗阴冷，死气沉沉。还是帕特吉乌斯好。”

“我们快到了，最美的地方。我觉得最美的地方。”透过树丛，能看到一条海岬远远延伸，直入大海，狭长的一条，不过几百米宽，被海浪簇拥着、卷拱着。“这是帕特吉乌斯的尽头。”伊莎贝尔说，“我最喜欢的地方在那儿，左边，很多大岩石的地方。”

他们继续往前走，来到这个海岬的中心地带。“放下篮子，跟我来。”她忽然脱下鞋子，跑向那块半沉在海里的黑色花岗岩石。

她快跑到海边时，汤姆追上了她。几块岩石在这里围成一个圈，海浪在里面打旋翻滚。伊莎贝尔趴在地面上，头靠着海岸的边缘。“你听，”

她说，“海水的声音，就好像是从山洞或者大教堂里发出来的。”

汤姆倾身去听。

“你得趴下来。”她说。

“会更动听些？”

“不是。趴着的话你就不会被冲走了。这个洞很可怕。万一突然一个浪头打上来，你还来不及反应，就被直接卷到洞里去了。”

汤姆在她身边趴下来，探头往里看。海浪轰响着，咆哮着，冲上来，又退下去。“让我想起了杰纳斯。”

“那里是什么样子？总是听到有关那里的故事，但其实，除了看守人和那条船，谁都没有去过那儿。哦，还有一个医生也去过，好多年前了，有条船因为伤寒病在那儿被隔离了。”

“它……它跟世界上其他地方不太一样。它遗世独立。”

“他们说那里很艰苦，天气很差。”

“也不完全是。”

伊莎贝尔坐起来。“那你感到孤独吗？”

“我没有时间孤独。总是有事情要做，修这个，检查那个，还有很多事情需要记录。”

她歪着头，似乎有疑问，但她没有追问这些事情。“那你喜欢那儿吗？”

“嗯。”

这回轮到伊莎贝尔大笑起来。“你是不是不太会跟人聊天？”

汤姆站起来。“饿了吗？差不多该吃午饭了。”

他握住伊莎贝尔的手，拉她站起来。她的手娇小而柔软，手掌上沾了一层薄薄的沙子，握在他的手里，显得纤细又精致。

伊莎贝尔为他准备了烤牛肉三明治和姜汁啤酒，还有水果蛋糕和苹果。

“你给所有去杰纳斯的灯塔看守人写信吗？”汤姆问。

“所有！并没有那么多人，”伊莎贝尔说，“你是这么多年来的头一个。”

汤姆犹豫了一下才问道：“那你为什么给我写信？”

她微笑地看着他，抿了一口姜汁啤酒才回答他的问题。“因为跟你一起喂海鸥很有趣？因为我很无聊？因为我从来都喜欢给灯塔上寄信？”她拨开眼前的一绺头发，低头看着水面，“你是不是希望我没有写？”

“噢，不是，我不是想……我的意思是……”汤姆用餐巾纸擦了擦手。她总能让他心里产生小小的波动，这对他来说是一种全新的感觉。

汤姆和伊莎贝尔坐在帕特吉乌斯码头的最前端。一九二〇年就快要过去了。清风里，海水微波荡漾，拍打着船身，桅杆上的绳索仿佛被风撩动的琴弦般轻轻摆荡。海港的灯光映在海面上，天空中繁星闪烁。

“我想知道所有的事情。”伊莎贝尔说，她光着脚，两条腿悬在水面上摇来晃去，“你就不能不说‘没有别的好说了’？”她把他读书时候的事情问了个遍，他在私立语法学校读书时，他在悉尼大学读工程专业时，都被她刨根究底，但她越问越沮丧。“我就有好多事情可以告诉你——比如我奶奶，她怎样教我弹钢琴。我爷爷在我很小的时候就去世了，但我还记得他。我还可以告诉你，在帕特吉乌斯这样的地方，做校长的女儿是什么感觉。还有我的两个哥哥，休和阿尔菲，我们划着小船到处玩，顺流而下去钓鱼。”她低头看着水面，“我仍然很怀念那些时光。”

她沉思的时候，不停地用手指绕着一绺头发打圈圈，接着她吸了一口气：“这些事情，我就好像……无边无际的宇宙，等着你来了解。而我，想知道你的事情。”

“你还想知道什么？”

“嗯，比如你的家庭？”

“我有一个哥哥。”

“我可以知道他的名字吗？还是你已经忘记了？”

“这个我还不会那么快忘掉。他叫塞西尔。”

“那你的父母呢？”

汤姆眯着眼睛，看着桅杆顶端的灯。“他们？”

伊莎贝尔直起身子，凝视着他的眼睛。“我想知道，发生了什么？”

“我妈妈已经去世了。我不太跟我爸爸联系。”他替她拉好滑下肩头的披肩，“觉得冷吗？我们往回走吧？”

“你为什么不说说他们的事呢？”

“如果你真想知道的话，我会告诉你。只是有时候，让它留在过去反而是件好事。”

“你的家庭永远不会成为过去。无论你走到哪里，它都无处不在。”

“对不起。”

伊莎贝尔站直身子。“没关系。我们走吧，爸妈一定在想我们去哪儿了。”她说。

两人沿着码头往回走，不再说话。

那天晚上，汤姆躺在床上，想起他的童年，伊莎贝尔执着于挖掘他的童年。他从未向任何人说起过那些事情。就算是现在回想起来，他依然能感受到那种撕心裂肺的痛楚。他仿佛看到八岁时候的自己，扯着父亲的衣袖，哭喊着："求求你！求求你让她回来吧。求求你，爸爸。我爱她！"而父亲嫌恶地甩开他的手。"这个家里以后不准再提起她。听见了没有，儿子？"

父亲大步走出了房间。他的哥哥塞西尔，比他大五岁，个头自然比他高不少，他曲起手指狠狠地弹了汤姆的后脑勺。"我警告过你，你这白痴，我让你不要说。"塞西尔说完，跟着拂袖而去，步伐与他父亲如出一辙地傲慢。小男孩独自站在客厅中央，从口袋里掏出一块蕾丝手帕。他小心翼翼地避开自己的眼泪鼻涕，将手帕贴在脸颊上。他迷恋这种感觉，手帕散发着香水的芬芳，那是妈妈的味道。

汤姆又想起了那栋富丽堂皇、空空荡荡的房子。他又想起了那种死寂，将每个房间阻隔开来的那种死寂；他又想起了那间被用人打扫得一尘不染的厨房，又想起了厨房的石炭酸味道。他又想起了那可怕的力士肥皂的味道，又想起了当他看到那块手帕被仆人涂上肥皂搓洗时那种无以言表的哀伤。她在他短裤的口袋里发现了那块手帕，理所当然地要把它洗干净，同时也洗去了他妈妈的味道。他曾试图在这栋房子里的某些角落和某些橱柜里找回一些母亲留下的痕迹。但是，即使是她的卧室，也被打扫得光亮如新，充满了樟脑丸的味道，就好像她的鬼魂终于被驱散了出去。

他们坐在帕特吉乌斯的茶餐厅里，伊莎贝尔再次问起了汤姆的父母。

"我并不是要隐瞒什么，"汤姆说，"我只是觉得说那些往事是浪费时间。"

“我不是要窥探你。只是——你的人生是完整的，是一个完整的故事。我只是想了解那些事情，了解你。”她有些犹豫，小心翼翼地问道，“你无法讲过去的事情，那我能和你聊聊未来吗？”

“我觉得我们永远也无法正确判断未来，我们只能谈论对未来的想象或希望，这是两回事。”

“好吧，你有什么希望呢？”

汤姆停顿了一下。“活着。对我来说，这就足够了。”他深深地吸了一口气，转向她，“你呢？”

“噢，我一直都有希望，而且有很多希望！”她大声说道。“我希望主日学校的野餐有个好天气。我希望——不要笑我哦——我希望有一个好丈夫和满屋子的孩子。板球打破窗户玻璃，厨房里洋溢着炖汤的味道。女孩们可以一起唱圣诞颂歌，男孩子去踢足球……我无法想象没有孩子的生活，你呢？”她的思绪仿佛飘到了很远的地方，过了一会儿才说，“当然，我现在还不想要。”她犹豫着说：“我不能像萨拉那样。”

“谁？”

“我的朋友，萨拉·波特。她以前住在街的那一头。我们以前一起玩过家家，因为她比我大一点，所以总是她当妈妈。”她脸上的表情黯淡下来，“她……怀孕了——在她十六岁的时候。为了掩人耳目，她的父母把她送去了珀斯，他们让她把孩子送进了一家孤儿院。他们说会有人领养他的，但是那孩子有一只脚是畸形足。

“后来，她结婚了。那孩子完全被人忘记了。有一天，她问我能不能偷偷地跟她一起去趟珀斯，去那家孤儿院。噢，汤姆，你无法想象那个场景，满满的一屋子，都是没有妈妈的孩子。没有人爱他们。这件事情萨拉无法对她的丈夫吐露一个字，不然他会把她赶出去。她丈夫到现在都不知道这件事情。她的孩子还在那儿，她唯一能做的就是去看看他。奇怪的是，忍不住一直流泪的人是我。那些小脸、那些眼神，我真的受不了。把孩子送进孤儿院跟直接送他们进地狱没什么区别。”

“孩子都需要妈妈。”汤姆说，他忍不住陷入自己的思绪之中。

伊莎贝尔说：“萨拉现在住在悉尼，再也没有跟我联系过。”

那两个星期里，汤姆和伊莎贝尔每天都见面。当比尔·格雷斯马克问起他的妻子这件事是否合适时，他的妻子说：“噢，比尔。人生苦短。她是明晓事理的孩子，她有她自己的想法。再说了，她现在根本没什么机会接触到四肢健全的男人。别吹毛求疵了……”而且她知道，帕特吉乌斯很小，他们可去的地方也不多。那么多双眼睛看着，那么多双耳朵听着，有任何蛛丝马迹他们都会知道。

汤姆是那么期待见到伊莎贝尔，连他自己也感到很惊讶。她已在不知不觉间卸去了他的心防。他喜欢听她讲帕特吉乌斯的生活和它的历史，她说，法国人之所以把这个位于两大洋交汇处的地方叫作帕特吉乌斯，是因为这个词的意思是“分享”和“划分”。她跟他讲她从树上摔下来，摔断了胳膊的事情。还有一次，她和她的哥哥们把缪伊特太太的山羊涂成了红色斑点，然后去敲门告诉她说山羊得了麻疹。她还告诉他，她是多么希望笑容能再次出现在父母的脸上。

但是，他很谨慎小心。这个小镇很小。她比他年轻太多。他去了灯塔以后，很可能再也见不到她了，其他小伙子将会有机可乘，但是对汤姆来说，尊重她才是他的解药。

伊莎贝尔自己亦无法描述这种新感觉——或许是刺激，这是她每次见到这个男人时的感觉。他让她觉得神秘，他的微笑背后似乎隐藏着什么东西。他并没有走近她，依旧离她很远。可不知为何，她很想走进他的内心。

如果说战争教会了她什么，那便是凡事不可想当然，重要的东西不能放弃，否则会很危险。生活可能会夺走你一直珍惜的东西，并且再也不还回来。她开始有一种紧迫感，有一种强烈的愿望要去抓住机会。她不能把这个机会拱手让人。

汤姆回杰纳斯岩的前一晚，两个人漫步在海滩上。六个月前，汤姆第一次踏上帕特吉乌斯的土地，觉得时间对自己来说，无关紧要；而如今，一月份才过去两天，他却觉得仿佛已经过去了很多年。

伊莎贝尔眺望着大海，太阳正在慢慢落下，渐渐地沉入到世界的另一边。她说："汤姆，我在想，你能不能帮我一个忙？"

"当然。什么事？"

"我在想，"她没有放慢脚步，"你能吻我吗？"

汤姆以为是风影响了他的听觉，而且她也没有停下来的意思，于是他试着猜了一猜她刚才的话。

他说："我当然会想你。但是——我们下次见面说不定得等到我休假了。"

她奇怪地看了他一眼，这让他感到不安。即便在如此昏暗的光线下，她的脸颊看起来依然很红润。

"对——对不起，伊莎贝尔。我不太会讲话……尤其在现在这种情况下。”

“现在是什么情况？”她问，不禁想，他一定经常干这种事。他待过的每个港口都有一个这样的女孩。

“告别。我不擅长告别。我一个人离开没什么问题，有一两个同伴一起离开也没什么问题。只是现在这种情况，真的难倒我了。”

“那好，要我给你把问题变得简单些吗？我走就是了。现在就走。”她猛地转过身，朝海滩外走去。

“伊莎贝尔！伊莎贝尔，等等！”他追上她，抓住她的手，“我不想你……唉，就这么离开。我会帮你，也一定会想念你。你……我跟你在一起很开心。”

“那就带我去杰纳斯吧。”

“什么——你要跟我一起出海？”

“不。是住在那儿。”

汤姆笑起来。“天哪，你有时候的想法真是异想天开。”

“我是认真的。”

“你不是。”汤姆说，但是他从她的眼神里看到了认真的意味。

“为什么？”

“好吧，我能想到很多很多原因。最主要是因为唯一被允许住在杰纳斯岩上的女性是看守人的妻子。”

她没有说话，他微微侧了头，看着她，想要确认她是不是明白他的意思。

“那就娶我！”

他眨眨眼睛。“伊奇——我们几乎不了解彼此。还有，我都没有——好吧，我都没有吻过你，我的天！”

“你终于说出来了！”她说，仿佛接下来发生的事情是如此理所当然。她踮起脚，伸手把他的头拉向她，吻上他的嘴唇，而他，猝不及防。她很生涩，却异常用力。

汤姆一下子拉开她。“这不好玩，伊莎贝尔。你不应该到处乱跑，还突然亲吻一个男人。除非你是认真的。”

“我是认真的！”

汤姆看着她，她的眼神里充满了挑衅，小巧的下巴透着一股子坚定。他也不知道一旦他越过那条线将会发生什么。噢，该死的！去他的好人！去他的理智！站在他面前的，是一个美丽的姑娘，她在等待着他的亲吻。太阳已经下山，两个星期就这么过去了，明天他就要回到那个鬼地方去了。他捧起她的脸，微微弯了腰，说：“所以，我该这么做。”他慢慢地吻了下去，时间仿佛已静止。他从未经历过这样的吻。

他终于抬起头，拂开垂在她眼前的一缕头发。“该送你回家了，不然他们要派人追杀我了。”他用胳膊环住她的肩膀，带着她往沙滩外走。

“你知道我是认真的，我是说结婚。”

“你一定是傻了才想要嫁给我，伊奇。看守灯塔的人很穷，而且做灯塔看守人的妻子会很辛苦。”

“我知道我要什么，汤姆。”

他站定了。“听着，伊莎贝尔。我无意冒犯你，只是——你比我年轻太多，我今年二十八岁。而且我猜，你没有和多少男人约会过吧。”从刚才那个吻来看，他敢打赌，应该是一个也没有。

“这跟我们的事情有什么关系？”

“只是——不要把一件事情本身和它带给你的第一印象混淆在一起。仔细想想吧。我敢打赌，十二个月以后，你一定会把我忘得一干二净。”

“别那么扫兴。”她说，踮起脚再次吻住他。

第六章

在晴朗的夏日里，杰纳斯岩仿佛完全舒展开来。在某些时候，你会觉得它露出海面的部分要比平时高一些；它也可能完全消失在暴风雨中，就像希腊神话中的某个女神，将自己隐藏了起来。有时海雾升腾，夹杂着盐分结晶的暖气流，会阻隔灯塔发出的光。如果有哪里发生森林大火，又厚又黏的灰会随着烟雾弥漫到这里，将日落时天边的红色和金色染得格外厚重，也会让灯室的窗格玻璃蒙上尘垢。所以，这个岛屿上的灯塔需要最强烈、最明亮的灯光。

站在灯室外的瞭望台上看出去，是绵延不绝的海平线。汤姆从未想过，在他有生之年里，他竟还会拥有一片如此浩瀚无垠的天地。要知道仅仅几年前，他还身处那片寸土必争的战场，很多人为了抢占几片泥泞地而牺牲了他们的生命，可也许只过了一天，那几片地就会再次易主。也许制图师是出于相同的原因将海洋在此一分为二，即使我们根本找不到它们确切的分界点。他们分割、标记，然后区别对待。但事实上，什么也没有改变。

在杰纳斯岩上，没有任何说话的理由。几个月过去了，汤姆都没有听过自己的声音。他知道有些看守人会唱歌，就像在检查一个发动机是不是还能正常工作。但是，在这样的寂静中，汤姆找到了一种自由的感觉。他倾听着海风的声音，他关注着生活中的每一个小细节。

有时候，他会想起那个吻，伊莎贝尔的吻，仿佛随着微风飘进他的心房。他会想起她肌肤的触感，她的柔软、她的全部，他根本无法想象，他的记忆里还存在着这样的美好。不知为何，只要在她身边，他就会感到清新、纯净。可是，这种感觉会攫住他，让他再次陷入黑暗，再次回到那个血肉横飞的世界里。他想不通为什么。他目睹了太多死亡，承受了太多死亡带来的冲击。他觉得自己没有理由还活着，还四肢健全。忽然，汤姆意识到自己在流泪，为那些在他身边倒下的战友，也为那些被他夺去了生命的人。

在灯塔上，你需要一天一天数着日子过。你写日志，报告发生的事情，做一切琐碎的事情，来证明生活还在继续。时间慢慢地过去，在杰纳斯纯净的空气中，那些往日梦魇渐渐离他远去，他终于敢去想以后的生活，去想他这些年从来不敢想的事情。伊莎贝尔一直在那儿，一直存在于他心间。在经历了那些事之后，她依然能如此开怀大笑，依然对周围的世界充满着好奇，依然愿意去尝试一切。去柴房的时候，汤姆想起哈斯拉克上校给他的建议。于是他挑选了一块桉树根，拿到工作棚。

亲爱的伊莎贝尔：

希望你一切都好。我很好，很喜欢这里，你可能会觉得奇怪，但是真的，我喜欢这里。这里的安静很适合我。杰纳斯是个神奇的地方，它跟我以前去过的所有地方都不一样。

我多么希望你也能看到这里的日出和日落，还有那些星星。看着繁星满天的夜空，就好像看着一面钟，你可以看见那些星座，它们划过天际。无论这一天有多糟糕，无论事情有多难对付，能够看到它们感觉真好。在法国时，它们曾给过我很多力量。无论发生了什么，它们始终闪烁着。我总觉得灯塔就像是掉落到地球上的一颗星星，无论发生什么，它始终在那里，始终会发出亮光。无论是夏天还是冬天，无论是在暴风雨中还是在晴空下，我们都可以依赖它。

好了，不唠叨这些了。我给你刻了一个小木盒，希望你能用到它，你可以用它来放你的发夹之类的首饰。

对于有些事情，你也许已经改变主意了，我只想说没关系。你是一个很好的女孩，与你在一起的日子，我很开心。

补给船明天就来了，我会让拉尔夫把这封信转交给你。

汤姆

一九二一年三月十五日于杰纳斯岩

亲爱的伊莎贝尔：

他们快要出发了，所以我简短地写几句。拉尔夫带来了你写给我的信。我很高兴收到你的信，也很高兴你喜欢那个盒子。

谢谢你还给我寄来了照片，你看上去很美。我会把它放在灯室里的好地方，这样你就可以透过窗户望出去了。

你的问题并不奇怪。打仗的时候，我知道有很多人利用回英格兰的三天假期结了婚，结完婚，他们立刻回来继续参加战斗。很多人以为他们还会回去，估计他们的妻子也这么认为，可是事与愿违。幸运的是，我应该会一直待在这个地方，所以你一定要认真考虑这个问题。如果你决定了，我愿意跟你一起冒这个险。我可以申请在十二月底休一个特殊上岸假期，所以你还有时间考虑。如果你改变主意，我可以理解。如果你没有，那我答应你，我会永远照顾你，我会尽我的全力做一个好丈夫。

你的汤姆

一九二一年六月十五日于杰纳斯岩

接下来的六个月过得很慢。以前，汤姆从未期盼过什么——每一天开始的时候，他就知道这一天将要结束，如此日复一日。现在，他要结婚了，他开始期待那一天的到来。有很多事情需要安排，有很多申请需要递交。只要有一分钟空闲的时间，他就在小屋里头转悠，看看是不是有什么东西需要修理：比如，厨房的窗子关不紧，或是水龙头非得男人才能打开。伊莎贝尔会需要什么？上一次补给船来的时候，他列了一个订单，包括粉刷房间用的油漆、梳妆台上的镜子、新的毛巾和桌布，还有钢琴乐谱——他从来没有碰过那台老旧的钢琴，但他知道伊莎贝尔喜欢弹钢琴。他还在单子上加上了新床单、两个新枕头和一条鸭绒被，写下这几样东西的时候，他还颇有些犹豫。

终于，补给船来接他了，内维尔·威特尼什大步跨上码头，汤姆不在的这些日子，由他来顶替看守人的职务。

“一切都正常？”

“希望如此。”汤姆说。

大概检查过一遍后，他说：“看来你知道怎么看守灯塔，很好。”

“谢谢。”汤姆说。这个赞扬让他深受感动。

“准备好了吗，孩子？”准备起锚时，拉尔夫说道。

“天知道。”汤姆说。

“确实。”他把目光转向海平面，“我们走吧，我的美人，让我们把军功十字勋章获得者舍伯恩上尉送到他的姑娘身边去。”

拉尔夫对船说话的样子跟威特尼什对待灯塔一模一样——对于他们，船和灯塔是有生命的，是他们心里最重要的部分。那是爱，汤姆想。

他凝视着灯塔。再次看见它的时候，他的生活就将完全改变了。他的心忽然颤动了一下：伊莎贝尔会跟他一样热爱杰纳斯吗？她会懂他的世界吗？

第七章

“你看到了吗？因为灯塔高出海平面很多，所以它的灯光能够越过海平线，一直抵达海的尽头。你看，不是光束本身，是朦朦胧胧的光晕。”灯塔的瞭望台上，汤姆站在伊莎贝尔的身后。他从背后搂着她，下巴轻轻地抵在她的肩膀上。一月的阳光洒落下来，将她乌黑的发丝染成金黄。

时间已经来到了一九二二年，这是他们独自待在杰纳斯的第二天。在这之前，他们去了珀斯，在那里度了几天蜜月，然后直接来到了这里。

“就好像能看到未来，”伊莎贝尔说，“能够预知前路的危险，为那些船保驾护航。”

“灯塔越高，透镜的阶数就越大，光束就射得越远。这盏灯的射程基本上是世界上最长的。”

“我以前从来没有爬得那么高过！就像飞一样！”她说着，又绕着塔尖跑了一圈。“还有，你管那个闪光叫什么？你说过的，有个词……”

“灯质。每一个航标灯都有一个不同的灯质。这盏灯的灯质是每五秒暗四次，所以每艘船看到这种闪光就知道这是来自杰纳斯的灯光，不是露纹，不是布雷克西，也不是其他地方。”

“他们怎么会知道？”

“这些船上都会有一份清单，清单上列出了他们将途经的所有灯塔。对于船长来说，时间就是金钱。他们总是想抄近路，以最快的速度抵达目的地卸货，然后再接下一个单子。在海上的时间越短，船员的工资就越少。这里的灯光是要告诉他们避开这里，绕道而行。”

透过玻璃，伊莎贝尔看到灯室里厚重的黑色窗帘。“那是干什么用的？”她问。

“保护作用！透镜不会分辨透过它的光。我们假设它能把很小的火焰放大到一百万烛光单位，你想象一下，如果这个透镜没有遮蔽，一直放在阳光下，它会把太阳光放大成什么样子。当然，如果你人在十英里之外，一点问题也没有。但是如果你离得很近就不太好了。所以我们必须要保护它，也是保护自己。没有这个窗帘的话，如果我白天走进来，就被烤熟了。来，到里面来，我告诉你怎么回事。”

他们走进灯室，来到那盏灯的面前。铁门在他们身后“哐当”关上。

“这是一个一阶透镜，透过它的光会跟原来一样亮，不会有多少损失。”

伊莎贝尔看着透过棱镜形成的彩虹。“真漂亮。”

“透镜中心最厚的部分就是牛眼。这是一个四面牛眼透镜，但是灯质不同，透镜的数量也会不同。光源必须要放在跟透镜等高的位置，这样透镜才能对焦。”

“那牛眼周围为什么有这么多圈玻璃呢？”每面透镜周围环形安装着一圈一圈的三菱形玻璃，以透镜为中心，就像飞镖盘上的靶环。

“最里层的八圈是用来折射光线的，这些玻璃的作用是不让光线朝上或者朝下照射，而是往前射向大海的方向，某种程度上，它们是让光线转了一个弯。金属框上面和下面的这些圈——看到了吗？一共十四圈，离牛眼中心越远，玻璃就越厚。它们会把照射出去的光反射回来，这样所有的光会被集中到一起成为一道光束，而不会散到四面八方。”

“就是说所有的光线都得到了充分利用。”伊莎贝尔说。

“可以这么说。这里就是灯了。”他指着位于整座灯最中心金属架子上的那个小装置，被一个网眼罩覆盖着。

“看起来很小。”

“对，现在看起来很小。但它膨胀起来时，会让煤油蒸气燃烧起来，像星星一样发出明亮的光。晚上我点灯给你看。”

“没有烦人的邻居，也没有无聊的亲戚，”她轻咬着他的耳朵，“只有你和我……”

“还有那些动物。幸运的是，杰纳斯上没有蛇。周边的一些岛屿除了蛇什么也没有。这儿有一两只蜘蛛，所以你要小心，小心别被它们咬了。还有……”汤姆想要把这里有的动物都告诉她，但他实在快说不下去了，因为伊莎贝尔一直不停地在亲吻他，她咬着他的耳朵，把手伸入他裤子的口袋里。汤姆快无法思考了，说话也断断续续起来。

“我是在说很严肃的……”他挣扎着继续，“事情，伊奇。你得小心——”她的手指摸到那个地方，他发出一声呻吟。

“我……”她咯咯笑着，“我是这岛上最危险的东西！”

“不要在这儿，伊奇。不要在灯室中间。我们……”他深吸了一口气，“我们下楼去。”

伊莎贝尔大笑。“就这儿！”

“这是国家的地方。”

“什么——你要把这个写到日志里去吗？”

汤姆尴尬地咳嗽。“从技术上来说……这些东西很精密，比我们俩以前见过的所有东西都要贵。万一坏了，我还得编个理由出来。来吧，我们下楼去。”

“那如果我不呢？”她逗他说。

“好吧，那我就只好……”他把她举起来，扛在肩膀上，“这样了，宝贝。”他说着，扛着她走下一百多级狭窄的楼梯。

第二天，伊莎贝尔望着碧绿平静的大海，惊叹道：“噢，这儿是天堂！”尽管汤姆警告过她这里的天气很糟糕，但海风似乎很友好，今天宣布休战，阳光明亮而温暖。

他带她去了那个浅礁湖，这是一个水深不到六英尺的湖泊，深蓝色的湖面平静而宽广。两个人还在里面游起了泳。

“幸好你喜欢这里。我们要三年后才有上岸假期。”

她搂住他。“我跟爱的人在一起，其他都不重要。”

汤姆抱着她轻轻地转了一个圈，说：“有时候鱼会在岩石间的缝隙中穿来穿去，你可以用网子把它们舀起来，或者直接用手抓住。”

“这个湖叫什么名字？”

“它没有名字。”

“每样东西都应该有个名字，你说呢？”

“好，那你给它起一个吧。”

伊莎贝尔想了一小会儿。“天堂池。”她说，双手捧起一捧水泼到一块岩石上，“这里是我的游泳池。”

“这里一般很安全。但保险起见，还是小心些。”

“什么意思？”伊莎贝尔心不在焉地划着水，问道。

“一般来说鲨鱼无法通过岩石的缝隙，除非潮水涨得很高，或者暴风雨来的时候。这么来说，你应该比较安全……”

“应该？”

“但你要注意其他东西，比如说海胆。脚踩在暗礁上的时候要小心，它们的刺会断在你的肉里，引起感染。还有黄貂鱼，它们把自己埋在水边的沙子里——如果你踩到它们尾巴上的那根刺就麻烦了。如果它们的尾巴扬起来打在你的心脏周围，那……”他发现伊莎贝尔忽然安静下来。

“你还好吗，伊奇？”

“不知道为什么，你每次滔滔不绝讲这些的时候我都感觉不太一样——我们离别人太远了，没有人会来帮助我们。”

汤姆把她揽在怀里，拉着她上了岸。“亲爱的，我会照顾你的，别担心，”他微笑，“你知道我会的。”他亲了亲她的肩膀，让她躺在沙滩上，亲吻她的嘴唇。

在伊莎贝尔的衣橱里，一大堆冬天的厚毛衣旁边，挂着几件花连衣裙——很好洗，也不容易被弄破。她穿着它们去做她的新工作：喂鸡、择菜、挤羊奶、打扫厨房。跟汤姆在岛上徒步走路时，她会穿着汤姆的一条旧裤子，裤腿要卷起来一尺多，腰间扎一条破皮带，上身穿着他的无领衬衫。她喜欢光脚接触大地的感觉，只要可以，她去哪儿都不穿鞋子。但是，去悬崖时，她会穿上橡胶底的帆布鞋，保护脚底不被尖利的花岗岩划伤。就这样，她不断探索着她的新世界。

伊莎贝尔沉醉于杰纳斯自由自在的空气中。在她来到杰纳斯不久后的一个早晨，她决定要做一个新尝试。这天中午，她到观察室去给汤姆送三明治。“你觉得我的新造型如何？”她问，身上什么也没有穿，“天气太好了，我觉得不需要穿衣服。”

他挑着一边的眉毛，似笑非笑。“很美。但是你很快就会觉得厌烦了，伊奇。”他接过三明治，抚摸着她的下巴。“在近海的灯塔上生活，你必须要学会保持一颗平常心，按时吃饭，按时作息……”他笑着说，“……还有一直穿着衣服。相信我，亲爱的。”

她涨红了脸，回到小屋，一层一层地穿上衣服——贴身背心、衬裙、连衣裙、开襟羊毛衫，又套上了一双惠灵顿靴子，然后跑到烈日下，吭哧吭哧地挖起土豆来。

伊莎贝尔问汤姆：“你有这个岛的地图吗？”

他笑起来。“你怕迷路吗？你都已经来了好几个星期了！只要你不跑到海里去，回家应该很容易，而且灯塔也会告诉你回家的路。”

“我就想要个地图。这儿一定有。”

“当然有。如果你要，这儿还有整个地区的地图，不过我可不知道它们对你来说有没有用。那上面可没多少你能去的地方。”

“你就给我吧，老公。”她说着，亲了亲他的脸颊。

那天上午的晚些时候，汤姆拿着一个大纸卷出现在厨房，毕恭毕敬地把纸卷呈给伊莎贝尔，说：“谨遵您的命令，舍伯恩夫人。”

“谢谢，”她用同样的口吻回答他，“这样就可以了，先生，你可以走了。”

汤姆摸摸下巴，唇角浮起一丝玩味的笑容。“你在忙什么呢，小姐？”

“不告诉你！”

接下来的几天里，伊莎贝尔每天上午出去探险，下午就躲在卧室里。即使汤姆在灯塔上忙碌，她也紧闭着房门。

一天晚上，她洗好晚餐的碗碟，取出那个纸卷递给汤姆。“这是给你的。”

“谢谢，亲爱的，”汤姆正在看绑在绳结上的卷了角的小册子，他看了一眼说道，“我明天把它放回去。”

“但是这是给你的。”

汤姆看着她。“这不是地图吗？”

她顽皮地露齿一笑。“你不看怎么知道呢？”

汤姆打开纸卷，发现它完全变了。地图上写满了小小的注释，还有彩色的素描和箭头。他第一个念头是这张地图是联邦财产，下一次检查的时候他完蛋了。地图上的每一个地方都有了新名字。

“怎么样啊？”伊莎贝尔微笑道，“一个地方没有名字怪怪的，所以我给它们都起了名字，看到了吗？”

她给所有的小海湾、悬崖、岩石和草地都起了名字，并把这些名字用印刷体写在了地图上，就像“天堂池”一样：“暴风角”“危险岩”“沉船滩”“宁静湾”“汤姆的瞭望台”“伊奇的悬崖”，诸如此类，还有很多。

“我从来没想过把它们看成一个个独立的地方。对我说来，这些都是杰纳斯。”汤姆微笑道。

“世界是有差异的。每个地方都应该有一个名字，跟一栋房子里的每个房间一样。”

汤姆也从没想过用一个个单独的房间来看待一栋房子。对他来说，那只是“家”。他忽然很痛心，因为这个岛屿被分割了，被分成了好的、坏的，安全的、危险的。他喜欢把它们看作一个整体。甚至，以他名字命名的那些地方也让他感到很不舒服。杰纳斯不属于他，而他却属于杰纳斯。他的工作仅仅是照顾它。

他看着他的妻子，她自豪地微笑着，欣赏着她的杰作。她只是想给这些地方起名字，并没有什么不对。也许最终，她会理解他，也会用他的方式来看待杰纳斯。

每次汤姆收到老兵聚会的邀请信，他都会回信，送去美好的祝愿，并寄些钱去，为聚餐做一些贡献。但他从没参加过。好吧，因为在灯塔上工作，即使他想去可能也去不了。他知道一些人喜欢见到熟悉的面孔，喜欢聊聊旧时的事情。可是，他并不想加入。那里都是他失去的朋友——是他曾经信任过的、并肩战斗过的，跟他一起喝醉过、一起冻得瑟瑟发抖的那些人。他们之间，不需要言语，他懂他们，就好像他们是他身体的一部分。他们之间，有一种共同的语言，把他们绑在了一起。这种语言只有共同经历过的人才会懂，随便什么话题最后都可能回到战场上去。“聊天”指的是虱子，“残渣”指的是食物，而“回英国老家”是指会被送到英格兰医院里治疗的伤患。可是现在，他不知道还会有多少人依然会说起这些密语。

有时候，他在伊莎贝尔身边醒来，依然会感到惊讶，也会为她还活着而松一口气。他会很近很近地看着她，只为确认她是不是还在呼吸。然后他把头靠在她的背上，感受着她柔软的皮肤和她熟睡时均匀而温和的呼吸。这是他生命中最大的奇迹。

第八章

“我以前仿佛都白活了，也许过去的一切只是为了考验我，看我是不是配得上你，伊奇。”

伊莎贝尔来到杰纳斯已经有三个月了。他们在草地上铺了毯子，两个人平躺在上面。四月的夜晚还算温暖，天空中挂满了星星。伊莎贝尔闭着眼睛，枕在汤姆的臂弯里。他轻轻地来回抚摸着她的脖子。

“你是我的半边天。”他说。

“我从来不知道你还是个诗人！”

“噢，不是我写的。我在哪里读过——是一首拉丁诗？还是希腊神话里的？总之就在类似这些东西里读到的。”

“我知道，你在你那梦幻的私立学校里学到的！”她取笑他。

这一天是伊莎贝尔的生日。汤姆给她做了早餐和午餐，然后看着她解开发条留声机上的蝴蝶结。她刚到岛上的时候，他很得意地领着她看那台钢琴，没想到钢琴因为长年不用已经不能弹了。为了弥补她，他跟拉尔夫和布鲁伊私下约好，让他们这次来的时候为她带来了留声机。他们把它装在了灯塔上，让它的声音在大自然中飘荡。白天的时候她已经听过了肖邦和勃拉姆斯，此时，亨德尔的《弥赛亚》正从灯塔上传来。

“我喜欢看你做这个动作。”汤姆看着伊莎贝尔说道。她的食指缠着一缕头发绕啊绕，然后绕开来，又接着绕另一缕。

伊莎贝尔这才意识到自己在做什么，说：“噢，妈妈说这是个坏习惯。我老是这么做，而且我自己都没有意识到。”汤姆拾起她的一撮头发，绕在自己的手指上。他松开，任由头发像飘带一样散开来。

“再给我讲个故事吧。”伊莎贝尔说。

汤姆想了一会儿。“你知道杰纳斯的名字和一月的名称来源于同一个神吗？他有两张脸，一张在前，一张在后，很丑。”

“他是什么神？”

“门神。因为前后各有一张面孔，所以他能够同时看到两个方向的东西。你看一月，在迎接新的一年的同时，还要回首过去的一年。他既看着过去，也看着未来。这个岛屿面向着两个不同的大洋，一面是南极洲，一面是赤道。”

“我知道这个。”伊莎贝尔说。她捏了捏他的鼻子，大笑。“我是和你开玩笑呢。我喜欢听你给我讲故事。再跟我讲讲星星的故事吧。半人马座在哪里来着？”

汤姆亲吻了她的指尖，拉起她的手臂指向那个星座。“在那里。”

“那是你的最爱吗？”

“你才是我的最爱。我对你的爱，比满天的星星还要多。”

他整个人往下移，去亲她的小腹。“我应该说‘你们俩是我的最爱’？有可能是双胞胎呢？或者三胞胎？”

汤姆的头靠在那儿，随着伊莎贝尔的呼吸轻轻起伏。

“你能听到什么吗？他在跟你说话吗？”她问。

“嗯，他说晚上太冷了，我应该带他的妈妈去睡觉了。”他一把抱起他的妻子，走进小屋。有歌声从灯塔上传来：“有一个孩子，为我们而生。”

伊莎贝尔写好了给她妈妈的信，在信中，她很骄傲地告诉妈妈这个好消息。“噢，要是我可以——我也不知道——可以游到对岸去就好了。我只想把这个消息告诉他们，等待补给船的到来太痛苦了！”她亲了亲汤姆，问，“我们要写信给你爸爸吗？或者你哥哥？”

汤姆站起来，走去擦滴水盘上的碗碟。“没有必要。”他说。

他脸上的表情不怎么高兴，但也不是生气。伊莎贝尔知道不能提这件事，她轻轻地接过他手中的茶巾。“我来擦吧，”她说，“你要做的已经够多了。”

汤姆摸了摸她的肩膀。“我去做椅子。”他努力地挤出一个笑容，走出厨房。

工作棚里，汤姆看着那些木板，那是他准备给伊莎贝尔做摇椅用的——他还没有开始安装。他努力地想要记起他儿时的那把摇椅，他的母亲曾抱着他坐在里面，轻轻摇晃着，给他讲故事。他的身体还记得被她拥抱的感觉——那是他失去了很多年的东西。他不知道他们的孩子是不是会一直记得伊莎贝尔的触摸。母爱是一种很神奇的东西。他回想起他母亲一生走过的道路，一个女人要多么勇敢，才能成为一个母亲。可是伊莎贝尔却想得很简单。“这是天生的，汤姆。有什么好怕的？”

在他二十一岁的时候，他找到了他的母亲，那时他刚从工程系毕业。

终于，他可以掌控自己的人生了。私家侦探给他的地址是位于达令赫斯特区的一间公寓。他站在公寓门外，忽然觉得自己又变回了那个八岁的小男孩，心里既期待又害怕。沿着狭窄的木质走廊，他听到很多声音，从一扇扇门的门缝里溜出来，透着不同的绝望。隔壁公寓里，传来男人的呜咽声，一个女人的叫喊声——“我们不能再这样下去了”，还有一阵婴儿的尖叫声。远一些的某个房间里，床头强烈的有节奏的摇摆声或许能让那个躺在上面的女人维持生计。

汤姆又看了看纸上潦草的笔迹。没错，是这个门牌号。他的耳边仿佛又听到了他母亲低柔的声音：“没事，我的小汤姆，没事。来，我们在伤口上缠上绷带。”

他敲了敲门，没有人应答，于是他又敲了一次。最后他试着转动门把，门打开了。一股熟悉的气味扑面而来，可同时，他也闻到了里面混杂的廉价烟酒的味道。在这个阴暗的小房间里，他看到一张凌乱的床和一把破旧的靠背椅子。窗户的玻璃有一条裂缝，花瓶里孤零零地插着一枝枯萎已久的玫瑰。

“你是找埃莉·舍伯恩吗？”一个又瘦又高的秃顶男人出现在他身后。

听到她的名字被说出来，让他觉得怪怪的。“埃莉”——他从未想象过用“埃莉”来称呼她。“舍伯恩太太，是的。她什么时候回来？”

那男人哼了一声：“她不会回来了，她还欠我一个月的房租呢。”

不应该是这样的。这与他脑海中想象的画面完全不一样，他计划了多年、向往了多年的团聚，不应该是这样的。汤姆的心脏快速地跳动起来：“那你有她的新地址吗？”

“她哪儿也没去。她死了，三个星期前。我只是来把剩下的这些东西都清理掉。”

汤姆想象过无数种不同的场景，却没有一个是这样的。他站在那里，完全无法动弹了。

“你要走了吗？还是你要搬进来？”那个男人酸溜溜地问。

汤姆踌躇了一下，打开他的钱包拿出五英镑。“这是她的房租。”他喃喃地说道，然后强忍着眼泪，沿着走廊大踏步往外走去。

汤姆保有了那么久的一线希望破灭了，破灭在悉尼的某个街头。而此时，整个世界正处在战争的边缘。一个月后，他入伍，他在亲属一栏填写了他的母亲和她那间公寓的地址。这些细节征兵人员并不会在意。

汤姆的手抚过一块加工过的木头，他想象着，如果母亲还活着，他会在给她的信里写些什么，他会用何种方式告诉她伊莎贝尔怀孕的消息。

他拿起卷尺，开始测量下一块木头。

“西庇太。”伊莎贝尔摆着一张扑克脸看着汤姆，嘴角微微地抽了抽。

“什么？”汤姆问。他本来在按摩她的脚，听到她的话，手里的动作停了下来。

“西庇太。”她重复道，把脸藏到书的后面，不让汤姆看到她的眼睛。

“你是开玩笑的吧？这名字也太……”

她的脸上闪过一抹受伤的神色。“那是我舅爷爷的名字。西庇太·桑古巴·格雷斯马克。”

汤姆看了她一眼，她继续说道：“奶奶临终之前我答应过她，如果我有了儿子，会以她哥哥的名字命名。我不能违背这个诺言。”

“我在想正常一点的名字。”

“你的意思我舅爷爷不正常喽？”

伊莎贝尔再也忍不住了，她放声大笑。“你被骗了！我骗到你了！”

“小疯丫头！你一定会后悔的！”

“不要，住手！住手！”

“不能饶你。”他一边说着，一边胳肢她的肚皮和脖子。

“我投降！”

“太晚了！”

此时，他们躺在通往沉船滩的草地上。傍晚柔和的光线将沙滩染成了金黄色。

汤姆突然停下来。

“怎么了？”伊莎贝尔问，她透过披散在脸上的长发缝隙看着他。

他撩开她眼前的发丝，默默地注视着她。她伸手摸上他的脸颊。“汤姆？”

“有时候，我觉得真不可思议。三个月前这里还只有你和我，现在却有了另一个生命，突然冒出来似的，就像……”

“就像一个孩子。”

“是的，孩子，可是不仅仅如此，伊奇。在你来之前，我经常坐在灯室里想生命是什么。我的意思是，比起死亡……”他停下来，“我又开始说废话了，不说了。”

伊莎贝尔抬起手抚摸他的下巴。“你很少说起这些，汤姆。告诉我。”

“很难用语言表达。生命从何而来？”

“这很重要吗？”

“这不重要吗？”他反问。

“这是一个谜。我们无法理解的谜。”

“有时候我会想知道答案。当我看着一个人在我身边死去，我很想问他：‘你去哪里了？几秒钟之前你还好好地跟我在一起，可现在，仅仅是因为一小块金属飞速而来，打穿了你的皮肤，你就忽然去了另一个世界。为什么会这样？’”

伊莎贝尔的一个手臂抱着膝盖，另一只手拉扯着身边的小草。“你觉得人死的时候还会记得现在的生活吗？你觉得在天堂里，比如说，我的奶奶和爷爷，他们会在一起吗？”

“我不知道。”汤姆说。

她忽然很急切地问：“汤姆，如果我们都死了，上帝会不会把我们分开？他会不会让我们在一起？”

汤姆抱住她。“看看我都做了什么。我就不应该胡说八道。来吧，我们刚才明明是在挑名字。我只是想拯救这个可怜的孩子，不然他一辈子都得叫什么西庇太·桑吉巴。女孩呢，叫什么名字？”

“爱丽丝、艾米利亚、安娜贝尔、阿里阿德涅……”

汤姆挑起眉毛。“又开始了……‘阿里阿德涅’！好吧，她应该很适合生活在灯塔上。我们能不能给她找个不会被别人嘲笑的名字？”

“只有两百多页啦。”伊莎贝尔笑着说。

“那我们最好跳着看。”

那天晚上，汤姆站在瞭望台上，眺望出去，又想起他的问题。这个孩子的灵魂从哪里来？往哪里去？那些与他一起玩笑、一起庆祝、一起在泥泞中行进的人，他们的灵魂在哪里？

他在这里，很安全、很健康，有一个美丽的妻子。现在，某个灵魂决定要加入他们的生活，不知它来自何方，或许是地球上最偏远的那个角落。

他回到灯室里，又看了看挂在墙上的伊莎贝尔的照片。一切都是谜，都是谜。

上一次补给船来的时候，还带来了汤姆送给伊莎贝尔的另一件礼物：塞缪尔·B.格里菲斯医生写的《澳大利亚妈妈的高效育儿手册》。伊莎贝尔只要一有空就捧在手里。

她拿着书开始考问汤姆："你知不知道婴儿的膝盖骨其实不是骨头？"或者是"你知道几岁开始可以用勺子喂婴儿吃饭？"

"你难倒我了，伊奇。"汤姆说。

"猜猜嘛！"

"说实在的，我怎么会知道这些？"

"噢，你真没意思！"她抱怨着，继续钻研下一个课题。不出几个星期，书角便都卷了起来，书页上也沾上了草渍。

"你是要生孩子，不是要考试。"

"我只是不想出错。我又不能去隔壁敲门问妈妈，对不？"

"噢，伊莎贝尔。"汤姆大笑道。

"什么？什么这么好笑？"

"没有，什么也没有。我不想改变你。"

她微笑着亲吻他。"我知道，你会是一个很好的爸爸。"她的眼睛忽然探询地看着他。

"什么？"汤姆立刻问道。

"没有。"

“你有话要说，告诉我。想说什么？”

“你爸爸。你为什么从来都不提他？”

“我觉得他没有什么好讲的。”

“但是，他是一个怎样的人？”

汤姆想了想。他要怎么去概括他？他要怎么去描述他的那种眼神呢？他的眼神里始终有一层无形的隔阂，横亘在他们之间，让他难以碰触。“他永远是*正确*的。无论什么事情，他永远*正确*。他知道规则，并且无论如何都会严格遵循这些规则。”汤姆回忆起那个笔直高大的身影，他的童年被笼罩在这个阴影下，坟墓般坚硬冰冷。

“他是不是很严格？”

汤姆苦涩地笑起来。“不只是严格。”他用手托住下巴，思索着。“也许他只是不想他的儿子们脱离他的控制。我们会为了任何一件事情挨打。好吧，是我会为了任何一件事情挨打。塞西尔总是会告发我，他自己则轻易逃脱。”他又笑了出来。“告诉你，正因为如此，军纪对我来说很容易遵守。所以你永远不知道你要感谢什么。”他的神色变得严肃起来。“而且，这让我在战场上感到很轻松，因为我知道就算他们接到那个电报，也不会有任何人为我伤心难过。”

“噢，汤姆！别这样说！”

他把她揽进怀里，抚摸着她的头发，沉默不语。

有时候，大海会露出它的另一面——不再蔚蓝，不再平静，而是充满了暴戾和凶险，仿佛要将它的能量一下子爆发出来，那是只有上帝才

能召唤的能量。海水愤怒地噬咬悬崖边缘的岩石，猛烈地拍击着这个岛屿，溅起的水花一直打到灯塔的顶端。那咆哮声仿佛是由一只愤怒至极的野兽发出来的。这样的夜晚最需要灯塔的守护。

暴风雨最恶劣的那些夜晚，汤姆会整夜待在灯塔上，喝着从保温杯里倒出的甜茶，用煤油加热器取暖。他想着那些还在海上航行的可怜的家伙，感谢上帝，让他待在一个安全的地方。他留意着海上是否有求救的火焰信号，准备好可以随时出发的小艇，可是在这样的大海上，天知道它能派上什么大用场。

那是五月初的一个夜晚，汤姆坐在那里，手里拿着笔在本子上算账。他的年薪是三百二十七英镑。孩子的一双鞋要多少钱？听拉尔夫说，得跟着孩子的成长速度换鞋。另外，还有衣服，还有教科书。当然，如果他一直待在灯塔上，那伊莎贝尔就得自己在家给孩子上课了。可是在这样的夜晚，他不知道将这样的生活强加给别人是不是公平，尤其是孩子。东部的一位看守人杰克·斯罗塞尔却有他自己的一套理论。“我发誓，对孩子来说，那是世界上最好的生活。”他曾经这样告诉过汤姆，“我的六个孩子都非常健康。他们总能找到玩的东西：山洞探险，过家家，还恶作剧。我觉得他们是一群天生的开拓者。我太太就负责管着他们的功课。听我的——在灯站上养孩子就跟眨眼一样简单！”

汤姆回到他的账本上来：看看还能不能多省点钱，存起来给孩子买衣服、看医生——还有其他。他就要成为一个父亲了，他很紧张，也很激动，还有点担心。

他的脑海里渐渐浮现起自己的父亲，正在这时，灯塔外面电闪雷鸣，轰隆隆的巨响声震耳欲聋，淹没了那晚的一切声音，淹没了伊莎贝尔的哭喊声，淹没了她的求救声。

第九章

“要我给你倒杯茶吗？”汤姆不知所措地问。他是一个很能干的人：给他一台灵敏的技术仪器，他能将它维护得很好；有什么东西坏了，他能快速高效地把它修好。可是面对着他悲伤欲绝的妻子，他却觉得自己很没用。

伊莎贝尔没有抬头。他又问：“要止痛片吗？”灯塔看守人的急救课程里教过如何抢救溺水者、如何治疗体温过低和受冻情况、如何给伤口消毒，甚至包括了截肢的基础知识，但没有涉及妇科的内容，而汤姆对流产是怎么回事一无所知。

那场可怕的暴风雨已经过去两天了。两天了，伊莎贝尔依旧出血不止，也不让汤姆发信号求救。那天晚上，汤姆在灯塔上整整守了一夜，拂晓之前他灭了灯回到小屋，很想好好地睡上一觉。可是他走进卧室，却看到伊莎贝尔蜷缩在床上，整个人浸泡在血泊中，眼睛里充满了他从未见过的悲伤。“对，对不起，”她说，“对，对不起，汤姆。”又一波疼痛袭击了她，她呻吟着，双手死死地按在小腹上，乞求这疼痛能够停下来。

她终于说话了。“要医生干什么？孩子已经没了。我该怎么办？”

她含含糊糊地说，“别人生孩子都那么容易。”

“伊莎贝尔，不要说了。”

“是我的错，汤姆。一定是。”

“不是你的错，伊奇。”他把她揽进怀里，让她的头靠在他的胸膛上，一遍又一遍亲吻着她的头发。“我们还会有孩子的。有一天，我们会有五个孩子，他们跑来跑去到处玩耍。一定会有这么一天的。”他用披肩裹住她的肩膀。“外面很美。来吧，我们坐到走廊里去。这对你有好处。”

他们肩并肩坐在柳条制的扶手椅子里，伊莎贝尔身上盖着一条蓝色的格子毛毯。她坐在那里，望着这一天的太阳慢慢划过深秋的天空。

伊莎贝尔看着那两棵松树，突然为它们的孤独抽泣起来。“应该有森林的，”她突然说道，“我想念那些树，汤姆。我想念它们的叶子、它们的味道，很多很多树——噢，汤姆，我想念那些动物，我好想念袋鼠！我想念那一切。”她泪中带笑，仿佛在嘲笑自己的胡言乱语。

“我知道，伊奇，亲爱的。”

“可是你不想吗？”

“你是我在这个世界上唯一想要的，伊奇，你在这儿呢。一切都会好起来的，只要你给它时间。”

无论伊莎贝尔多么尽心尽力地打扫，每样东西上还是蒙上了一层薄薄的灰尘——她的结婚照片；一九一六年休和阿尔菲参军时穿着军装的照片，他们的脸上带着快乐的笑容，仿佛他们是去参加一个聚会。在澳大利亚武装部队里，他们不是很高大，但他们戴着宽边软帽的样子是那

样热情洋溢，英俊潇洒。

她的缝纫盒很整齐，却又不像她妈妈的那个，仿佛连用都没有用过。针都插在一个淡绿色的软衬垫上。婴儿洗礼袍的布料展开平铺在那里，还没有缝好。

汤姆为她做的那个盒子里放着一小串珍珠项链，那是汤姆送给她的结婚礼物。梳妆台上，还放着她的发刷和玳瑁梳子。

伊莎贝尔慢慢地走进客厅。她看着那些灰尘，看着窗框旁边石膏线上的裂缝，看着那条深蓝色地毯边缘的散口。壁炉需要打扫了，而窗帘的内衬由于长时间暴露在极端天气下已经开始老化破碎。哪怕只是想着要做这些事情，她都感到力不从心。仅仅几周前，她还充满着希望和活力。可是现在，这个房间就像一口棺材，而她的生命仿佛也快要耗尽了。

她打开妈妈当初为她准备的离别礼物。那是一本相册，里面有她还是婴儿时的那些照片，每张照片背面都有摄影工作室的印章——古切尔照相馆。还有一张她爸爸妈妈结婚时的照片和一张全家福。她的手指缓缓地抹过桌面，在那块蕾丝桌巾上流连了很久，那是奶奶当年出嫁时的嫁妆。然后她走到钢琴前面，掀开钢琴盖。

胡桃木质的钢琴已经裂开了多处。琴键上方贴着“伊斯朵夫，伦敦”的金箔字。她经常想象这台钢琴的旅程，想象它如何来到澳大利亚，想象它可能停留过的那些地方——一栋英式房屋里，或者一所学校里，稚嫩的小手在琴键上弹奏着不那么完美的音阶，或者，它还上过舞台。然而造化弄人，它生命里的大部分时间都待在这个岛屿上，孤独和潮湿让它失去了声音。

她慢慢地按下中央 C，没有声音。象牙琴键犹如她奶奶的指尖般温润而光滑，让她想起多年前的那些午后，她上着音乐课，双手交叉着练习降A大调反行，一个八度，两个八度，然后三个八度。窗外传来木拍击打板球的响声，伴随着休和阿尔菲的嬉闹声，而她，一个“小淑女”却为了“出人头地”，在这里听奶奶一遍又一遍解释抬高手腕的重要性。

“但是这太傻了，反行！”伊莎贝尔大叫。

“宝贝，你得完全理解什么是反行。”她的奶奶强调。

“我能去打板球吗，奶奶？只玩一会儿，玩一会儿我就回来。”

“板球可不是女孩子玩的东西。来，我们继续练习。肖邦练习曲。”她只能往前坐了坐，然后打开一本乐谱，乐谱上用铅笔标满了记号，还沾上了小小的巧克力指印。

伊莎贝尔又摸了摸琴键，心里忽然有一种渴望。她渴望音乐，更渴望那段过去的时光。在那段时光里，她可以冲到外面，提起裙子，充当她哥哥们的守球员。她按下其他琴键，仿佛这些琴键能让她回到过去。可是，她只听到琴键打到木头上发出的低沉的噼啪声，琴键底部的毛毡已经磨损殆尽。

“没用了，还有什么意义？”她对走进来的汤姆耸了耸肩，“它没用了，我也是。”她开始哭泣。

几天后，他们俩站在悬崖边缘。

汤姆用锤子将一枚用浮木制成的小十字架敲进泥土里。在他妻子的要求下，他在十字架上刻上了：“1922年5月31日。永远铭记。”

他又用铁锹挖了一个坑，准备种下她从花园里移过来的迷迭香丛。他一下又一下地抡着铁锹，不断地重复着这个动作，有些记忆突然在脑海里闪现，一种难以抑制的恶心感在他身体里升腾。这其实并不需要多少体力，可是他的掌心濡湿一片。

伊莎贝尔从悬崖高处望下去，“迎风”号又一次靠岸了。拉尔夫和布鲁伊熟门熟路，很快就会上岸。她知道，没有必要去迎接他们。他们放下船踏板，让她惊讶的是，跟他们一起上岸的还有一个人。而他们并没有预约维修人员。

那三个人走上码头的时候，汤姆正沿着小径爬上悬崖。那个陌生人提着一个黑色的包，似乎还没有从这段海上航行中缓过来。

汤姆走上来，伊莎贝尔紧绷着脸，一脸的愤怒。“你居然敢这么做！”

汤姆的脚步有些蹒跚。“我怎么了？”

“我早告诉过你不要那么做，你不听！你让他回去。别让他到这里来烦我。我不需要他。”

伊莎贝尔生气的时候看起来就像一个孩子。汤姆很想大笑，但是他的笑容更加激怒了她。她把双手背到身后。“你竟然背着我叫了医生来，我说过我不需要医生。我不需要他对我检查来检查去，然后告诉我一些我早就知道的事情。你应该觉得羞耻！你自己去招待他们吧，所有人。”

“伊奇，”汤姆叫道，“伊奇，等等！亲爱的，别这样。他不是……”

“怎么样？”拉尔夫走到汤姆面前问，“她怎么说？我赌她一定高兴坏了！”

“没有。”汤姆双手握着拳插进口袋。

“可是……”拉尔夫惊讶地看着他，“我以为她会很高兴呢。希尔达费尽口舌才说服他到这里来，我老婆一般可不太愿意做这种事。”

“她……”汤姆想着要不要解释，“对不起，她误会了，发了一大通脾气。每次这样，我就只能闭嘴，让事情自己过去。所以恐怕午饭得吃我做的三明治了。”

布鲁伊和那个人走了过来，互相介绍之后，四个人走进小屋。

伊莎贝尔坐在“危险”小海湾旁边的草地上，“危险”这个名字还是她当初起的。她很生气。她讨厌这样的事情——你的私事好像一定要变成大家的事情。她讨厌拉尔夫和布鲁伊知道这件事。而汤姆居然违背了她的意愿叫来了医生，也许他们整个旅程都在讨论她，天知道他们还会说些别的什么。

这时天色还早，她坐在那里，望着海面。微风轻轻拂过，平静的海面泛起阵阵柔和的波浪。几个小时过去了，她越来越饿，渐渐地有些昏昏欲睡。可只要那医生还在小屋里，她就不回去。她开始倾听各种不同的声音，风声、水声、鸟叫声。然后，她听见别的声音：一阵短促的音符声，连续不断地重复着。是从灯塔传来的，还是从小屋里？那声音跟平常工作室里金属的叮当声不一样。她又听到，这次是另一个音符。杰纳斯的风声会很容易掩盖掉其他声音。两只海鸥落在近旁，叽叽喳喳地争抢一条鱼。渐渐地，那个声音消失在这些噪声里。

她凝神倾听，直到她又在空气中捕捉到了那个声音。不会错的，那是一个音阶：不是那么动听，但是一次比一次好。

她从没听拉尔夫和布鲁伊提过钢琴，而汤姆绝对不会去弹钢琴。一定是那个讨厌的医生，把他的手指放到了不该放的地方。她从没在那台钢琴上调出过声音，而现在它听上去像在歌唱。伊莎贝尔愤怒地跳了起来，她要去把那个入侵者赶走，从她的钢琴边，从她的生活里，从她的家里赶走。

她从其他屋子前跑过，汤姆、拉尔夫和布鲁伊正在那里堆放一袋袋的面粉。

“下午好啊，伊莎贝……”拉尔夫跟她打着招呼，她却越过他直接进了小屋。

她冲进客厅。“不好意思，那是很精密的乐……”她开始说话，可是很快她就被搞糊涂了。她看到那台钢琴完全被拆开了，旁边放着一个打开的工具盒。那个陌生人正用一个很小的扳手调节一根低音铜弦上方的旋钮，另一只手敲击着铜弦对应的琴键。

“一只干瘪的死海鸥，就是你这台钢琴的问题。”他头也不抬地说，“好吧，这只是问题之一，还有整整二十年沙了和盐的侵蚀，天知道还有其他什么。我把一部分毛毡换掉了，现在好多了。”他一边说一边继续旋转扳手敲击琴键。“什么样的东西我都见过。死老鼠、三明治、毛绒猫玩具。关于钢琴里的这些东西，我能写一本书出来，虽然我没法告诉你它们是怎么进去的。不过我敢打赌，这只海鸥一定不是自己飞进去的。”

伊莎贝尔吃惊地张着嘴，一句话也说不出来。一只手搭上她的肩膀，她转过头，看到了汤姆。她忽然涨红了脸。

他大笑。“这么惊讶啊，嗯？”他亲了亲她的脸颊。

“嗯……嗯……这是……”伊莎贝尔的声音软了下来。

他的手滑下来揽住她的腰。两个人抵着额头站了好一会儿，最后忍不住大笑起来。

接下来的两个小时里，她一直坐在那里，看着调音师一点一点把音色调得越来越亮，他重新又调了一遍琴弦，钢琴的声音比之前更响亮了。

调音完毕后，他还演奏了一曲《哈利路亚》。

“我尽力了，舍伯恩太太。”他一边收拾工具一边说道，“其实需要把它拿到工作室去修理，但是这一来一回的路途对它没好处。它现在远远算不上完美，不过至少可以弹了。”他把钢琴凳拉了出来，“要不要来试一试？”

伊莎贝尔坐下来，弹了一遍降 A 大调反行。

“这感觉比之前好多了！”然后，她开始弹奏亨德尔咏叹调，渐渐地，陷入过往的回忆中。突然有人清了清嗓子，是拉尔夫，他站在门口。

“不要停！”她转身跟他们打招呼时，布鲁伊说。

“对不起，我太无礼了！”她说着站起来。

“没有啦。”拉尔夫说，“这个，是希尔达让我带来的。”他说着，从背后拿出一样用红丝带系好的东西。

“噢！我可以现在打开吗？”

“那最好了！我回去要是不一个字一个字说给她听，她会唠叨个没完没了。”

伊莎贝尔打开包装，里面是巴赫的《哥德堡变奏曲》乐谱。

“汤姆说你闭着眼睛都可以弹这些东西。”

“我已经很多年没有弹了。但是——噢，我太喜欢了！谢谢你！”她拥抱了拉尔夫，又亲了亲他的脸颊，“还有你也是，布鲁伊。”她说着去亲他的脸颊，他一转身，她不小心亲在了他的嘴唇上。

他笑起来，局促地看着地面。“我觉得我没做什么。”他说，但是汤姆不同意，“可别相信他，是他开车去奥班尼把人接来了，昨天整整开了一天。”

“这样的话，我还要再亲你一下。”她说道，然后亲了亲布鲁伊的另一边脸颊。

“还有你！”她说着，又亲了一下那位调音师。

那天晚上，伴随着巴赫的小夜曲，汤姆检查了灯的纱罩。那些音符仿佛排着队顺着楼梯爬上了灯塔，萦绕在灯室周围，飘浮在那些棱镜之间。伊莎贝尔是如此神秘，就像让这盏灯旋转起来的水银一般。可以是药，也可以是毒；如此坚强，可以承受整座灯的重量，却又如此脆弱，可以瞬间化为数以千计的碎片，四处散落，无法捕捉，全无自我。

他踏上瞭望台，看着迎风号的灯光渐渐消失在地平线上，心里默默地为伊莎贝尔，为他们的生活祈祷。然后，他打开了日志，在一九二二年九月十三日星期三那天的“备注”一栏里写下：“随船到访：阿奇·波洛克，钢琴调音师。经事先批准。”

第二部

彩色玻璃窗和神的旨意

/

他回头去看那旋转的光束，苦笑出声，那明亮光束的背后，是永远处于无尽黑暗中的岛屿。灯塔发出的光指引着别人的路，却照不到自己身边最近的地方。

第十章

一九二六年四月二十七日。

伊莎贝尔嘴唇苍白，目光低垂。有时候，她依然会把手怜爱地放在自己的小腹上，可是那里已经平坦如初，里面什么也没有了。她上衣的胸口位置依然沾着上次涨奶时的奶渍，最初的那些天，她的乳汁是那样丰富，可是却没有享用的人。她又哭了起来，仿佛那件事就发生在昨天。

她铺好了床，把叠好的睡衣放到枕头下，然后走上悬崖，在那几个墓地旁边坐了一会儿。她小心翼翼地整理着最新的那一个，又拔去两个旧十字架周围的杂草，几年过去了，十字架上已经布满盐的结晶，迷迭香丛在海风中顽强地生长着。

婴儿的哭声随着风传来，她本能地看向墓地。恍惚间，她以为所有的一切都是一个错误——她最后的那个孩子没有胎死腹中，它依然活着，呼吸着。她从错觉中清醒过来，那哭声却还在继续。然后，她听到汤姆的喊声从灯塔传来——“在海滩上！有条船！”那不是梦，她以最快的速度跑过去，和他一起走向那条船。

船上的那个人已经死了，可是汤姆在船头找到了一个正传出哭声的包裹。

“天哪！”他大喊，“我的天哪，伊奇。这是……”

“一个孩子！噢，我的上帝啊！噢，汤姆！汤姆！这里——把孩子给我！”

回到小屋，这孩子完全激发了伊莎贝尔的母性，她本能地知道如何抱孩子，如何让她平静下来，如何安抚她。她舀起温水给孩子洗澡，抚摸着孩子光洁柔嫩的皮肤。她亲吻着每一个小小的指尖，轻柔地为那孩子咬去长长的指甲，这样她才不会抓伤自己。她把孩子的脑袋托在掌心，用她保存得最好的一块真丝手帕为孩子擦去鼻子下结壳的鼻涕和眼睛周围的泪痕。那一刻，她好像融入了另一幅画面，她在给另一个孩子洗澡，面对着另一个孩子的脸，她的动作在那一瞬间停顿下来，时间仿佛静止了。

她注视着那双眼睛，像是在看上帝的脸。没有面具，没有伪装，全然没有防备。人的生命是如此错综复杂，上帝融合了血液、骨头、皮肤，创造出如此奇妙的杰作。现在，这个小生命找到了她，来到了她的身边，面对着这样的生命，她是如此卑微。要知道，那件事情仅仅过去两个星期……上帝这样的安排绝非偶然。这个孩子是如此脆弱，如果洋流稍稍变换了方向，没有将她安全地送来沉船滩，那她很可能已经像雪花般融入大海了。

她们之间无须言语，孩子僵硬的身体渐渐放松下来，开始信任她。

这是另一种语言，两个生命之间的交流。死神之手曾经如此接近这个孩子，而此刻，她仿佛融入了另一个生命，就像两大洋在此汇聚。

一时间，种种情绪充斥在伊莎贝尔的心间。当她的一根手指被那双小手紧紧地抓牢时，她觉得生命是如此神奇；当她看着那如藕节般圆滚滚的小胳膊小腿时，她觉得生命是如此妙趣无穷；当她想到呼吸能够将这周围的空气转化为一个人的血液与灵魂时，她觉得生命是如此令人敬畏。可是，在这些情绪下，却蕴藏着深深的令人绝望的伤痛。

“看，你把我弄哭了呢，我的小乖乖。”伊莎贝尔说，“你到底是怎么做到的呢？你这个小东西，美丽的小东西。”她把孩子从浴盆里举起来，仿佛这是上苍赐予的神圣礼物。她让孩子平躺在柔软的白毛巾上，用毛巾轻拍她的皮肤，吸干她身上的水分，就像在吸去纸上多余的墨水以免它弄脏了纸面——她的动作小心轻柔，像是怕把她弄伤似的。那孩子安静地躺着，由着她给擦爽身粉，换上新尿布。伊莎贝尔毫不犹豫地走进婴儿房，五斗柜里放着各式各样没穿过的婴儿服。她拿出一条上身印着小鸭子的连衣裙，细心地给那孩子穿上。

伊莎贝尔哼着摇篮曲，身体轻快地摇来晃去。她打开那只小手，仔细地看着掌心的纹路：从出生开始，她的命运就已注定，是命运将她带到这里，带到这片海滩上。“噢，我美丽的小东西。”她说。但是那孩子已经疲惫不堪，很快便睡着了，她轻轻浅浅地呼吸着，偶尔会哆嗦一下。伊莎贝尔一只手抱着她，另一只手给婴儿床铺上床单，然后抖开她用软羊毛编织的毯子。可是她舍不得把孩子放下，似乎有一种超越意识的东西，悄悄地在她体内起了化学作用，激发起了她内心的母性本能，控制着她的感官和行为。可是忽然，一种强烈的挫败感将她拉回现实。她抱着孩子走进厨房，让孩子睡在她的大腿上，然后打开那本婴儿名字的书开始搜寻。

一个灯塔看守人要负责很多事情。他要记录、储存、维护、检查灯站上的每一件物品。没有一件东西可以免去检查的步骤。从燃烧室的管子到写日志用的墨水，从橱柜里的扫帚到门边的鞋擦，所有的这些都记录在一个皮面的设备登记簿里——甚至包括岛上的那些绵羊和山羊。未经弗里曼特尔的正式批准，看守人不能丢掉或处理任何东西，如果是很昂贵的东西，还得经过墨尔本方面的批准。灯塔看守人就像是玻璃瓶中的飞蛾一般，就算离得再遥远也无法逃脱监控和审查。

日志本上用同一支笔记录着看守人生活的点点滴滴。今日灯何时熄，明日灯何时亮。还有海上的天气，过往的船。那些闪着信号灯的船，那些在狂风中挣扎，一心一意对抗巨浪，顾不上发摩尔斯密码或国际电码报告它们从哪儿来上哪儿去的可怜的船。日志里的记录都应该绝对真实。杰纳斯不是劳埃德船级协会所属灯站，船只不会依赖杰纳斯发出的天气预报。所以，在汤姆记录完毕，合上日志本之后，也许永远不会再有第二个人去看它一眼。可是汤姆却在记录时感到特别安宁。风的测量依然沿用着大航海时代的标准：从“无风（0–2，工作船只可操舵）”到“飓风（12– 无船只可直立或行进）”。他很喜欢这种语言。每当他回想起过去的纷乱，想起被人操纵的那些年，想起炸弹在他周围爆炸，他却不知道到底发生了什么的那些日子，他就爱极了这种简单平实。

所以，那天看到那条船，汤姆脑子里首先冒出来的就是那本日志，然后才想起他的职责，想起联邦法律的规定——他得把所有可能有用的细节记下来报告上去。这很重要，他的记录也许只是一副拼图里很小的一片，可这一片却只有他能够提供。一个火焰信号、海平面上的一缕青烟、被海水冲上岸的金属残骸——他及时地记录着这一切，字体微微地向右倾斜着，始终如一。

他坐在灯室下层的观察室里，准备记录这天发生的一切。有个人死了，得有人知道，得有人调查。他拿起钢笔，往前翻着日志，看着过去的记录，然后翻到了他最初的那次记录，那是六年前的一个星期三，灰蒙蒙的天色下，他第一次踏上了杰纳斯。从那时起，日子像潮水一样流走，有起有落。在这些日子里，他曾经因为紧急抢修而累得跟狗一样，曾经整夜顶着风暴值班，曾经想过他该死的到底在干什么，即使在伊莎贝尔流产的那些日子里，也从来没有哪一天像今天这样，让他这样难以下笔。

她求他再等一天。

他的思绪回到两个星期前的那个下午。他钓鱼归来，迎接他的是伊莎贝尔的尖叫声。“汤姆！汤姆，快来！”他跑进小屋，看到她躺在厨房的地板上。

“汤姆！好像哪里不太对劲，”她呻吟着说道，“要生了！我要生了。”

“你确定？”

“我当然不确定！”她叫道，“我也不知道怎么回事！我——噢，天哪，汤姆，好痛！”

“我扶你起来。”他急忙蹲下身子跪在她身边。

“不要！别动我！”她大叫，急促地喘气，好缓解自己的疼痛。“好痛。噢，上帝，求你了！”她哭道。血慢慢地渗透了她的裙子，流到地板上。

这跟之前的两次都不同——伊莎贝尔怀孕快七个月了，他之前的经验根本帮不上忙。“我该做什么，伊奇，告诉我。你需要我做什么？”

她不断摸索着她的衣服，想要把她的灯笼裤脱下来。

汤姆抬起她的腰，把裤子往下拉，从脚踝上退下来，她的哀叫声越来越大，身子扭来扭去，哭声在岛上回旋。

伊莎贝尔早产了，分娩得很快。汤姆无助地看着一个孩子——是的，一个孩子，他的孩子——从伊莎贝尔的身体里生出来。那是一个浑身血淋淋、小得可怜、几乎成形的婴儿，他们等了他很久，如今却蜷缩在一摊血泊和污物之中，他们对他的提前到来毫无准备。

他只有大约一英尺长，还不及一包糖的重量。他一动不动，也没有发出声音。他把他抱在手里，心中充满了疑虑和惶恐，完全不知该如何反应。

“把她给我！”伊莎贝尔尖叫道，“把我的女儿给我！让我抱着她！”

“是个男孩。”这是汤姆想到的唯一能说的话，他把那个温暖的小身体递给他的妻子，“一个小男孩。”

风依然咆哮着。傍晚的阳光透过窗户照射进来，落在她和孩子身上，像是给他们披上了一条金黄色的毯子。厨房墙上挂着的那面老钟依然分秒不差地走着。一条生命来了，又走了。世界没有为他停留哪怕一秒。时空的机器无休止地转动着，人的生命就像磨盘底下的麦粒，被无情地碾压。

伊莎贝尔挣扎着坐起来，靠在墙壁上。她呜咽着，看着这个小小的躯壳，她曾经想象过的，他应该更大一点，更强壮一点——然后再降生到这个世界上。“我的孩子我的孩子我的孩子我的孩子。”她低声地念着，仿佛那是一道神奇的咒语，可以让他起死回生。他的脸看上去很庄重，眼睛和嘴巴都紧闭着，仿佛正在做祷告的修道士。他已经回到那个世界去了，尽管他是那么不愿意离开这里。

时针依然嘀嗒嘀嗒地向前走着。半个小时过去了，伊莎贝尔一句话也没有说。

“我去给你拿条毯子。”

“不要！”她抓住他的手，“别离开我们。”

他坐在她身边，伸手环住她的肩膀。她靠在他怀里，啜泣着。地板上的那摊血渐渐干涸。死亡、血腥、安抚受伤的人——一切都是那么熟悉。可是，这里没有爆炸，没有泥浆，只有一个女人和一个婴儿。周围的一切还是原来的样子：印着柳树图案的碟子整齐地排在滴水盘里，茶巾挂在烤箱的门上。伊莎贝尔早上做的蛋糕还连着锡纸倒扣在冷却架上，上面盖着一块湿布。

过了一会儿，汤姆说：“我们该怎么办？怎么——处理？”伊莎贝尔看着怀里冰冷的孩子。“点上热水炉。”

汤姆看了她一眼。

“点上吧，求你了。”

汤姆还是不明白她的意思，但他不想让她难过。他站起来，走过去点燃了热水炉。他要走回来时，她说：“水热了以后，把水倒在洗衣盆里。”

“你想洗澡的话，我可以抱你去，伊奇。”

“不是我。我要给他洗澡。柜子里有几条床单，你能给我拿一条过来吗？”

“伊奇，亲爱的，这些事情我们有的是时间做。现在最要紧的是你，我去发信号，找条船送你出去。”

“不！”她的声音陡然激动起来，“不！我不要——我不要别人在这儿。我不想别人知道，至少现在不行。”

“可是宝贝，你流了太多血，你的脸色苍白得吓人。我们得找个医生来把你带回去。”

“洗澡盆，汤姆。求你了！”

汤姆把温水倒入那个金属盆子，端过来放在伊莎贝尔身边的地板上。他递给她一块小毛巾。她将毛巾在水里浸透，然后摊在手上，轻轻地、温柔地抚去那半透明皮肤上的血迹。孩子似乎依然沉浸在他的祷告中，仿佛在与上帝进行着某种秘密的对话。她洗了洗毛巾，拧干，继续轻拭着那张小脸。她凑得很近，看得很仔细，也许是希望那双眼睛能够睁开来，希望那些小小的手指会忽然动起来。

“伊奇，”汤姆抚摸着她的头发，轻声说道，“你现在得听我的。我去给你泡些茶，我会在里面加很多糖。我要你为了我喝下去，好吗？然后我去给你拿条毯子盖上。我会把这里打扫干净。你哪里也不用去，但是你得让我照顾你。还有，我去拿些吗啡片给你止痛，还有补铁的药，你要为了我都吃下去。”他简单地陈述着要做的事情，声音很温柔、很平静。

伊莎贝尔继续轻轻擦拭着孩子的身体，沉浸在这场洗礼中。脐带依然连着胞衣留在地板上。汤姆取来一条毯子，披在她的肩上，她连头都没有抬。他又拿来一桶水和一块布，然后跪下来，开始清理地上的血迹和污物。

伊莎贝尔将孩子放入洗澡盆，小心翼翼地不让水淹没他的脸。洗干净后，她用毛巾将他擦干，又用另一条毛巾给他包了一个襁褓。

“汤姆，你能把那条床单铺在桌子上吗？”

他把蛋糕挪到一边，将那条绣花床单一折二铺在了桌面上。伊莎贝尔把襁褓递给他，“让他躺在上面。”他照做了。

“我们现在该来照顾你了。”汤姆说，“还有热水，来，我们去洗澡。来，靠在我身上。慢慢来，我们慢慢来，慢慢来。”他扶着她，从厨房走到浴室，地面上留下了一长串暗红色的血滴。这一次，是他用毛巾轻轻地替她擦脸，然后在盆里洗干净，拧干，继续。

一个小时以后，伊莎贝尔穿着干净的睡衣躺在床上，头发在脑后扎成了辫子。汤姆抚摸着她的脸颊，她精疲力竭，加上吗啡的作用，终于沉沉睡去了。他回到厨房，把一切都打扫干净，又将脏了的床单浸泡在洗衣槽里。

夜幕降临，他坐在桌前，点亮了桌上的灯，为那可怜的小生命做了祷告。他想不通这是为什么，这浩瀚的大海、小小的身体、永恒的时空，还有代表时间流逝的钟，他想不通，这一切甚至比他在埃及和法国的战场上时更令他感到困惑。他看过太多死亡，他曾经陪伴着很多人走到生命的最后一刻。可是这一次，没有枪炮声，也没有叫喊声，他第一次在一片寂静无声之中看着一个生命在眼前流逝。他眼睁睁看着一个孩子刚出生就永远离开了他的母亲，眼睁睁看着这个世界上他唯一在乎的女人失去了她的孩子。这种痛苦比在战场上目睹死亡还要可怕。他又看了一眼孩子留在灯下的影子，在它旁边，是那个盖着布的蛋糕。

“还不行，汤姆。等时机成熟，我会告诉他们的。”第二天，伊莎贝尔躺在床上，坚持地说道。

“可是你爸爸妈妈——他们会想知道。他们在等你坐下一条船回家，他们在等他们的第一个外孙。”

伊莎贝尔无助地看着他。“是！他们在等他们的第一个外孙，可我把他弄丢了。”

“他们会担心你，伊奇。”

“那为什么要让他们担心？求你了，汤姆。这是我们的事，我的事。我们没有必要让全世界都知道。就让他们再高兴一段时间吧。补给船六月再来的时候，我会给他们写封信。”

“可是还有好几个星期！”

“汤姆，我不能那样做。”一滴眼泪掉在了她的睡衣上，“至少他们还能再高兴几个星期……”

于是，他让步了，遵从了她的愿望，没有把这件事写进日志。

可是这件事和那条船不同，这是私事，而那条船却没有转圜的余地。他开始记录，早上他看见了开往开普敦的“曼彻斯特皇后”号，然后是温度和天气情况。他放下笔。明天。明天他一发完信号，就把有关那条船的一切都记录下来。他踌躇了一会儿，考虑着是留出空白，之后再回来填写，还是就干脆把发现小船的日期写晚一天。最终，他在日志上留出了一些空白。他明天早上就会发出信号，他会说因为花太多时间照看那个孩子，所以耽搁了报告。日志里的一切都会是真实的，只是要稍微晚一些。只晚一天。

忽然，他从墙上挂着的镜框玻璃上看见了自己的倒影，镜框里是《1911灯塔法案公告》。他定定地看了一会儿，几乎认不出自己的脸。

“我对这方面实在是不擅长。”小船到来的那天下午，汤姆对伊莎贝尔说道。

“你要是一直那么站着，你永远都不会擅长。我去检查一下奶瓶热了没有，我只需要你抱着她。来吧，她又不会咬人。”她微笑着说，“至少现在还不会。”

那孩子几乎只有汤姆的小臂那么长，可他接过她时候的样子就好像在抓一条章鱼。

“你别动。”伊莎贝尔边说边调整他的姿势。“好了，就这样不要动。好，现在——”她把那小小的身子递到他的怀里，“——接下来的两分钟，她归你了。”然后，她走进厨房。

这是汤姆第一次独自与一个婴儿待在一起。他站在那里，仿佛立正站好等待检阅却又害怕不合格的士兵。孩子开始扭动，手和脚乱舞乱挥起来，一时间让他手足无措。

“别动别动！对我客气点。”他恳求着，试图让她安静下来。

“记得托住她的头。”伊莎贝尔喊道。他立刻抽出一只手扶住孩子的后脑勺，她的脑袋托在他的掌心显得那样小。她又扭动起来，这一次汤姆轻柔地摇晃着她。“喂，友好点，别为难你汤姆叔叔。”

她看着他的眼睛，眨了眨眼。汤姆的心突然好像被什么东西撞了一下。那一瞬间，他觉得自己仿佛被带入了一个完全未知的世界。

伊莎贝尔拿着瓶子走回来。“来，这样。”她把奶瓶递给汤姆，拉着他的手凑到孩子嘴边，示范要怎样轻触孩子的嘴唇，才能让她吸住奶嘴。

汤姆完全被孩子本能的动作吸引住了。她根本不需要他。忽然，一种敬畏感在汤姆心中油然而生，远远超出了他对生命的理解。

汤姆回到灯塔上的时候，伊莎贝尔趁孩子睡着的间歇在厨房里忙着准备晚餐。一听到哭声，她立刻就跑向婴儿房，把孩子从床上抱起来。那孩子好像很烦躁的样子，不停地在伊莎贝尔的胸前蹭来蹭去，开始吮吸她薄薄的棉上衣。

“噢，我的宝贝，你还饿呀？格里菲斯老医生的书里说不能给你吃太多，要不我们吃一点点……”她又热了一点牛奶，把奶嘴递到孩子嘴边。可是这一次，孩子把头撇开，大哭起来，转而去抓伊莎贝尔的乳头，那温暖的乳头隔着布料触碰到她的脸颊，仿佛在邀请她一般。

“来吧，这儿，奶瓶在这儿呢，小宝贝。”伊莎贝尔温声细语着，但是孩子更伤心了，她手脚乱踢着直往伊莎贝尔怀里面钻。

伊莎贝尔想起当初她涨奶时的痛苦，她的乳房很重、很痛，可是，没有孩子给她喂奶——这似乎是人体自身一种很残忍的自然机制。而现在，这个孩子渴望着她的母乳，或者，也许是最初的饥饿感已经过去，她只是在寻求安慰。伊莎贝尔犹豫了很久，一时思绪万千缠绕在心头，孩子的哭声、孩子的渴望，还有她失去的一切。“噢，小宝贝。”她低语着，慢慢地解开了她上衣的扣子。几秒的工夫，孩子便含住了她的乳头，心满意足地开始吮吸，尽管她只能吸到几滴。

她们就这样待了很久很久，然后，汤姆走进了厨房。

“怎么样——”他看到眼前的景象，话只说了一半便停下来。

伊莎贝尔抬起头看着他，脸上混杂着既无辜又内疚的表情。“只有这个办法才能让她安静下来。”

“但是——嗯——”汤姆完全怔住了，什么也问不出来。

“我实在没办法，她不肯吃奶瓶里的……”

“但是——但是她之前吃了啊，我看到她……”

“是的，那是因为她太饿了，饿得饥不择食。”

汤姆仍然盯着她们，全然不知所措。

“这是世界上最自然的事情，汤姆。这是我能给她的最好的东西。拜托你不要这么惊讶。”她向他伸出一只手，“到这儿来，亲爱的，笑一个嘛。”

他牵住她的手，可仍旧一脸茫然。有一种不安的情绪，在他的内心深处，滋长蔓延。

那天下午，汤姆在伊莎贝尔的眼睛里看到了久违的光芒。

“快来看！”她感叹，“她像不像一幅画？她真美！”她示意汤姆看那柳条编织的小床，孩子安静地睡在里面，小小的胸脯随着呼吸起起伏伏，不远处，传来海浪拍打岛屿的回声。

“你看她像不像核桃壳里躺着的桃仁？”汤姆说。

“我觉得她还不到三个月大。”

“你怎么知道？”

“我看了书啊。”汤姆听了这话，眉毛都挑起来了。“格里菲斯医生的书里写了。我今天摘了一些白萝卜和一些胡萝卜，然后把最后一些羊肉炖了汤。我今天想做一顿特别的晚餐。”

汤姆皱了皱眉，有些疑惑。

“我们要给露西来个欢迎仪式，还要为她可怜的爸爸祈祷。”

“好吧，如果他是的话。”汤姆说，“露西？”

“她需要有个名字。露西是‘光’的意思，怎么样？很完美吧？”

“伊莎贝尔，”他微微笑着，抚摸她的头发，稍带严肃地说，“别太投入了，亲爱的。我不想看到你伤心……”

傍晚时分，汤姆点燃了灯，依然无法驱除心中的那阵不安，抑或是，他自己也无法判断，这样的不安是源自他的过去，源自他被唤醒的深藏于心的悲伤，还是一种不祥的预感。他踩着金属的台阶，沿着狭窄蜿蜒的楼梯一步一步往下走，心里异常沉重，似乎一下子又陷入了黑暗——那片他以为自己早已逃脱的黑暗。

晚饭的时候，餐桌上不时响起孩子吸鼻子和偶尔打嗝的声音，伊莎贝尔的唇边一直带着微笑。“不知道她以后会怎么样？”她思索着说，“一想到她最终可能会跟萨拉·波特的孩子一样待在孤儿院里，我就觉得很难过。”

那天晚些时候，他们做爱了。这是孩子死后他们第一次做爱。伊莎贝尔似乎要比汤姆自信放松得多。事后，她亲吻着他，说：“今年春天我们造一个玫瑰花园吧，造一个我们离开这里之后还能存在好多年的花园。”

天亮后，汤姆熄了灯回到小屋，说：“我今天上午会发出信号。”清晨灰白色的光溜进卧室，抚上孩子的脸颊。孩子半夜里醒来的时候，伊莎贝尔把她抱到床上睡在她和汤姆的中间。伊莎贝尔把手指放在嘴唇上，示意汤姆孩子还睡着。她从床上起身，和汤姆一起走到厨房。

“坐下来，亲爱的，我来泡茶。”她低声说，尽可能轻柔地整理茶杯、茶壶，还有水壶。她把水壶放到炉子上，说：“汤姆，我一直在想……”

“什么，伊奇？”

“露西。她的出现不会仅仅是偶然，尤其是那件事才过去没多久。我们不能就这么把她送到孤儿院去。”她转身面对汤姆，握住他的手，“亲爱的，我觉得她应该跟我们在一起。”

“亲爱的，你要讲道理！她很可爱，但她不属于我们。我们不能留下她。”

“为什么不行？你好好想想。其实并没有人知道她在这儿。”

“拉尔夫和布鲁伊过几个星期就会来，他们会知道。”

“是的，可他们根本不会知道她不是我们的孩子。没有人知道我的事，他们顶多会因为我早产了而有点惊讶。”

汤姆张着嘴巴看着她。“可是……伊奇，你头脑还清醒吗？你知不知道你在说什么？”

“我是好意，仅此而已。只是对孩子的爱。亲爱的，我的意思是，”她抓紧他的手，“我们应该接受这个上天赐予我们的礼物。那么久了，我们不是一直祈祷能有一个孩子吗？”

汤姆转向窗户，双手抱头笑了起来，然后，他摊开手臂，试图跟她讲道理。“拜托，伊莎贝尔！我告诉他们船上有个人，总会有人知道他是谁，然后他们就会想到还有一个孩子。也许不会马上知道，但是时间久了……”

“所以我觉得你不应该告诉他们。”

“不告诉他们？”他忽然明白了她的意思。

她抚摸着他的头发。“别告诉他们，亲爱的。我们没有做错，我们只是要保护一个无依无靠的孩子。我们可以给那个可怜的人办一个体面的葬礼。至于那艘船，就让它继续随波逐流吧。”

“伊奇，伊奇！亲爱的，你知道我愿意为你做任何事，可是——不管他是谁，他做过什么，我们都应该妥善处理他的后事。而且法律也不允许我们这么做。万一孩子的妈妈没死呢，他的妻子说不定正焦急地等着他们。”

“有哪个女人会让她的孩子离开自己的视线？面对现实吧，汤姆。她一定已经淹死了。”她再次抓住他的手，“我知道那些规定对你的意义，可是遵守那些规定的目的是什么？是拯救生命！我说的都是我们应该做的，亲爱的，我们要挽救这条生命。她出现在这里，她需要我们，而我们可以帮助她。拜托你。”

“伊奇，我不能。这不是我能决定的。你难道不明白吗？”

她的脸色阴沉下来。“你怎么可以这么铁石心肠？你在乎的只有你那些规定，那些船，还有你那该死的灯塔。”这样的指责汤姆不是没有听过，在伊莎贝尔流产的时候，她悲痛欲绝，她把所有的怒气都撒在了他身上——汤姆掩饰了自己所有的悲伤，尽最大的努力安慰她。他感到她又一次接近崩溃的边缘，或许比以往任何一次都要接近。

第十一章

一只海鸥站在铺满海藻的岩石上，好奇地望着汤姆。帆布里包裹着的尸体已经开始发出刺鼻的腐臭，这个人活着的时候是干什么的，汤姆无从判断。他看上去不是很老，却也不年轻，左脸颊上有一道小小的疤痕。他很瘦小，头发是金黄色的。汤姆不禁会想，有谁会想念这个人，有谁会爱他或者恨他。

海难亡者的旧墓群位于海滩边的低洼地里。挖掘新墓穴的时候，汤姆的身体下意识地动作起来，仿佛本能一般，那是尘封在他记忆里的熟悉的动作，可他从未料到这样的场景还会重演。

他第一次去收尸队报到，在等待发放铁锹的时候，看到一具挨着一具成排摆放的尸体，他呕吐不止。可是过了一会儿，这便仅仅成为一项工作。他会希望分到瘦小的或者腿被炸飞了的尸体，因为更容易搬动。埋葬他们，标记墓穴，敬礼，然后走开。这就是他的任务。他希望他分到的尸体，身上被炸飞的部分越多越好。这个想法让现在的汤姆感到毛骨悚然，可在当时，却一点也不奇怪。

他握着铁锹，一下又一下地掘着沙土。墓穴渐渐地被填平，慢慢地被堆成了一个小土堆。他停了下来，为这个不幸的人祷告了一会儿，转而低语起来：“上帝啊，请宽恕我，请宽恕我所有的罪孽。请宽恕伊莎贝尔。您知道她的内心有多善良，您也知道她经历了那么多苦痛折磨。请宽恕我们吧。”他在身前画了个十字，然后走向那条船，准备把它拖入海中。他用力拉着船，眼前闪过一道刺眼的光线，是太阳光打在什么东西上的反射。他往船身内部看去。那个闪光的东西插在船头的挡板底下，他伸手想去把它拿出来，却失败了。他又往外拉了好一会儿，那东西在被撬出来的一瞬间发出丁零当啷的响声。那是一个银质摇铃，表面饰有小天使的浮雕图案，还刻着纯度标记。

他拿着摇铃翻来翻去，仿佛它会对他说话，会给他提供某种线索。他把摇铃放进衣兜，这个陌生人和那个孩子来到这里的原因可能有很多，但是他需要有人告诉他那孩子现在是个孤儿，只有这样他晚上才能睡上安稳觉。

他把船拖入海中，确认它不会被卷回海滩，而是顺着洋流往南漂去。黑绿色的海藻腐烂在岩石上，散发出又咸又臭的气味，他喜欢这种气味，替他冲走鼻腔里死人的味道。一只紫色的小沙蟹战战兢兢地从暗礁下爬出来，卖力地爬向一条依然竖着刺鼓着肚子的死海豚，然后用钳子夹下河豚肚子上的肉，一点一点送入自己的嘴里。汤姆颤抖了一下，开始沿着陡峭的小径往上爬。

“大部分日子里，这里的风都很大，让人无处可逃。可是如果你是一只海鸥，或者一只信天翁就没关系。看到没？它们只需要坐在空气里，就好像在休息一样。”汤姆坐在走廊上，指着一只从某个别的岛屿飞过来的银色的大鸟，空中气流紊乱，可那只鸟就好像被一根线悬挂在深寂的天空中一般。

孩子不理睬汤姆的手指，而是迷上了他嘴唇的动作和胸腔的共鸣。她凝视着他的眼睛，嘴里咿咿呀呀，时而发出尖锐的打嗝般的声音。汤姆努力忽略她给自己带来的心跳的感觉，继续说道：“在那边的海湾里，虽然很小，但你也许可以找到一丝平静和安宁，因为它朝着北面，很少有风会从正北方向吹来。那一面是印度洋，很美，很平静，也很温暖。南大洋在另一面——非常凶猛危险。你要离它远一点。”

孩子的一条手臂伸在毯子外，挥动着回应他的话，汤姆让她抓住他的食指。一个星期过去了，他开始习惯她睡在婴儿床上，开始习惯她咯咯的笑声，习惯她的安静，她的声音就像烘烤物或鲜花的香气飘荡在小屋周围。每天早上，他会期待她醒来。她哭的时候，他会走过去把她抱起来。这样的自己，让他感到焦虑。

“你爱上她了，是不是？”伊莎贝尔站在门口看着他说道。汤姆皱了皱眉，她笑着说：“你不可能不爱上她。”

“她的这些小表情……”

“你会是个好爸爸。”

他从椅子上转过身来。“伊奇，不报告是不对的。”

“看看她的样子吧，看起来像是我们做错了吗？”

“可是——我们完全不必这样做。我们可以现在报告，然后领养她。还不算太晚，伊奇，现在还来得及弥补我们的错误。”

“领养她？”伊莎贝尔抬高了声音，“他们不会让孩子在一个孤零零的灯塔上，这里没有医生，也没有学校。或许最让他们担心的是，这里没有教堂。即使他们想让她被领养，也会把她交给镇上的某对夫妻。还有，领养要经过一连串烦琐的程序。可是你又不能离开这里，我们还得过一年半才能回去。”她把手放在他的肩膀上，“我知道我们能行。我知道你会是一个很好很好的爸爸。但是他们也许不那么想。”

她注视着孩子，手指抚上那柔软的脸颊。“爱远比规章制度重要得多，汤姆。如果你报告了这件事，她现在说不定已经在某个可怕的孤儿院里了。”

嫁接苗会在根茎上存活下来，并融入玫瑰丛中，胎儿的死亡让伊莎贝尔的母性欲望和本能暴露无遗，她的母性就犹如根茎一般，紧紧包裹住了这个需要母亲的婴儿。

那天傍晚，汤姆从灯塔下来，伊莎贝尔坐在火炉边，这一年的秋天，这是他们第一次生火。她坐在四年前他为她做的摇椅里照顾着孩子。她并没有注意到他，他默默地看了她一会儿。她完全是用一种纯粹的本能在照顾孩子，一举一动皆是最自然的流露。他努力咽下心中痛苦的疑问。或许伊莎贝尔是对的，有谁会忍心将孩子从她身边夺走呢？

伊莎贝尔的手中捧着那本祈祷书，第一次流产以后，她比以前更经常地翻阅这本书。现在，她正在默读：“安产感谢礼。”这是妇女在分娩后的祷告文，“孩子是上帝的子民，是上帝赐予世人的礼物……”

第二天早上，他们站在灯室下层的观察室里。伊莎贝尔抱着孩子站在汤姆身边，汤姆正在发报。他仔细地斟酌过措辞。他的手指颤抖着，他曾非常惧怕发出死胎的消息，可他现在的感觉比那时更糟糕。“孩子提早出生了，让我们俩都大吃一惊。伊莎贝尔恢复得很好，不需要医疗帮助。是个女孩——露西——”他转向伊莎贝尔，说：“还有别的吗？”

“体重。大家总是会问起体重。”她回想起萨拉·波特的孩子，“就说七磅一盎司吧。”

汤姆惊讶地看着她，说谎对她来说似乎很轻松。他转回来面向电报键，敲出了她说的数字。

收到回复后，他翻译了电报内容并把它写进信号本里。“祝贺你们。真是好消息。已正式记录杰纳斯人口增长。根据规定，拉尔夫和布鲁伊会送去祝贺。将很快通知孩子的祖父母。”他叹了口气，心中沉重无比。他独自待了一会儿，然后才把回复内容告诉了伊莎贝尔。

接下来的几个星期里，伊莎贝尔容光焕发。她边哼着歌边在小屋周围溜达。她每天尽情地拥抱和亲吻汤姆。她纯粹的无拘无束的笑容深深地迷惑着他。孩子呢？孩子很安静，很信任伊莎贝尔，毫不怀疑抱着她的怀抱，毫不怀疑抚摸着她的双手，毫不怀疑亲吻她为她吟唱的双唇。“妈妈在这儿呢，露西，妈妈在这儿。”伊莎贝尔轻轻地摇晃着，哄她入睡。

毫无疑问，孩子正在茁壮成长。她的皮肤散发着一层柔和的光晕。这几个星期，因为孩子的吮吸，伊莎贝尔的乳房开始重新产奶，格里菲斯医生把这种现象称为“重新哺乳”。伊莎贝尔喂奶的时候没有一丝一毫的犹豫，她和孩子之间就好像达成了某种共识。但是每天早上，汤姆熄灭了灯以后，他都会在灯室里多停留片刻。他常常不由自主地把日志翻回到四月二十七日那一页，一动不动地凝视着那片留白。

条例是可以用来杀人的，汤姆深深地懂得这一点。但是有时候，条例是人性与野蛮、人类与野兽之间的唯一界定标准。条例会告诉你，你应该俘虏敌人而不是杀了他。条例会告诉你，你的担架可以抬自己人，也可以抬敌人。但无论他怎么想，都会回到最简单的问题：他能不能把孩子从伊莎贝尔身边夺走？这孩子是不是孤苦伶仃？把她从一个如此爱她的女人身边夺走，而交给捉摸不定的命运去安排，是不是真的正确？

夜里，汤姆梦见他溺水了，他拼了命地划动着手脚寻找陆地。可是他什么也没有找到，他漂浮着，看到一条美人鱼。他抓住美人鱼的尾巴，可是却被拉入更深更暗的海水里。然后，他气喘吁吁地醒来，大汗淋漓；而伊莎贝尔睡在他身边，脸上挂着天使般的笑容。

第十二章

“你好啊，拉尔夫。很高兴见到你。布鲁伊呢？”

“我在这里！”水手的喊声从船尾传来，他被一些装水果的板条箱挡住了。“你怎么样啊？汤姆。见到我们高兴吗？”

“当然，伙计——你们会给我带好酒来嘛！”他大笑着，将缆绳固定好。船慢慢地靠岸，老旧的发动机咔咔乱响，空气中弥漫起浓重的柴油味。这是六月中旬，孩子来到这里七周后，补给船第一次上岛。

“缆道装好了，绞车也都就位了。”

“哇哦，很厉害啊，汤姆！”拉尔夫惊呼道，“这下我们不用着急了。真是美好的一天啊。我们有很多时间。我们得去看看小宝宝，我们家希尔达让我给小家伙带了一大堆东西，她那外公外婆就更别提了。”

拉尔夫大踏步走下舷梯，跟汤姆来了个熊抱。

“恭喜你，年轻人。真是太棒了。尤其是——发生了那些事后。”

布鲁伊如法炮制。“是啊，太好了。我妈让我代她祝贺你们。”汤姆的目光游移。“谢谢，谢谢你们。我很感激。”他们沿着小径往上走，伊莎贝尔站在那里，身后的晾衣绳上挂着一排洗好的尿布，就像信号旗一般迎风飘扬。几缕发丝从她刚固定好的发卷中散落下来。

拉尔夫张开双臂走近她。“啊，你看看，生完孩子后的姑娘就是不一样，看起来容光焕发。你看你面色红润，头发充满了光泽，我们家希尔达每次生完孩子也这样。”

伊莎贝尔听到这样的赞美，脸一下子红了，她飞快地亲了一下这位老人。她也亲吻了布鲁伊，布鲁伊害羞得像一个小男生。他低着头小声说：“恭喜你，舍伯恩太太。”

“都进来吧。水烧好了，这儿还有蛋糕。”她说。

他们在那张老旧的桌子边坐下，伊莎贝尔的目光不断地飘向睡在婴儿篮里的孩子。

“你现在是帕特吉乌斯每个女人嘴上的热门话题，因为你完全靠自己生下了孩子。当然也有不少农妇不以为然——玛丽·林福德说她三个孩子都是自己生的，完全没有靠其他人。汤姆帮上忙了吗？”

夫妇俩对看了一眼。汤姆正要说话，伊莎贝尔却紧紧地握住他的手。“他表现得很好，我想我找不到比他更好的丈夫了。”她说着，眼睛里充满了泪水。

“她看起来真漂亮。”布鲁伊说。他只能看到露在绒毯外戴着软帽的秀气的小脸。

“她的鼻子长得像汤姆，是不是？”拉尔夫插嘴说道。

“呃——”汤姆犹疑着，“我可不希望一个小姑娘长着跟我一样的鼻子！”

“我懂你的意思！”拉尔夫低笑着说，“对了，我的朋友，舍伯恩先生，我需要你在表格上签名。我们现在把这事办了吧。”

汤姆松了一口气，站起来。“好，那我们到办公室去吧，阿迪科特船长。”他说道，留下布鲁伊对着婴儿篮低声细语。

这个年轻人从婴儿床上拿起摇铃摇晃了一下，摇铃发出清脆的响声。这时，孩子已经完全醒了，她目不转睛地盯着摇铃，他又轻轻地摇了摇。“你真是个幸运的小朋友，是不是呀？有一个这么好看的银摇铃！是给小公主用的呢，我从来没见过这么好的东西！手柄和表面上都有小天使呢，你也是一个小天使，小天使守护着小天使……还有这么好的绒毯……”

“噢，它们是……”伊莎贝尔忽然住了嘴，“以前留下来的。”布鲁伊面红耳赤。“不好意思，我说错话了。我……还是去卸货好了。谢谢你的蛋糕。”他说着一下子从厨房跑了出去。

亲爱的爸爸妈妈：

上帝给我们送来了一位小天使。我们都很爱小露西！她是一个很美丽的小姑娘——很完美。她睡得很好，吃得也很好，从来不给我们找麻烦。

我多么希望你们能够看到她，能够抱着她。她每一天都在长大，我知道等你们看到她的时候，她已经不再是个婴儿了，她应该已经会走路了。她没有照片，不过你们可以看看她的脚印。我在她的脚底涂了胭脂色的染料！（在灯塔上待着，你得学会创造发明……）看看我的杰作吧。

汤姆是个很好很好的爸爸。自从有了露西，杰纳斯似乎都变了呢。现在，她还很容易照看——我把她放在篮子里，带她一起去拿鸡蛋或者挤奶。她会爬了以后，可能会困难一些。但是我想慢慢来，不想操之过急。

我有太多关于她的事想告诉你们——她乌黑的头发，她洗完澡之后美妙的味道。她的眼睛乌黑明亮。我可能无法客观地描述她，可她实在是太美了。我才认识了她几个星期，但我已经无法想象没有她的生活。

好了，“外婆外公”！我就写到这里了，补给船就要出发了，再写下去你们就得再等三个月才能收到了！

最爱你们的

伊莎贝尔

一九二六年六月于杰纳斯岩

另：我早上看到了你们的来信。谢谢你们寄来的那条小兔子毛毯，很漂亮。还有那个洋娃娃，真是太可爱了。那些书也很好。我老是给她讲童谣里的故事，她应该会喜欢这些新故事。

再另：汤姆说谢谢你们给他的那件毛衣。冬天来了，这里真的很冷！

一弯新月悬挂在漆黑的夜空中。汤姆和伊莎贝尔坐在小屋的走廊上，灯塔的光束在他们头顶缓缓扫过。露西躺在汤姆的臂弯里，已经睡着了。

“你很难不跟她一起呼吸，是不是？”他凝视着孩子说道。

“你在说什么？”

“就像一种魔咒。她每次这样睡着的时候，我呼吸的节奏就会变得跟她一样。这跟我在灯塔上工作时有点像，我会跟随着灯旋转的节奏做每一件事。”他几乎是在自言自语，“这让我感到害怕。”

伊莎贝尔微笑着。“这就是爱，汤姆。我们没必要害怕。”

汤姆浑身一阵战栗。现在的他，根本无法想象如果他当初没有遇到伊莎贝尔，他的生活会是怎样。他忽然意识到，露西也在渐渐走进他的内心，他开始希望她永远属于那儿。

任何一个在近岸灯塔上工作过的人都会告诉你：那里很孤独，却有着谜一般的魔力。这些灯塔就仿佛火炉里溅出的点点火星，零零落落地散落在大洋洲大陆的周围。它们与世隔绝，守护着这里的航运线路，让这片大陆与外界保持畅通无阻。那些蒸汽船航行几千英里带来机器、书和布料，作为交换，它们运走了羊毛、小麦、煤炭和金子，用人类智慧的结晶换取大自然孕育的果实。

那种孤独会吐丝结茧，让你将心灵专注于一个地方一个时间，专注于一种节奏——灯塔旋转的节奏。这个岛屿上没有其他人的声音，没有其他人的脚印。在近岸灯塔上，你可以活在任何一个你自己编造的故事中，没有人会说你错了，海鸥不会，棱镜不会，海风也不会。

伊莎贝尔在她的世界里越陷越深，是仁慈的神应允了她的祈祷，是上帝的旨意让洋流为她带来了孩子。她慈爱地看着露西一天一天茁壮成长，她每天热衷于发现这个小生命身上的变化：她翻身了，她会爬了，她第一次咿呀地发出声音。渐渐地，暴风雨随着冬天离开了，去了地球的另一面。夏天来了，天空变成了浅蓝色，阳光也灿烂起来。

“上来喽。”伊莎贝尔大笑着抱起露西。三个人沿着小径走向闪闪发光的海滩，准备去那儿野餐。汤姆摘了很多不同的树叶——海草叶、猪脸花叶，露西闻闻味道，又嚼了一点树叶的边缘，怪异的感觉惹得她挤眉弄眼。他会采很多粉红色的小花朵，会给她看鲹鱼或澳洲鲭发光的鳞片，这些鱼都是他从岛屿一侧的礁石边抓来的，那里海底坡度骤然变陡，深不见底。寂静的夜里，伊莎贝尔在婴儿房里给露西读桉树宝宝的故事，她舒缓轻快的声音回荡在夜晚的空气中，而汤姆在工作棚里修理。每天晚上祷告的时候，伊莎贝尔都会感谢上帝，感谢上帝赐予她这个家庭，赐予她健康，赐予她如此幸福的生命，她会祈祷，让自己无愧于上帝赐予她的一切。

潮起潮落，日子一天一天过去。他们日出而作，日落而息，时间的流逝几乎没有在这个小小的世界里留下痕迹。伊莎贝尔收拾着露西最初时用的那些婴儿用品，落下泪来。“她那么一点点大的样子好像还在眼前，现在你看看她。”她仿佛自言自语般地对汤姆说。和世界上所有的母亲一样，她细心地把那些东西用薄薄的绵纸包好——一个橡皮奶嘴、摇铃、连衣裙、一双小小的婴儿袜。

发现自己例假没来的时候，伊莎贝尔特别高兴。她以为自己不可能再有孩子了，没想到还有一线希望。她不想立刻告诉汤姆，她想等一等，再祷告一阵子。可她发现自己越来越沉迷于为露西生一个弟弟或者妹妹的美梦中，满心欢喜。然后，她的例假来了，来得汹涌猛烈，比以往更多，肚子更痛，她自己也搞不清是怎么回事。有时候，她会头痛；夜里盗汗得厉害。再然后又是几个月不来例假。“假期的时候我会去看桑普顿医生，不要小题大做。”她对汤姆说，“亲爱的，我强壮得像一头牛，没什么好担心的。”她爱她的丈夫，爱她的孩子，这就够了。

时间慢慢地流逝着，几个月过去了，灯塔上特有的日常程序一切照旧——点灯、升旗、排空水银槽滤掉浮油。汤姆依然需要填写各种表格，依然需要遵守主管技术兵来信中的蛮横要求，信件中表示蒸气管的损坏不是工艺质量问题，一定是由于灯塔看守人的疏忽造成的。日志上的年份从一九二六年变成了一九二七年。因为日志本很贵，所以联邦灯塔服务体系不允许浪费纸张，新一年的日志紧接着去年没用完的半页继续记录。时光荏苒，光阴流逝这种事情对在灯塔上生活的人来说再平常不过，可是这种对于新年来临的冷漠还是让汤姆陷入了深深的沉思。

是的，没错——新年第一天从灯塔的瞭望台上望出去的景象和去年最后一天的没什么区别。

汤姆依然会时不时地将日志翻回一九二六年四月二十七日那天，直到后来，他一打开日志，本子就会自动翻开在那一页。

伊莎贝尔很努力地工作着。菜园子繁荣茂盛，小屋干净整洁。她为汤姆洗衣补衣，做他爱吃的饭菜。露西渐渐长大。灯塔的灯继续旋转。时间就这样缓缓流逝。

第十三章

“就快要一年了，”伊莎贝尔说，“四月二十七日，她的生日快到了。”

工作棚里，汤姆正锉去一个已经弯了的门铰链上的锈迹。他放下锉刀。“我想知道她真正的生日是哪一天。”

“她来的那天对我来说已经足够了。”伊莎贝尔亲了亲跨坐在她腰上正咬着一块面包皮的孩子。

露西把手伸向汤姆。“对不起，小可爱。我的手很脏，你最好还是跟妈妈待在一起。”

“她已经长这么大了，真是无法相信。她简直有一吨重。”伊莎贝尔大笑着说，她往上抱了抱露西好让她坐得舒服些。“我去做个生日蛋糕。”孩子听了，头直往伊莎贝尔怀里钻，蹭得她身上都是面包屑。“那颗牙齿弄得你很难受，对不对，宝贝？看你的小脸蛋多红啊。要不我们给抹点出牙粉吧？”她转身对汤姆说道：“一会儿见，亲爱的。我得赶紧回厨房去，汤还在炉子上呢。”然后离开工作棚，朝小屋走去。

一道明亮的光透过窗户照在汤姆的工作台上。他需要不断地敲击才能把那个金属片敲直，锤子一下一下砸在金属上，发出刺耳的撞击声。

他使劲地敲击，虽然并不需要用这么大力，但他却停不下来。生日和周年的话题让他感到烦心，他无法摆脱这种感觉，只能继续用力敲打着金属片，直到金属片不堪重负，断裂开来。他低身捡起，茫然地盯着那些碎片。

汤姆坐在扶手椅中，抬起头来。孩子的周岁生日庆祝已经过去几个星期了。

“你给她读什么都没关系，”伊莎贝尔说，“重要的是让她听不同的话。”她把露西放在他的大腿上，自己继续做面包去了。

“爸爸爸爸爸爸。”孩子叫着。

“啵啵啵啵啵啵，”汤姆对她念叨着，“那……我们来讲个故事听？”露西的小手伸向他们旁边的桌子，没有拿桌上厚厚的童话书，反而一把抓住一本米黄色封面的小册子塞给汤姆。他大笑道：“我觉得你不会喜欢这个，小兔宝宝。里面可一张图片也没有。”他伸手去拿童话书，可是露西一个劲把那本小册子往他脸上推。“爸爸爸爸爸爸。”

“好吧，小东西，如果你一定要这本的话！”他又大笑起来。露西打开小册子，学着汤姆和伊莎贝尔的样子指着里面的文字。“那好吧。”汤姆开始读起来，“灯塔看守人指令。第二十九条：‘灯塔看守人不得由于任何利益、个人或其他原因而影响其履行工作职责，灯塔看守人的工作职责对于航行安全来说是最重要的；灯塔看守人在体系中的留任或升职取决于他们是否严格服从命令，是否遵守为对其指导、勉励而制定的条例，是否保证其个人和家庭生活区域以及所有灯塔设施和房屋的整洁有序。’第三十条：‘任何看守人若有失职、争斗、酗酒或不道德行为，’”他停顿了一下，把露西的手指从他的鼻孔里挪走，“将受到处罚或被解雇。任何看守人家属若有上述行为，将被驱逐出灯站。”他停下来。他全身一阵颤抖，心跳加速。一只小手停在他的下巴上，唤回了他的思绪。他无意识地将那只手按在自己的嘴唇上。露西嘻嘻笑着，慷慨地给了他一个吻。

“好了，我们换《睡美人》。”他拿起那本童话书，可发现自己很难集中注意力。

“来喽——女士们，请在床上享用面包和茶！”汤姆把托盘放在伊莎贝尔旁边，说道。

“小心点，露西。”伊莎贝尔说。星期天早上，汤姆起床去熄灯后，她就把孩子抱到了床上。这时，孩子正朝着托盘爬过去，汤姆也给她做了小杯的茶——那几乎就是一杯温牛奶，汤姆只在里面滴了一点点茶水。

汤姆坐在伊莎贝尔身边，把露西拉过来坐在他的膝盖上。“来吧，露西。”露西双手捧着茶杯，她喝茶的时候，汤姆帮她端稳杯子。他专心地扶着茶杯，良久才发觉伊莎贝尔的沉默，他转过脸来，看到她的眼中盈满了泪水。

“伊奇，伊奇，怎么了，亲爱的？”

“没事，汤姆。没事。”

他伸手抹去她眼角滑下的一滴泪。

“有时候，我越高兴的时候就越是害怕，汤姆。”

他抚摸着她的头发，露西开始在那杯茶里吹泡泡。“听着，小姐，这可是给你喝的。——还是你已经喝饱了？”

孩子继续咕噜咕噜地往杯子里吐唾沫，她显然很喜欢冒泡的声音。

“好吧，我觉得我们还是休息一会儿吧。”他从她手里拿走杯子，她从他膝盖上爬下来，又爬到伊莎贝尔身上，嘴里依然不停地吐泡泡玩。

“你真可爱！”伊莎贝尔破涕为笑，“过来，你这小猴子！”她抱住露西，一边亲她的肚子，一边发出啵啵啵的声音。露西扭动着身体，咯咯乱笑，嘴里直说：“亲！亲！”伊莎贝尔欣然照做。

“你们俩真是半斤八两！”汤姆说。

“有时我觉得我有点沉醉于对她的爱，我实在是太爱她了。还有你。那种感觉真是太美好了！你也变了，汤姆。”

“怎么？”

“你的内心里，有些角落仿佛被上了锁。”她的手指划过他的唇线。“我知道你不喜欢谈论那场战争以及跟它有关的一切，可是——唉，它一定令你感到麻木。而露西来之后，你变了。”

“我的脚。多半是脚麻——人站在冰冷的泥浆里就会这样。”汤姆想讲个笑话，可他自己却笑不出来。

“别这样，汤姆。我在试着跟你沟通。我在试图努力了解你的内心。上帝啊，你竟然还给我讲这么无聊的笑话，就好像我是什么都不懂的小孩子，还是我根本不值得信任？”

这一次，汤姆严肃异常。“你不明白，伊莎贝尔。任何一个文明的人都不应该明白，也不应该把它讲出来，不然就像是在把病传染给别人。”他转身面对着窗户，“我所做的，是为了让你和露西这样的人能够忘记那一切。让那一切永不再发生。‘一场终结所有战争的战争’，记得这句话吗？这里没有战争，这个岛上没有战争，这张床上，也没有。”

汤姆的脸部线条忽然变得冷硬起来，她在他脸上看到一种她以前从未见过的决心——她想，那是一种足以让他克服一切的决心。

“我只是，”伊莎贝尔又说道，“好吧，我们没有人知道自己还能在这个世界上待多久，一年还是一百年。我只想让你知道我有多么感激你，汤姆。我感激你为我做的一切，尤其是给了我露西。”

听到她最后的话，汤姆脸上的笑容凝固了。伊莎贝尔急忙说：“是你给我的，亲爱的。你知道我有多需要她，我也知道你为此付出了很多，汤姆。没有多少男人会为他们的妻子这么做。”

仿佛从某个梦中惊醒一般，汤姆的掌心全都是汗。他的心脏开始剧烈地跳动，他忽然产生了强烈地想要逃离的冲动，不管去哪儿，他只想离开这个现实，离开这个他选择的现实。他就像是被人掐住了喉咙般透不过气来。

“我该去干活了。你们俩在这儿吃面包吧。”他说，然后极其缓慢地走出了房间。

第十四章

一九二七年圣诞节前，汤姆的第二个三年任期结束了。杰纳斯岩上的一家子第一次一起回到了帕特吉乌斯，另一位临时看守人被派往灯站替代汤姆。这是夫妻俩的第二个上岸假期，露西也将第一次踏上返回大陆的航程。补给船到来之前，伊莎贝尔准备行李时，她胡乱想着能不能找个借口和露西一起留在岛上——只有待在杰纳斯才让她觉得安全。

“你还好吗，伊奇？”汤姆看到她呆呆地望着窗外，行李箱放在床上，打开着。

“哦，还好，”她飞快地说，“我只是确认一下东西是不是带全了。”

他正要离开房间，却又折回来，手搭在她的肩膀上。“是不是觉得紧张？”

她抓起两只袜子，把它们卷成一个球。“没有，一点也不。”她边说边把那双袜子塞进箱子，“一点也不。”

伊莎贝尔的父母在码头上迎接他们，当她看到维奥莱特怀抱着露西的样子，伊莎贝尔心中的焦虑完全消失了。她的母亲哭了又笑，笑了又哭。“我终于看到她了！”她惊叹着摇头，一眨不眨地看着怀里的孩子，抚摸着她的脸颊、头发、小手，“我的外孙女，上帝保佑。我盼了快两年了，终于看到她了！看她简直就跟我克莱姆老姨妈长得一模一样！”

伊莎贝尔为了这一天已经准备了好几个月。“露西，帕特吉乌斯有好多好多人，他们都会喜欢你的。一开始可能会有点陌生，可是你一点也不用害怕。”每天睡觉前，她都会给她讲小镇的故事，给她讲镇上住着的那些人。

在镇上的时候，露西对源源不绝围绕在她身边的人报以了极大的好奇心。人们纷纷祝贺伊莎贝尔生了一个漂亮的女儿，每当这时，伊莎贝尔的心里就会产生一种愧疚感。

他们刚回来没多久，维奥莱特便拉着全家去了古切尔照相馆。露西跟汤姆和伊莎贝尔照了相；也跟比尔和维奥莱特一起照了相；还有她一个人的，坐在一张豪华的藤椅里。照片的背景都是一幅画着蕨类植物和罗马石柱的油画。照片印了很多张，有些带回杰纳斯，有些寄给远方的堂兄妹，有些被装在镜框里，准备到时放在壁炉台和钢琴上。“格雷斯马克家的三代女人。”维奥莱特满面笑容地看着一张照片，照片里伊莎贝尔坐在她的身边，而露西坐在她的膝盖上。

露西拥有一对宠爱她的外祖父母。上帝是不会犯错的，伊莎贝尔想。他把这个小姑娘送到了正确的地方。

“噢，比尔。”他们回来的那天晚上，维奥莱特对她的丈夫说，“感谢上帝，感谢上帝……”

维奥莱特上次见到女儿是三年前，那是夫妇俩的第一次上岸假期。

那时，伊莎贝尔还在为她的第二次流产伤心。她坐在那里，头枕在母亲的腿上，哭泣着。

“这只是一件很自然的事情。”维奥莱特说，“你要放松呼吸，然后重新振作起来。孩子会有的。如果这是上帝在考验你，那你只需要耐心等待，还有祷告。祷告是最重要的事。”

但是，还有很多话她没有说出口。她没有告诉伊莎贝尔，她曾看过很多孩子出生来到这个世界，历经酷暑寒冬，却被猩红热或白喉夺去了生命，他们的母亲只好将孩子的衣服整齐地叠放起来，耐心等待下一个孩子的出生。她也没有告诉她，当一个母亲被问到“你有几个孩子”这样的问题，也许别人只是随口一问，但回答的人却尴尬无比。人生的路漫长而曲折，顺利地生下孩子只是第一步。多年前，这个家永远失去了欢声笑语，维奥莱特深知这样的痛苦。

维奥莱特·格雷斯马克有个体面的丈夫，她自己也是一位值得信赖的好妻子。她尽心尽责地料理着这个家，橱柜里从没有蛀虫，花坛里也从没有杂草。教堂的义卖会上，她做的柠檬酱总是第一个卖完，她的水果蛋糕配方曾被选入当地基督教妇女联盟的小册子。是的，每天晚上，她都会祷告，感谢上帝赐予她的恩典。可是在某些下午，夕阳西下，花园中的绿色渐渐黯淡，她在水槽里削着土豆皮，每当这时，她心底所有的哀伤就会无法抑制地涌上心头。上一次回来的时候，伊莎贝尔哭得很伤心，维奥莱特很想和她一起号啕大哭，很想大声地告诉她，她知道这种痛，知道失去孩子的痛——这个世界上，任何人、任何金钱、任何东西都无法弥补这种伤痛，并且，它将永远伴随着你。她想告诉她，这会让你痛苦得发疯，会让你不停地祈求上帝：你愿付出一切换回那个孩子。

伊莎贝尔终于安静地睡着了，比尔在火炉旁打盹，维奥莱特走到她的衣柜前，取下一个旧饼干盒子。她把几便士的硬币、一面小镜子、一块手表和一个钱包挪到一边，然后拿出一个信封，信封历经多年的翻看，边缘已经磨损。她在床上坐了下来，在黄色的灯光下，开始读那封信，即使信中的文字她早已烂熟于心。

亲爱的格雷斯马克夫人：

我很抱歉如此唐突地给您写信。您并不认识我。我叫贝琪·帕尔门特，住在肯特。

两个星期前，我去看了我的儿子弗雷德。因为受了很严重的弹片伤，他从前线被送了回来。他住在斯陶尔布里奇的南部第一总医院，我有个妹妹住在那附近，所以我每天都能去看望他。

我写信给您，是因为有一天下午，他们带进来一个受伤的澳大利亚士兵，我后来知道那是您的儿子休。他的情况很不好，他的眼睛瞎了，而且还失去了一条胳膊。但他仍然能说话，他经常深情地说起他在澳大利亚的家。他是一个很勇敢的年轻人。我每天都会看到他，一开始的时候，他复原的希望很大，可是后来他似乎得了败血症，身体每况愈下。

我只想让您知道，我给他带了花儿（刚刚盛开的郁金香，它们是那么可爱）和一些烟。他和我的弗雷德相处得很好。有一天，他还吃了我带去的水果蛋糕，这让人感到高兴，他看上去也很快乐。他病情恶化的那个早晨，我在那儿，我们三个人一起念了主祷文，唱了《与我同在》。医生们尽其所能减轻了他的痛苦，我想，他走的时候并没有太痛苦。一位教区牧师为他祈了福。

我要说的是，我们是那么感激您儿子的伟大牺牲，他是那么勇敢。他提到过他的弟弟，阿尔菲。我祈祷他能安全健康地回到您的身边。

我很抱歉那么晚才写信给您，因为我的弗雷德在您的儿子走后一个星期也去世了，我有很多事情要忙，我想您能理解。

致以最良好的祝愿和祈祷

贝琪·帕尔门特

维奥莱特只在图画书里看过郁金香，休曾抚摸过那些郁金香，感受过它的形状，这让她感到些许安慰。

她想起了邮递员脸上严肃而愧疚的神情，她从邮递员手里接过那个用线扎牢的牛皮纸包裹，她很伤心，她知道里面是什么，表格上印着的内容她甚至都不用看，也没有必要看。很多女人都收到了这样的包裹，里面少得可怜的几个物件代替了她们儿子的生命。

来自墨尔本的回执信里写道：

亲爱的先生：

现以单独挂号邮件寄送从“底米斯托克利”号处收到的原28军编号4497二等兵格雷斯马克个人所有财物，物件以随附清单为准。

若您收到包裹，请在随附收据上签字并将收据寄回，对您的配合，我将不胜感激。

此致，

J. M. 利恩少校

档案记录负责人

包裹里有一张单独的字条，来自“伦敦西南部富勒姆区格雷亨特街110号装备商店”，字条上是财务清单。她一项一项看着清单——“剃须镜、皮带、三便士、皮表带的手表、口琴”，只觉得哪里不太对。阿尔菲的口琴怎么会在休的所有物里，这太奇怪了！

她又看了一遍所有的东西，清单、表格、信、包裹，她仔细地留意了表格上的名字。上面的名字缩写是 A. H. 格雷斯马克，不是 H. A.。是阿尔弗雷德·亨利，而不是休·艾伯特。她飞奔着去找她的丈夫。“比尔！噢，比尔！”她哭道，“他们一定搞错了！”

格雷斯马克家用黑边纸写信去询问，经过大量信件往来，才知道阿尔菲已经在到达法国的三天后死了，只比休晚了不到一天。兄弟俩在同一天加入了同一个团，两人连着的服役编号还曾让他们引以为傲。当时信号兵亲眼看见休被担架抬上船的时候还活着，于是他忽略了接到的指令，指令要求他发出的是 A. H. 格雷斯马克的阵亡电报，他却以为电报中的缩写 A. H. 指的就是 H. A.。就这样，维奥莱特没有收到阿尔菲的阵亡电报，她第一次知道小儿子的死讯就是收到这个冷冰冰的包裹。她知道，在战争时期，犯错误是再容易不过的事情。

上一次假期的时候，伊莎贝尔回到这栋她从小生活的房子里，想起她两个哥哥的死曾经让这个家陷入了无尽的黑暗，丧子之痛浸透了母亲生活里的每一个角落。失去孩子的父母，他们的悲伤无以言表。他们永远失去了自己的儿子或者女儿，但他们却仍然是一个母亲或者父亲。这看上去很奇怪。就伊莎贝尔而言，她崇拜的哥哥们去世了，她也不知道自己还算不算一个妹妹。

噩耗仿佛一颗来自法国前线的炮弹落在她的家庭里，轰然爆炸，留下一个永远无法弥补或填平的弹坑。维奥莱特花了很多天打扫儿子们的房间，每日擦拭装有他们相片的银色相框。比尔从此变得很沉默。无论伊莎贝尔与他谈论什么话题，他都不说话，或者干脆走出房间。伊莎贝尔想，她不能再给她的父母添麻烦了。他们的儿子不在了，而她现在是他们唯一的安慰。

而今，她的父母是如此狂喜，这让伊莎贝尔更加确信留下露西是正确的。这个孩子不仅仅治好了她和汤姆，还扫去了笼罩在父母心头的阴霾。

圣诞午餐的时候，比尔·格雷斯马克做了饭前祷告，他哽咽着感谢上帝赐予了他们露西。后来在厨房里，维奥莱特告诉汤姆，自从听到露西出生的消息，比尔就仿佛获得了新生。“真是奇迹啊，就像灵丹妙药一样。”

她凝视着窗外的粉红色芙蓉花。“让比尔接受休战死的事实已经够难了，对他来说，阿尔菲的消息无疑更是晴天霹雳。很长一段时间，他都不相信。他说，不可能会发生这样的事情。他花了好几个月时间，到处写信询问，想要确认这是一个错误。”

“最终他放弃了，失去了信心。”她深吸了一口气。“但是最近——”她抬起眼睛，微笑起来，“以前的那个他又回来了，幸亏有了露西，她让他找回了整个世界。”她踮起脚，亲吻了汤姆的脸颊。“谢谢你。”

在帕特吉乌斯，教堂义卖会是最重要的节礼日传统。义卖会上，除了出售蛋糕和太妃糖，有时还能在烈日下看到有人卖一罐罐的果酱。这个活动最出名的是各种体育和趣味比赛：汤匙运鸡蛋、二人三足比赛、套袋赛跑——这些都是当天的主要比赛项目。掷球打椰子的游戏还在继续，不过射击游戏在战后被取消了，因为当地的这些男人在战争中磨炼出了新的技能，开始让主办者无钱可赚。

活动对所有人开放，主办方再三呼吁大家都来参加活动。通常，一个家庭会在里面玩上一整天。用油桶烧烤架烤制的馅饼和香肠只卖六便士一个。树荫下，汤姆和露西、伊莎贝尔坐在一块毯子上，吃着香肠面包。露西在一旁把她的午餐扯成一块一块，然后又放到她身边的盘子里。

“哥哥们都很能跑，”伊斯贝尔说，“三足比赛赢的常常是他们。有一天我赢了套袋赛跑，妈妈还留着那个奖杯。”

汤姆微笑起来。“原来我娶了一个跑步冠军啊。”

她玩笑似的一巴掌打在他的手臂上。“我在跟你说格雷斯马克家的光荣历史呢。”

一个佩戴着玫瑰花饰的男孩出现在他们旁边，汤姆正忙着给露西收拾残局，那盘子被她堆得快要溢出来了。男孩手里拿着本子和铅笔，说道：“不好意思打扰一下。这是您的孩子吗？”

汤姆听了吓了一跳。“什么？”

“我只是问一下这是不是您的孩子。”

汤姆回答了问题，却有些语无伦次。

男孩转向伊莎贝尔。“这是你的孩子，太太？”

伊莎贝尔皱了皱眉，然后慢慢地点了点头，明白了。“你是在参加爸爸征集比赛？”

“对，”他举起铅笔，问汤姆，“你的名字怎么拼写呢？”

汤姆又看了一眼伊莎贝尔，但是她的脸上没有丝毫的不安。“如果你忘了，我可以帮你拼。”她取笑他说。

汤姆希望伊莎贝尔能理解他的意思，可她笑容依旧。他只好说：“这不是我的强项。”

“可是每个爸爸都这么做。”男孩说，很显然这是他第一次遭遇拒绝。

汤姆斟酌着语句。“我没有入围资格赛。”

男孩走开了，去寻找他的下一个目标。伊莎贝尔轻轻地说：“不要紧，露西。我会去参加妈妈征集比赛。至少你的父母里还有一个愿意为你做傻事。”汤姆仍愣愣的。

桑普顿医生洗手的时候，伊莎贝尔在帘子后面穿好衣服。她答应了汤姆要在他们回帕特吉乌斯时检查身体状况。

“从医学上讲，你的身体没什么问题。”他说。

“所以呢？什么意思？我是不是病了？”

“不是，只是月经停止。”医生边说边写，“幸好你已经有一个孩子了，所以比起其他人，这个时期提早到来，对你而言应该容易接受一些。至于可能出现的其他症状，恐怕得靠你自己忍受一下了。你的月经大概会在一年以后完全消失，大概就是这样。”他微笑地看着她。“然后你就完全解脱了，跟月经有关的问题你都不会有。很多女人会很羡慕你。”

伊莎贝尔强忍着眼泪走回家。很多女人已经永远失去了她们的最爱，而她还有露西，还有汤姆，她不该再奢求太多。

几天后，汤姆签署了接下来三年的任职文件。这个区域的负责人专

程从弗里曼特尔过来办理手续，他仔细检查了汤姆的笔迹和签名，与原始文件进行了对比。只要有任何手抖的迹象，他就不能再回到杰纳斯去了。手抖是汞中毒的早期症状，如果在这时发现，他们就不必再把这个看守人派遣出去了，因为他十有八九会在下一个任期结束前完全疯掉。

第十五章

露西的洗礼仪式原本被安排在他们这个假期的第一周，但是因为诺盖尔斯牧师“病了”很久，所以仪式一直往后推迟，直到一月初，他们返回杰纳斯的前一天，仪式才得以举行。那天上午，烈日当空，拉尔夫、希尔达、汤姆和伊莎贝尔一起走去教堂。等开门的时候，他们只能站在唯一的阴凉处——墓地旁的几棵小桉树下躲避灼热的阳光。

“希望诺盖尔斯这次没有喝太多酒。”拉尔夫说。

“拉尔夫！别乱说话！”希尔达说。她看着几英尺外一座新花岗岩墓碑，转移话题：“真是太可惜了。”

“什么？希尔达？”

“噢，那个可怜的孩子，还有她的父亲，都被淹死了。至少最后他们有了一座墓碑。”

伊莎贝尔僵住了。有那么一瞬间，她怕自己会支撑不住晕过去，周遭的声音仿佛渐渐远离了她，然后又突然在她耳边隆隆作响。她挣扎着去看墓碑上亮金色的字体：“谨以此纪念汉娜挚爱的丈夫——弗兰克·约翰内斯·伦费尔特，以及他们心爱的女儿格蕾丝·艾伦·伦费尔特，感谢上帝。”下面用德语写着：“哀恸的人必将得到安慰。”墓碑下摆放着鲜花，看上去悼念的人应该才离开不久。

“发生了什么事？”她问道，一阵刺痛感席卷而来。

“唉，令人震惊啊，”拉尔夫摇了摇头说道，“是汉娜·波茨。”伊莎贝尔立刻想起了这个名字。“塞普蒂默斯·波茨，他们都管他叫有钱的老波茨。方圆几英里内最有钱的家伙。五十多年前，他从伦敦来到这里，那时他是个一无所有的孤儿，后来靠做木材生意发了财。他两个女儿很小的时候，妻子就去世了。另一个女儿叫什么名字，希尔达？”

“格温。汉娜是姐姐。她们俩都去珀斯上了贵族寄宿学校。”

“几年后汉娜回来了，嫁给了一个德国人……自那以后，老波茨便不再和她说话，还切断了她的经济来源。他们住在下游抽水站旁边的那个小屋里。孩子出生的时候，老人终于去看望了他们。前年澳新军团日那天，发生了冲突——”

“现在不适合说这些，拉尔夫。”希尔达警告地看了他一眼。

“只是告诉他们——”

“现在不是说这事的时候，这里也不是说话的地方。”她转向伊莎贝尔，“这么说吧，弗兰克·伦费尔特和一些当地人发生了点误会。结果他抱着孩子跳进了一条划艇……他们之所以对付他，就是因为他是德国人，或者说觉得他跟德国人一样。我们还要参加洗礼仪式，现在最好把这件事忘掉。”

希尔达讲这些的时候，伊莎贝尔不由得屏住呼吸，直到这时快窒息了，才大口喘起气来。

“你看，我就知道！”希尔达完全理解她的反应，“后来事情更糟糕……”

汤姆紧张地看了伊莎贝尔一眼，瞪着眼睛，嘴唇上渗出一层汗来。此时此刻，他只觉得自己心跳如雷。

“好吧，那家伙没有航海经验。”拉尔夫继续说，“很多人都说他从小就心脏不好，根本经受不住海浪的颠簸。暴风雨一过，就再也没有人见过他们了。一定是掉进海里淹死了。为了找到他们，老波茨悬赏一千金币！”他摇摇头。“所以如果有人知道他们的下落，早就说出来了。连我当时都有点想去找他们！说真的——我不是喜欢德国佬，只是那个孩子……才两个月大。再怎么样，你总不能去责怪一个孩子吧？可怜的小家伙。”

“可怜的汉娜再也恢复不过来了。”希尔达叹气，“几个月前，她爸爸才说服她立了这块墓碑。”她停下来拉好手套。“命运很喜欢跟人开玩笑，是不是？含着金钥匙出生，又拿到了悉尼大学的学位，嫁给了她爱的人——现在呢，你有时候可以看见她，到处游荡，好像一个无家可归的人。”

伊莎贝尔犹如坠入了冰窖一般，墓碑下的鲜花仿佛在嘲笑她，在警告她那位生身母亲的存在。她靠在一棵树上，只觉得天旋地转。

“你还好吗，亲爱的？”希尔达发现她的脸色忽然变了，关切地问道。

“还好。天太热了，一会儿就没事了。”

那几扇厚重的桉树门终于打开了，牧师走出教堂，阳光刺得他有些睁不开眼。“都准备好了吧？”他问。

“我们得说些什么！现在！取消洗礼……”更衣室里，汤姆对伊莎贝尔说道，声音低沉而急迫。而此时，比尔和维奥莱特正在教堂里向宾客们炫耀他们的外孙女。

“汤姆，我们不能这么做。”她脸色苍白，呼吸急促，“太晚了！”

“我们必须纠正这个错误！必须把这件事告诉他们，现在。”

“我们不能！”她依然感到眩晕，尽力组织好自己的语言，“我们不能这么对露西！她只知道我们是她的父母。而且，我们要怎么说？难道说我们突然想起来，我其实从没生过孩子？”她的脸色一片灰暗。“那个人的尸体怎么办？已经过去太久了。”她的本能告诉她一定要拖延时间。她现在太糊涂，太害怕，无法做任何事情。她试图让自己冷静下来。“我们回头再谈这件事吧。现在，我们必须先熬过洗礼仪式。”她海绿色的眸子里闪过一道光，汤姆在里面看到了恐惧。她朝他走过来，他却连连后退，仿佛他们是一对相斥的磁铁。

牧师的脚步声夹杂在宾客们嗡嗡的说话声中渐行渐近。汤姆头痛欲裂，思绪烦乱。“无论疾病还是健康，无论祸福。”这是几年前，他在这个教堂里说过的话，如今在他的脑海里轰然炸开了。

“都准备好了。”牧师微笑着说。

“请问这个孩子受过洗礼吗？”诺盖尔斯牧师开始说话。站在圣水盆前的人一起答道：“没有。”

牧师问道：“您愿意以这个孩子的名义与撒旦以及他的一切恶行断绝关系吗？”

教父教母手捧蜡烛，齐声吟诵着：“我愿意。”

他们的声音回荡在教堂里。汤姆盯着他闪闪发光的新靴子，神情肃穆，脚后跟上一个磨出的水疱火辣辣地疼。

“您会遵从神的旨意和诫命吗？”

“我会的。”

每次承诺时，汤姆都会拿脚跟抵住靴子坚硬的皮革，让自己沉浸在疼痛之中。

露西似乎迷上了彩色玻璃窗上的烟花图案，伊莎贝尔脑子里一片混乱，但她还是意识到，这孩子还从来没有见过如此绚丽的颜色。

“噢，仁慈的上帝，请埋葬这个孩子过往的一切罪恶，让她获得重生……”

汤姆想起了杰纳斯上那座无名墓地。那天盖上帆布的时候，他看到了弗兰克·伦费尔特的脸——超脱、面无表情——留下汤姆，活在自我谴责之中。

教堂外面的操场上，一群孩子在玩法式板球，不时传来击球声和“出局”的叫喊声。希尔达·阿迪科特坐在第二排的长凳上，对坐在她身边的人低语：“看，汤姆的眼睛里有泪水。现在你知道了。他可能看上去很硬朗，但心肠很软。”

诺盖尔斯接过孩子抱在他的臂弯里，对拉尔夫和希尔达说：“请为这个孩子起名。”

“露西·舍伯恩。”他们说。

“露西·舍伯恩。我奉圣父、圣子、圣灵之名为你施洗。”牧师说着，把圣水倒在小女孩的头上。露西尖叫着表示抗议，但很快，随着那台旧管风琴的琴声响起，拉弗蒂夫人开始轻声吟唱起来。

仪式结束前，伊莎贝尔找借口跑了出来，她匆忙地跑向小路尽头的厕所。砖头搭建的小屋里面热得像个火炉，她不停地驱赶苍蝇，然后弯腰剧烈地呕吐起来。一只壁虎默默地贴在墙壁上，她一拉冲厕所的绳子，它便惊慌失措，一路爬到铁皮屋顶上，爬到它认为安全的地方。她回去的时候，不等母亲询问，便轻轻地说：“肚子不太舒服。”她伸出手死死地抱住露西，露西被抱得太紧了，双手推着她，好让自己轻松一些。

在皇宫酒店庆祝洗礼的午餐上，维奥莱特坐在丈夫身边，她穿着一件镶着白色蕾丝领的蓝色棉布连衣裙，紧身胸衣勒得她透不过气来，头上紧绾着的发髻让她感到头痛，但她决不会让任何事情破坏今天这个日子——她的第一个，也是唯一一个外孙女的洗礼日，因为她已经知道了伊莎贝尔的身体状况。

“维奥，汤姆今天好像不太对劲啊？他平常不怎么喝酒，今天一直在喝威士忌。”比尔耸耸肩，自己给自己找理由，“我想是因为今天是孩子的施洗日吧。”

“我觉得他只是太紧张了——这么重要的日子。伊莎贝尔今天也很敏感，可能是因为肚子的问题。”

汤姆和拉尔夫坐在一边的吧台上。“那孩子完全改变了你太太，是不是？她好像完全变了一个人。”

汤姆转着空杯子。“嗯，这件事让我看到了她的另一面。”

“每次我回想起她第一次失去孩子的时候……”

汤姆不自觉地怔了怔，拉尔夫继续说：“……那次我来杰纳斯，那情形就像见了鬼一样。第二次更糟糕。”

“是啊，那段时间，她过得很艰难。”

“噢，上帝还是给了她一个好结果，是吧？”拉尔夫微笑。

“是吗，拉尔夫？上帝无法让所有人都有好结果，是吗？那个德国人就无法像我们一样……”

“不能这么说，孩子。至少上帝给了你一个好结果！”

汤姆松开他的领带和衣领——这吧台忽然让他觉得窒息。

“伙计，你还好吗？”拉尔夫问。

“这里有点闷，我出去走走。”但是外面并没有让他好受些，他的喉咙就好像被一团凝固的空气堵住了，无法呼吸。

如果他能跟伊莎贝尔私下冷静地谈一谈……一切都会好起来的，也许真的会好起来吧。他挺直身体，深深地吸了一口气，慢慢地走回家。

“她很快就睡着了。”伊莎贝尔关上卧室的门，说道。她在露西的周围放满了枕头，以防她从床上滚下来。“她今天表现太好了，见了那么多人，整个仪式都很乖。只有施洗的时候哭了。”

“噢，她是一个天使。”维奥莱特笑着说，“她明天就要跟你们回去了，我都不知道我们该怎么办。”

“我知道。我一定会给你们写信的，告诉你们有关她的一切。”伊莎贝尔说，她随即又叹了口气，“我想我们得睡觉了，天一亮就得起床去坐船。汤姆，去睡觉？”

汤姆点点头。“晚安，维奥莱特。晚安，比尔。”他跟着伊莎贝尔进了卧室，留下维奥莱特和比尔继续玩他们的拼图游戏。

这是他们今天第一次单独相处。门关上的一刹那，汤姆就说：“我们什么时候告诉他们？”他的肩膀很僵硬，脸上神情紧张。

“我们不告诉他们。”伊莎贝尔急切地小声回答。

“什么意思？”

“汤姆，我们需要思考，需要时间。我们明天就要走了。如果我们把这件事说出来，会闹得不可收拾，而你明晚就得到岗。等我们回到杰纳斯再想怎么办。我们不能操之过急，不然一定会后悔的。”

“伊奇，这里有个女人以为她的女儿已经死了，而事实是她还活着。她也不知道她的丈夫发生了什么事情。天知道她都经历了些什么，我们应该尽早让她从痛苦中解脱出来——”

“这会吓到所有人。我们必须把这件事做好，不仅仅对汉娜·波茨一个人，还有露西。求你了，汤姆。我们俩现在都无法心平气和地思考。这件事要慢慢来。现在，至少让我们在天亮之前先睡一会儿。”

“我晚点再睡，”他说，“我需要呼吸一点新鲜空气。”他不顾伊莎贝尔的请求，悄悄地走到后面的阳台上。

外面要比屋内凉一些，黑暗里，汤姆坐在藤椅上，头埋在双手之间。透过厨房的窗户，他听到“啪嗒啪嗒”的声音，比尔正把最后几块拼图装进木头盒子里。“伊莎贝尔似乎很想回杰纳斯去，看来她已经不适应人多的地方了。”比尔盖上盖子说道。

维奥莱特正在修剪煤油灯的灯芯。“嗯，她一向很容易激动。”她沉思着说，“我觉得，她也许只是想一个人独占露西。”她叹了一口气。“对女人来说，没有孩子在旁边会很冷清。”

比尔搂住维奥莱特的肩膀。“又想起以前了，是吗？记得休和阿尔菲小时候吗？他们是多好的孩子啊。”他轻轻笑着。“还记得他们把那只猫关在柜子里好几天的事情吗？”他顿了顿说，“这不一样，做外公当然好，可是对我来说，他们俩能回来，才是最好的事情。”

维奥莱特点燃了灯。“比尔，有那么一段时间，我觉得我们熬不过来。我以为我们再也快乐不起来。”她吹灭火柴。“真是上帝保佑。”她给灯盖上玻璃罩，引着比尔走向床边。

他们的话回荡在汤姆脑海里，他呼吸着夜茉莉的香味，花儿的芬芳盖过了他的绝望。

第十六章

回到杰纳斯的第一个晚上，海风呼啸，猛烈地敲打着灯室厚厚的窗玻璃。汤姆点燃了灯，脑海里不断闪现补给船走后他和伊莎贝尔的争吵。

她很固执。“汤姆，我们无法回到过去，无法改变已经发生的事情。难道你觉得我没有想过解决问题吗？”她将刚从地上捡起的洋娃娃紧紧地抱在胸前，“露西很快乐、很健康。现在让她离开——噢，汤姆，太可怕了！”她在衣物筐和柜子之间来回走动着，将已经叠好的床单被套放进柜子里。“汤姆，不管怎样，我们做了就是做了。露西喜欢你，你也喜欢她。你没有权利让她失去一个爱她的父亲。”

“那爱她的母亲呢？她还活着的亲生母亲！伊奇，这公平吗？”

她的脸涨得通红。“我们失去了三个孩子，你觉得这公平吗？阿尔菲和休被埋葬在了几千英里之外，而你毫发无伤，你觉得这公平吗？当然不公平，汤姆，不公平！我们只需要过好现在的生活！”

她的话正中汤姆的痛处。这么多年过去了，他还是无法摆脱那种令他厌恶的感觉——他逃过了那场战争劫难，捡回了一条命，可他的伙伴们却永远离开了他。伊莎贝尔知道她的话触动了他，她的语气温和下来。

“汤姆，我们只能这么做——为了露西。”

“伊奇，别这样。”

她打断他的话。“汤姆，不要再说了！我们唯一能做的就是尽全力去爱那个小姑娘。永远，永远不伤害她！”她紧紧抱着露西，匆忙地走出了房间。

现在，他向外望去。海面上狂风大作，海浪不停地翻滚出白色的泡沫，天色越来越暗，那黑暗仿佛要吞没一切。海天之间的界限越来越模糊，一道道闪电劈空而下。气压计的读数正在下降。天亮前会有一场暴风雨。他检查了通向瞭望台的门把手，然后望着那道光，它依然旋转着，坚定而执着。

那晚，汤姆在灯塔上工作，伊莎贝尔坐在露西的小床边，看着露西渐渐入睡。这一天耗尽了伊莎贝尔所有力量，她的思绪依然混乱，仿佛窗外正在集结的暴风雨。她唱着露西每晚一定要听的摇篮曲，声音小得几乎听不见。“南风轻轻吹，轻轻吹，轻轻吹……”她努力地保持曲调。“上次别离我站在灯塔边，夜幕降临波涛起伏的海面，我却再也看不到爱人明亮的肌肤……”

露西终于睡着了，伊莎贝尔轻轻移开她的小手指，拿走她手里抓着的粉红色贝壳。昨天在墓地时那种恶心的感觉一直挥之不去，甚至更严重了，她努力地控制自己，手指沿着贝壳上的纹路慢慢滑动，圆顺温润的纹理缓和了她的不适。她手里的原本也是一条生命，它死去已久，只留下这样一件艺术品。她忽然觉得很讽刺，汉娜·波茨的丈夫亦是如此，他死了，留下了这个小女孩，一件活生生的艺术品。

露西皱了皱眉，手臂不由自主地甩到头顶，手上没了贝壳，手指一下子握紧了。

“宝贝，我不会让任何人伤害你的。我发誓我会永远守护着你。”伊莎贝尔喃喃地说。然后，她跪在地上，低下头，她已经很多年没有这么做了。“上帝啊，您的奥秘我永远望尘莫及，我只是尽全力完成您交给我的使命。请赐予我前进的力量吧。”她有些颤抖，强迫自己稳定了情绪，好不容易可以正常呼吸了。“汉娜·波茨——汉娜·伦费尔特——”她调整好思绪说道，“我知道，您会保佑她的安全。赐予我们平安，我们所有人。”她倾听着外面的风声、海浪声，感受着这段足以让她安心的距离，过去的两天里她是那么提心吊胆。她把贝壳放在露西的床边，好让她一醒来就能找到。最后，她下定决心，悄悄地走出房间。

对于汉娜·伦费尔特来说，这个周一意义重大。

她去取信的时候，以为信箱一定是空的，因为她前一天刚去看过，自从两年前的澳新军团日发生了那件可怕的事情，查看信箱便成了她的固定习惯之一。她每天的第一件事就是去警察局，有时候连话都不用说，只是看哈利·卡斯通警员一眼，就能知道答案。她离开后，哈利的同事林奇警员会说：“可怜的女人，没想到竟然会这样……”哈利也摇摇头，然后继续处理文件。每天，她都会走去海滩上不同的地方，寻找哪怕一丝一毫的线索——比如小块的浮木，比如桨架上脱落的金属片。

她会从口袋里掏出给丈夫和孩子的信。有时候，她会在信里夹上其他东西——某个马戏团来镇上表演的新闻简报，她用彩笔手写的五颜六色的儿歌。她把信投入大海，墨迹在海水里一点点洇散开来，她希望，在海洋的某个角落里，她所爱的人能够看到她说的话。

回来的路上，她会去教堂待上一会儿，静静地坐在最后一排。有时她会待到很晚，待到桉树瘦长的影子爬上教堂的彩色玻璃窗，待到她的祈祷蜡烛化为一摊又冷又硬的残蜡。在这里，不知为何，只要她这样坐在阴影里，她就觉得弗兰克和格蕾丝还在她的身边。等到不得不离开的时候，她才会回家，也只有等到自己有了面对失望、面对空信箱的勇气时，她才会打开信箱。

这两年，她给所有她能想到的人都写了信——医院、港务局、航海任务组织，给所有可能的人写了信，但是，收到的都是失望的回信，这些人在信里保证，如果他们得到任何有关她失踪的丈夫和女儿的消息，一定会通知她。

一月的上午很热，喜鹊们欢快地吟唱着——碧蓝的天空下，它们的歌声仿佛化为朵朵音符跳动在桉树的枝头。汉娜走下屋前的走廊，沿着石板路缓步而行，整个人仿佛完全处于恍惚状态。她已经很久没有注意那些栀子花和千金子藤了，也没有心情去感受花儿香甜的气味。她慢慢地打开信箱，生了锈的信箱吱嘎作响——它似乎跟她一样疲惫困顿。信箱里躺着一个白色的信封。她眨眨眼。一封信。

信封上已经留下了一条被蜗牛咬过的痕迹，沿着痕迹的边缘，蜗牛爬过的地方就像一道彩虹一样，在阳光下闪闪发亮。信封上没有邮票，字迹工整有力。

她走进屋，把信沿边放在餐桌上，木质的桌沿泛着微微的亮光。她在桌子前面坐了很久很久，然后才用珍珠柄的开信刀小心翼翼地裁开信封，生怕碰破里面的东西。

她从信封中抽出一张小纸片。纸片上写着：

别担心。孩子很安全，备受宠爱，也被照料得很好，而且永远都会如此。您的丈夫已安然长眠，上帝一定会庇佑他。希望这封信能给您带去安慰。请宽恕我吧。

屋子里很暗，织锦的窗帘挡住了刺眼的光亮。知了刺耳尖厉的叫声从屋后的葡萄藤上传来，汉娜只觉得自己的耳朵嗡嗡直响。

她将信看了又看，那几句话就在她眼前，可她的脑子里却一片混乱。她的心怦怦跳着，呼吸急促而紧张。打开这封信的时候，她甚至以为它会忽然消失不见——她曾在街上看到过格蕾丝，看到她粉色的娃娃装在她眼前一闪而过，可随后她便发现那只不过是同样颜色的衣服；她也看到过她的丈夫，她可以发誓那个轮廓就是他，但等她拉住他的衣袖，那人转过头来，一脸困惑，却是跟她丈夫毫不相像的另一个人。

“格温？”她喊道，终于能开口说话了，“格温，你能来一下吗？”她把她妹妹从卧室里叫出来，她害怕她一动这封信就会消失——她害怕这只是她的幻觉。

格温带着她的刺绣走出来。“汉娜，你在叫我吗？”

汉娜没有说话，只小心翼翼地朝那封信点了下头。“至少，这不是我凭空想象出来的。”

不到一小时，她们便离开这个简单的小木屋，前往小镇边缘的柏梦塞，那是塞普蒂默斯·波茨坐落在山上的石头豪宅。

“这封信就在那儿，就在信箱里，今天？”他问。

“是的。”汉娜说，她仍然想不清楚这是怎么回事。

“爸爸，谁会做这样的事情？”格温问。

“当然是知道格蕾丝还活着的人！”汉娜说。

她的父亲和妹妹飞快地交换了眼神，她却没有看见。

“汉娜，亲爱的，事情已经过去很久了。”塞普蒂默斯说。

“我知道！”

“爸爸的意思是……”格温说，“他是说事情太奇怪了，这么久一点消息都没有，然后突然这封信就出现了。”

“但是这总意味着什么！”汉娜说。

“噢，汉娜。”格温摇摇头说。

纳吉警长是帕特吉乌斯的高级警察。那天晚些时候，他别扭地坐在一张矮矮宽宽的祖母椅上，试图用他的宽膝盖托住一只精致的茶杯，好腾出手来做笔录。

“所以，波茨小姐，你没有看到房子周围有什么奇怪的人，是吗？”他问格温。

“没有。”她将牛奶壶放回桌上，“通常不会有人来。”

他快速地记了些内容。

纳吉看出塞普蒂默斯好像有问题要问他。他又检查了一次那封信。笔迹工整，纸张普通，不是邮寄来的。那就是当地人送来的？因为她爱上了一个德国人，所以有人以看到她的痛苦为乐，只有上帝才知道这个地方是不是还有这样的人。“我想该问的都已经问清楚了。”他耐心地听完汉娜的陈述，觉得其中一定会有线索。他还注意到汉娜的父亲和妹妹都显得有些尴尬，就好像在用餐时有个大妈忽然开始疯狂地谈论耶稣。

塞普蒂默斯送他到门口，警长戴好他的帽子，低声说："看起来像是恶作剧。我觉得是时候跟德国人摒弃前嫌了，太龌龊了，再怎样也没必要这样恶作剧。关于那张字条，我会保密。我们得防止有人模仿这种做法。"他和塞普蒂默斯握了握手，然后开车沿着弯曲的山路返回。

回到书房，塞普蒂默斯将手搭在汉娜的肩膀上。"丫头，振作点。千万不要被这样的事情击垮。"

"可是我想不通，爸爸。她一定还活着！为什么有人会故意写张字条撒这样的谎，完全是空穴来风？"

"我倒有个主意，亲爱的，我们把奖金翻倍？我会悬赏两千金币。如果真有人知道什么，我们一定很快就能知道。"塞普蒂默斯又给他的女儿倒了杯茶，这一次，他发现自己没有舍不得钱，只有这一次。

尽管塞普蒂默斯·波茨在帕特吉乌斯周边生意做得很大，但真正熟悉他的人却没有多少。他对自己的家庭有着强烈的保护欲，一直以来，他最大的敌人是命运。

一八六九年，塞普蒂默斯五岁，他乘坐"开罗女王"号在弗里曼特尔下船。他的脖子上挂着一块小木牌，上面写着："我是一个虔诚的基督徒男孩，请好好照顾我。"伦敦的码头上，他的妈妈伤心欲绝。

塞普蒂默斯是伦敦柏梦塞区一位铁器商的第七个也是最后一个孩子，

可是他出生后仅仅三天，这位铁器商就死在了一匹脱缰的拉车马的蹄下。他的妈妈竭尽全力才让孩子们和她待在了一起，但是几年后，她得了肺痨，知道自己必须为孩子们的未来早做打算。她把孩子们分别送去了伦敦周边的亲戚家，而他们可以在这些接收他们的人家里帮忙做事。只有这个最小的孩子，他还太小，什么也做不了，只会成为别人的累赘，于是无奈之下，她最后将他独自送上了前往西澳大利亚的旅途。

几十年后，他回忆起这段经历，它让他尝到了濒临死亡的滋味，但也让他对生活充满了渴望，让他知道死亡总有一天会到来。所以，当他被航海任务组织里一个黝黑的胖女人领走，然后送往西南部某个“好家庭”时，他毫无异议。况且，就算他提出什么要求，又有谁会听呢？于是，在帕特吉乌斯附近一个叫作库达达普的小村庄里，他跟着一对依靠运送檀香勉强维生的夫妇——沃尔特·弗林戴尔和萨拉·弗林戴尔开始了他的新生活。沃尔特和萨拉人很好，但他们同时也很精明，因为檀香不重，就算是孩子也能搬得动，所以他们才肯接受这个小男孩。至于塞普蒂默斯，在经历了船上的生活之后，对他来说，只要有地方待、有面包吃，就仿佛置身天堂了。

就这样，塞普蒂默斯就像一个没有写地址的包裹一样被送到这里，渐渐地，他开始了解这个国家，开始爱上沃尔特和萨拉，还有他们切实可行的生活方式。他们有一块自己开垦的土地，住在一个小茅屋里，窗户没有玻璃，也没有自来水，但不知为何，似乎他们总是能自给自足。

檀香木很珍贵，有时候比金子还贵，最终却因为过度砍伐几乎资源耗尽，于是沃尔特和塞普蒂默斯转而去帕特吉乌斯附近一家新开的木材厂工作。由于沿海岸需要建造不少新的灯塔，这就意味着在这条线路上，海洋货运成了一种可以运作的商业模式，而非纯粹的投机生意。而新建的铁路和公路可以使被砍伐下来的木材从他们的家门口运往世界上任何一个地方。

塞普蒂默斯疯狂地工作，同时还做祷告。每个星期六，他便缠着牧师的妻子教他阅读和写作。不到万不得已，他从不多花半分钱，也从不放过任何赚钱的机会。塞普蒂默斯似乎总能看到别人看不到的机会。虽然他穿着靴子也只不过五英尺七英寸高，但他会把自己当成一个大人物，只要经济条件允许，他总是穿得很体面，有时候，甚至可以说他是衣冠楚楚。每次星期日去教堂时，他总会穿着干净的衣服，哪怕他需要在半夜里将白天上班时沾上的木屑洗掉。

这一切都让他立于不败之地。所以当一八九二年一位来自伯明翰的新封男爵想在殖民地找一块地方投资的时候，塞普蒂默斯抓住了这个机会，说服男爵投资了一宗小土地买卖。塞普蒂默斯成功地把男爵的投资翻了三倍，然后，谨慎而精明的他把得到的报酬进行了再投资，很快，他便在生意场上确立了自己的地位。等到一九〇一年澳大利亚成为自治领时，他已经成为方圆几英里内最富有的木材商之一。

后来，塞普蒂默斯与艾伦结了婚，艾伦是来自珀斯社交圈的名媛。然后，汉娜和格温出生了，他们的家——柏梦塞成了西南部成功的标志。艾伦举办的野餐会在当地很著名，用的都是漂亮的桌布和精致的银器。可是某一次野餐会时，她被一条眼镜蛇咬到了脚踝，伤口刚好在她的白色短靴靴口上方一点点，不到一小时她便去世了。

神秘来信出现的那天，两个女儿回小木屋去之后，塞普蒂默斯想，人生就是个浑蛋，一个你永远不能相信的浑蛋。它会让你得到的同时，也在失去。孩子出生后，他终于和女儿和解，可是她的丈夫和孩子却失踪了，留给汉娜一个残破的家，太可恶了。现在，某个浑蛋竟然要重新挑起这件事。最好不要让他发现究竟是谁。

纳吉警长坐在桌前，手中的铅笔轻轻敲击着记事簿。他看着纸上的记录。可怜的女人。谁又能责怪她希望孩子还活着的心呢？他的太太艾琳到现在还会为了他们家的小比利哭泣，尽管距离他溺水而亡已经过去了二十年。尽管他们后来又有了五个孩子，可是那种哀伤却永不曾离去。

虽然那个孩子还活着的概率比雪花还要渺小，但他仍然拿出一张没有用过的纸，开始为这个突发事件写报告。至少，这是对汉娜最起码的尊重。

第十七章

“您的丈夫已安然长眠，上帝一定会庇佑他。”收到神秘来信的当天，汉娜·伦费尔特将这句话翻来覆去看了一遍又一遍。格蕾丝活着，但是弗兰克死了。她相信格蕾丝还活着，却无法接受有关弗兰克的消息。弗兰克，弗兰克。她回忆起那个温文尔雅的男人，他的一生跌宕起伏，但正是他传奇的人生轨迹，将他带到了她的身边。

他第一次脱离养尊处优的生活时，还是个十六岁的男孩。他父亲欠的一屁股赌债迫使他们漂洋过海投奔了住在卡尔古利的亲戚。这个地方距离奥地利实在太遥远了，就连最执着的债主最终也都放弃了追逐。富裕的生活一下子变得清贫起来，他们开始在弗兰克叔叔婶婶经营的店里做起了面包师。弗兰克的叔叔婶婶来到这里以后，将他们的名字从弗里茨和米基改成了克莱夫和米莉，他们说，融入当地生活是很重要的事。弗兰克的母亲很理解这种做法，可是他的父亲憎恨一切变化，他的自尊心和固执己见曾经导致了家庭的破产，也使得他无法融入卡尔古利。到这里不到一年，他便卧轨死在了一辆开往珀斯的火车车轮下，留下弗兰克承担起家庭的重担。

几个月后，战争爆发了。先是罗塔纳斯岛，然后是东部的某些地方，都成了关押敌国侨民的集中营。对于弗兰克来说，现在不仅仅是遭受流离失所、失去亲人的痛苦，更因为万里之外的那场战争而被人鄙视，而这一切，他都无法控制。

但是在汉娜的记忆中，弗兰克从未为此抱怨过。一九二二年，他来帕特吉乌斯的面包店工作，她遇见了他。不论何时，他的脸上总是带着明朗的笑容。

她还记得她第一次在小镇大街上看到他的情景。那是一个春天的早晨，天气还有点冷，却阳光明媚。他微笑着递给她一条披肩，她认出那是自己的披肩。

“你刚才把它忘在书店了。”他说。

“谢谢，真是太麻烦你了。”

“很美的披肩，绣得真好。我母亲以前也有这么一条。中国丝绸很昂贵，丢了就太可惜了。”他礼貌地点了点头，转身要走。

“我以前没见过你。”汉娜说。她也没听过他优雅的口音。

“我才开始在面包店工作。我叫弗兰克·伦费尔特。很高兴认识您，女士。”

“你好，伦费尔特先生，欢迎来到帕特吉乌斯。希望你会喜欢这儿。我是汉娜·波茨。”她重新整理了下披肩，想把它拉上肩头。

“请让我为您效劳。”他说着，替她裹好披肩，动作自然而流畅，“祝您今天过得愉快。”他的笑容很灿烂，碧蓝色的眼睛和金黄色的头发在阳光下格外耀眼。

她穿过马路，走向等着她的双轮车，忽然注意到旁边有一个女人狠狠地瞪了她一眼，然后使劲朝地上吐了口唾沫。汉娜大吃一惊，却什么也没有说。

几个星期后，她又去了梅齐·麦克菲的小书店。她走进去的时候，看见弗兰克站在柜台前，正被一个女人抨击，她挥舞着手杖大声说道：“什么烂主意！你这是在卖书支持德国人，那些畜生杀死了我一个儿子和一个孙子。梅齐·麦克菲，我不希望看到你像红十字会一样给他们送钱。”

梅齐站在那里，说不出话来。弗兰克却说道：“对不起，夫人，如果我冒犯了您，我很抱歉。但是这不是麦克菲小姐的错。”他微笑着将那本打开的书捧给她看。“看到了吗？这只是一本诗集。”

“只是诗集，你胡说八道！”那女人忽然用她的手杖重重地敲击着地面。“他们的嘴里就从来没说过人话！我早就听说镇上有个德国人，不过我认为你最好别当着我们的面提起这件事！至于你，梅齐·麦克菲！”她面对着柜台，“你死去的爸爸都会被你气昏的。”

“真对不起。”弗兰克说，“麦克菲小姐，请收好。我没有要冒犯任何人。”他把一张十先令的纸币放到柜台上，出门的时候，他没有注意到汉娜，与她擦身而过。那个女人跟在他后面，怒气冲冲地走了出去，喋喋不休地朝反方向离去。

梅齐和汉娜默默地相视了一会儿，店主才微笑起来，说：“波茨小姐，请把您的书单给我吧？”

梅齐看着书单，汉娜却开始注意起扔在一边的那本书来。她很好奇，这本装订精美的书怎么会激起别人这么大的愤怒。她打开书，扉页上哥特式的德文字体立刻引起了她的注意：“时间之书——莱纳·玛利亚·里尔克。”她曾经在学校里学过德语和法语，听说过里尔克。

她掏出两张一英镑的纸币。“我可以连这本书也一起买了吗？”梅齐惊讶地看着她，汉娜却说："该放下过去，摒弃前嫌了，你说呢？"

店主用牛皮纸把书包好，再用细绳扎好。"说实话，这下我可以不用将它寄回德国去了。没有其他人会买这本书。"

过了一会儿，汉娜出现在面包店，她把一个小小的包裹放在柜台。"我想请您把这个交给伦费尔特先生。他忘在书店了。"

"他到后面去了，我把他叫出来。"

"噢，不必了。谢谢。"她说，店员还没来得及说什么，她就离开了面包店。几天后，弗兰克登门拜访，亲自向她表达了谢意。她从此走上了一段新的人生历程，那是她能感受到的人生中最大的幸运。

塞普蒂默斯·波茨刚开始得知自己的女儿和一个当地人约会时很高兴，后来他发现那人只是一个面包师，他又觉得很失望，可当他想起自己过去的卑微和艰难，他便决定不能因此而反对这个年轻人。然而，当他发现弗兰克是德裔，或者说，实际上就是个德国人时，他的失望一下子变成了厌恶。当汉娜和弗兰克确定恋爱关系后，塞普蒂默斯和汉娜总是争吵不断，两人都固执己见，谁也不肯退让。

不出两个月，事情很快就到了不得不解决的地步。塞普蒂默斯·波茨走进客厅，极力消化他看到的消息。"女儿，你疯了吗？"

"这是我想要的生活，爸爸。"

"嫁给一个德国人！"他看了一眼壁炉台上装在亮银色相框里艾伦的照片，"你妈妈永远不会原谅我！我答应她要好好把你抚养大的……"

"你做到了，爸爸，你做到了。"

“如果你要嫁给一个该死的德国面包师，那就全毁了。”

“他是奥地利人。”

“有什么区别？难道一定要我带你到遣返中心去看看那些中了毒气，到现在讲话还像白痴一样的孩子吗？都是我在付钱救治他们！”

“你非常清楚弗兰克和那场战争根本没关系——他从没伤害过任何人。”

“汉娜，理智一点。你是一个很体面的姑娘。这里有很多年轻人——珀斯、悉尼，甚至墨尔本也是——能够拥有你这样的妻子，他们都会感到很荣幸。”

“你的意思是，很荣幸拥有你的钱吧。”

“我们又绕回来了？你比我的钱珍贵太多了，我的女儿。”

“跟这个没关系，爸爸……”

“我拼命工作才有了现在的一切，我对我是谁或者我从哪里来并不感到羞愧。但是你——你可以生活得更好。”

“我只想过我自己的生活。”

“如果要做慈善，你可以参加任务去跟那些土著人生活在一起，你也可以去孤儿院工作，但是你没必要嫁给它，嫁给你那该死的慈善事业啊。”

汉娜脸颊通红，她的心因为父亲这番轻蔑的话语而剧烈跳动着——此时她不仅仅感到愤怒，在她心底的某个地方，还埋藏着恐惧，她害怕她父亲说的都是对的。万一她答应弗兰克只是为了逃避那些为了钱而追求她的人呢？万一她只是为了弥补他所遭受的一切痛苦呢？然后，她想起他的笑容，想起那笑容带给她的感觉，想起她问他问题时他抬起下巴思考的模样，她的心放了下来，消除了一切疑虑。

“他是一个很好的人，爸爸。给他一次机会吧！”

“汉娜。”塞普蒂默斯一只手放在她的肩膀上。“你知道你就是我的世界。”他抚摸着她的头。“你还是个孩子的时候，你不让你妈妈给你梳头发，你还记得吗？你会说‘爸爸！我要爸爸给我梳’！然后我就给你梳头。晚上，在火炉边，你坐在我的膝盖上，火上还烤着松饼，我梳着你的头发。我们还会很小心，不让你妈妈看到滴在你裙子上的黄油。你的头发亮得就像一位波斯公主。”

“再等等，再等一段时间。”塞普蒂默斯恳求。

如果他需要的只是适应和接受这件事的时间……汉娜正要让步，他却继续说：“你会跟我看法一致的——你会明白你犯了一个多大的错误。”他深吸了一口气，又吐了出来，这让她联想到他做的那些商业决策——“你会觉得幸运，因为有我劝你不要这么做。”

她挣开他。“我不需要。你不能阻止我嫁给弗兰克。我已经长大了，我可以不经您的允许结婚。”

“你可以不在乎我的感受，但是请你为你妹妹考虑考虑。你知道这里的人会怎么看这件事。”

“这里都是仇外的伪君子！”

“噢，大学教育真是物有所值，你现在都会用这种话来羞辱自己的父亲了。”他直视着她的眼睛，“我的女儿，如果你非要嫁给那个男人，我不会祝福你，也不会给你钱。”

汉娜笔直地站在原地，一动不动，脸上的镇静神情像极了她的母亲，当初，正是她母亲的这种镇静吸引了塞普蒂默斯。她说：“如果这是你希望的，那就这样吧。”

弗兰克和汉娜举行了小小的婚礼，而塞普蒂默斯拒绝参加。婚后，夫妻俩住在弗兰克位于小镇边缘那座破旧不堪的板房里，毫无疑问，他们的生活很节俭。汉娜给人教教钢琴课，也教一些伐木工人读书写字。其中有一两个工人还恶趣味地以此为乐，虽然她每星期只给他们上一小时课，但他们雇用的可是老板的女儿。不过大体上，汉娜的善良和礼貌还是赢得了大部分人的尊重。

她很幸福。她找到了一个完全了解她的丈夫，他能跟她一起讨论哲学和古典神话，他的笑容能够为她排忧解难。

弗兰克的口音从未完全消失，但随着时间的推移，这里的人变得越来越宽容。只有一些人，比如比利·韦希特的妻子，或是乔·拉弗蒂和他的母亲，这些人在街上看到他的时候还是会流露出鄙夷的神色，但是总的来说，事情已经平静了下来。到了一九二五年，汉娜和弗兰克觉得生活已经稳定，钱也攒得差不多了，他们决定要生一个孩子。于是，一九二六年二月，他们的女儿降生了。

汉娜回忆起弗兰克轻快的男高音。他摇晃着孩子的摇篮，用德语轻轻地唱：“睡吧，宝贝，睡吧。爸爸在放羊，妈妈摇动着梦想树，为了摇下一个美丽的梦。睡吧，宝贝，睡吧。”

在那个小小的房间里，点着一盏煤油灯。他坐在破椅子里，忍着背上的疼痛，告诉她：“我真是世界上最幸运的人。”他的脸上焕发出一种光芒，那是睡在婴儿床里的那个小生命带给他的温暖的光芒。

那年三月，教堂的圣坛上放上了好几个花瓶，花瓶里插满了从弗兰克和汉娜花园里采摘的雏菊和千金子藤，花香穿过一排排座位一直飘到教堂的后面。汉娜一身淡蓝色配一顶女式低檐毡帽，弗兰克则穿着他的结婚礼服，四年过去了，礼服依然很合身。他的堂姐贝蒂娜和姐夫维尔福作为孩子的教父母也从卡尔古利来到了帕特吉乌斯。小小的婴儿躺在汉娜的臂弯里，贝蒂娜和维尔福看着孩子，脸上是宠溺的微笑。

诺盖尔斯牧师站在圣水盆旁，手里扯着圣带上的流苏，有些笨拙地摸索着洗礼礼典的书页。他的呼吸中带着些许酒精的味道，也许这就是他笨手笨脚的原因。“请问这个孩子受过洗礼吗？”他开始问道。

这是星期六的下午，天气很热很闷。一只硕大的绿头苍蝇嗡嗡乱飞，时不时飞落在圣水盆的水面上，被教父母赶走。但它来得实在太频繁了，维尔福忍无可忍用妻子的扇子猛地拍过去，苍蝇犹如醉汉般一下子掉入圣水中。牧师想也不想地立刻把苍蝇捞了出来，继续问：“您愿意以这个孩子的名义与撒旦以及他的一切邪恶断绝关系吗？”

“我愿意。”教父母齐声回答。

他们说话的时候，教堂的门忽然发出吱吱嘎嘎的声响，有人在推门。看到她父亲的瞬间，汉娜的心一下子提到了嗓子眼。他跟在格温身后，慢慢地走到最后一排，跪了下来。自她离家结婚的那日起，她和父亲就再也没有说过话。她给他发了洗礼邀请，猜想他一定还是沉默以对。“我尽量，汉娜。”格温对她承诺，“但是你知道，老家伙倔得像驴一样。不过我向你保证，不管他说什么，我都会试试的。事情已经过去够久了。”

这时，弗兰克转过脸来面对汉娜。“看到没？”他低语，“上帝解决一切问题。”

“噢，仁慈的上帝，请埋葬这个孩子过往的一切罪恶，让她获得重生……”牧师的话回荡在教堂里，孩子被她的母亲抱在怀里，不停地抽鼻子和扭动。当她开始发出呜咽的声音，汉娜将小拇指放到她小小的嘴唇边，那孩子立刻心满意足地吮吸起来。礼仪还在继续，诺盖尔斯抱过孩子，对教父母说道：“请为这个孩子起名。”

“格蕾丝·艾伦。”

“格蕾丝·艾伦。我奉圣父、圣子、圣灵之名为你施洗。”

在仪式余下的时间里，孩子的眼睛一直盯着色彩鲜艳的窗户玻璃，两年以后，同样是在圣水盆旁，她也是如此着迷地望着这些玻璃，却被抱在另一个女人的臂弯里。

仪式结束后，塞普蒂默斯待在最后一排没有动。汉娜沿着走廊，慢慢地朝他走去。孩子在她怀里使劲乱踢包裹她的毯子，头左摇右摆。汉娜停在她父亲身边，把他的外孙女递给他。他站起来，有点犹豫，然后伸出手去抱住了孩子。

“格蕾丝·艾伦。你妈妈，她会很感动的。”说到这里，他便再也说不下去了，流下泪来，只是惊叹地凝视着孩子。

汉娜勾住他的胳膊。“来见见弗兰克吧。”她领着他走过走廊。

“来吧，我想你进来看看。”汉娜说。塞普蒂默斯犹豫着。这间小小的板房比棚屋好不到哪儿去，让他想起了他从小长大的地方——弗林戴尔家摇摇欲坠的小茅屋。他走过那道门，短短的两步路，几乎把他带回了五十年前。

客厅里，他和弗兰克的表亲聊了一会儿天，语气生硬却不失礼节。他赞美了弗兰克做的漂亮的洗礼蛋糕，还有那些很小却很精美的食物。可是他的眼角却不断地注意到墙上的裂缝和地毯上的破洞。

他离开的时候，把汉娜拉到一边，拿出钱包。“让我给你一点作为——”

汉娜轻轻地推回他的手。“没关系，爸爸。我们很好。”她说。

“你们当然可以。但是现在你们有了孩子……”

她把一只手搭在他的手臂上。“真的。谢谢您的好意，可是我们自己可以的。您常来看看。”

他微笑着亲吻了孩子的前额，也亲了他的女儿。“谢谢你，汉娜。”他几乎是喃喃自语地说，“艾伦一定会保佑她的外孙女的。我——我很想你。”

仪式后的一个星期时间里，给孩子的礼物不断地从珀斯、悉尼或是更远的地方运送过来。一张婴儿床，一口红木五斗柜，还有孩子的衣服、帽子、洗澡的东西。塞普蒂默斯·波茨的外孙女值得世上最好的东西。

“您的丈夫已安然长眠，上帝一定会庇佑他。”因为这样的一封来信，汉娜为死亡哀悼，也为重生祈祷。上帝夺走了她的丈夫，但拯救了她的女儿。她哭泣，并不只是因为感到悲伤，她记忆中的那一天让她觉得羞耻。

对于有些事情，镇上的人总是避而不谈。这是一个很小的地方，人们心里都很清楚，有时候，忘记跟铭记一样重要。孩子们就这么长大，不知道他们父亲年轻时候干的混账事，也不知道自己的亲兄弟冠着别人的姓，生活在咫尺天涯。历史这件事，只要大家在结论上达成一致就行了。

人们用沉默麻痹自己的神经，掩盖一切耻辱，如此，生活才得以继续。那些从战场归来的男人只会说自己的战友牺牲得有多英勇，但也许在绝望中奄奄一息，痛苦地死去才是真实的故事。对外界来说，士兵们从来不去妓院，行为文明，也不会临阵脱逃。上战场对他们来说已经够残酷了。丈夫因此而失去理智，妻子则必须将家里的抵押金或厨房的刀具藏起来，她们悄无声息地做着这些事情，有时候，连对自己都无法承认。

所以，对于汉娜·伦费尔特来说，她失去了弗兰克，却无法对任何人倾诉。人们会说："谴责那些人吗？——那又有什么用呢？"他们只会渴望回归到帕特吉乌斯一派文明祥和的生活中去。但是，对汉娜来说，她会永远记得。

澳新军团日。酒吧里挤满了人——挤满了从战场上回来的人，挤满了在战争中失去兄弟的人，挤满了十年前从加里波利和索姆河战役幸存却依然没有从炮弹休克和毒气中恢复的老兵。吧台后，双硬币的赌博游戏正如火如荼地进行着，每年的这一天里，警察都会对此睁一只眼闭一只眼。噢，见鬼！连警察也加入了赌博——曾经，他们也是那场战争中的一员。他们喝着苦啤，吵闹声越来越响，唱的歌也越来越粗鲁。他们有太多需要忘却的记忆。他们从战场回到这里，有些回到农场，有些回到办公桌前，有些回到讲台上，继续着他们原先的工作——他们别无选择，只能继续着这该死的生活。他们喝得越多，就越难忘记，就越想揍人发泄情绪——来一场真正的男人之间的较量。该死的土耳其人，该死的德国人，该死的浑蛋。

弗兰克·伦费尔特是个好人，是镇上唯一讲德语的人，虽然他来自奥地利，但是，他是他们能找到的最接近敌人的人。所以，这一天的傍晚时分，当他们看到他和汉娜一起走在大街上时，他们用口哨吹起了行军歌。汉娜很紧张，走得跌跌撞撞。弗兰克立刻抱过格蕾丝，抓起搭在妻子手臂上的开衫包住孩子。他们埋着头，脚下的步子越走越快。

酒吧里的那些人发现这是个不错的娱乐，于是，他们拥上街头。其他酒吧里的人也都走了出来,其中有个人开始打弗兰克的帽子,给自己找乐子。

“噢,别烦我们,乔·拉弗蒂！”汉娜怒斥，“回酒吧去，别烦我们。”然后继续飞快地往前走。

“别烦我们！”乔尖声尖气地学汉娜说话。“该死的德国佬！你们都一样，都是懦夫！”他转向闹事的众人。“看看这两个人，还有他们漂亮的小娃娃。”他含混不清地说着。“大家都知道德国佬会吃孩子，他们把孩子活烤了来吃，他们是一群恶棍。”

“走开，不然我们叫警察了！”汉娜叫道，但随后她便僵住了，她看到了哈利·卡斯通警员和鲍勃·林奇警员，他们端着酒杯，站在旅馆的阳台上。透过他们上了蜡的胡须，她看到他们的脸上露出了得意的笑容。

突然，人群像是被点着了火。“伙计们，上啊，我们来跟德国佬好好玩玩！”然后是接连不断的吼声：“让我们来拯救这个孩子，别让她被吃了。”一群酒鬼追在弗兰克和汉娜身后，汉娜的紧身衣勒得她无法正常呼吸，她渐渐地落在后面，大声喊着：“格蕾丝，弗兰克。救格蕾丝！”他抱着孩子一路从街上跑到码头，才逃出了围困着他的人群。他沿着栈桥往前跑去，脚下是摇摇晃晃的木板，他的心怦怦跳着，杂乱无章，胳膊被风吹得生疼。他跳上他看见的第一艘划艇，划出海去，划向安全。只有等那些人从酒醉中清醒过来，事情才会平息下来。

可没想到的是，后来，他遇到了更糟的事。

第十八章

伊莎贝尔的一天——她总是很忙，总是在跑来跑去，但她总能敏锐地感知孩子的一切动静，爱就像一根看不见的线连接着她和露西。她从不生气——对露西，她总有用不尽的耐心。无论是露西把吃的东西掉在地板上了，还是她的脏手印弄花了墙壁，伊莎贝尔从不会说一句责备的话，连眉头都不皱一下。露西半夜里醒来大哭，伊莎贝尔就温柔体贴地安抚她。她接受了生命赠予她的礼物，也挑起了生活的重担。

孩子午睡的时候，她就爬上那个海岬，来到那几个十字架前。这里是她的教堂，她的圣地，是她祈求上帝指引，让她成为一个合格的母亲的地方。她也为汉娜·伦费尔特祈祷，以一种更抽象的方式。对伊莎贝尔来说，在这里，汉娜仅仅是一个遥远的存在，她失去了丈夫，失去了女儿；而伊莎贝尔却了解露西的每一个表情，每一次哭泣。她将一直陪伴着这个小女孩，看着她一天一天长大，就像一份缓缓打开包装纸的礼物，将它的独特在她面前展现开来。这是生命的奇迹。

伊莎贝尔坐在这个没有墙壁，没有窗户，也没有牧师的小教堂里，她感激上帝。一旦有任何关于汉娜·伦费尔特的想法闯入她的脑海里，她总是同一个反应。她不能送走这个孩子，她不能赌上露西的幸福。还有汤姆。汤姆是个好人，他总是做自己该做的事情，是她的依靠。最后关头，他总是能把事情处理好。

但是，他们之间渐渐出现了一道无法逾越的裂缝，看不见，摸不着。

不知不觉间，杰纳斯岛上的生活恢复了以往的节奏，汤姆也没入了日常生活的细枝末节中。他有时还是会梦到破碎的摇篮或者没有轴承的指南针。每每从这样的噩梦中惊醒后，他会将这种不安推开，让日光驱散这种阴霾。杰纳斯的遗世孤立催眠着他，生活在谎言中。

“你知道今天是什么日子，露西，对不对？”给露西穿衣服的时候，伊莎贝尔问道。距离他们回到了杰纳斯，一晃已经六个月过去了。

露西仰起脸，歪着脑袋，好像这样能帮助她思考似的。“嗯……”她拖延着时间。

“要我给你一点提示吗？”

露西点点头。

伊莎贝尔给她穿上一只小袜子。“来吧，还有一只小脚。就——是这样。好吧，提示就是如果你很乖的话，今晚就会有橘子吃了……”

“船！”小姑娘大声叫着，从她妈妈的膝盖上滑下来，兴奋地跳个不停，脚上只穿了一只鞋子，“船要来啦！船要来啦！”

“对，所以我们要不要在拉尔夫和布鲁伊来之前把家里装扮得漂漂亮亮的啊？”

“要！”她在伊莎贝尔身后叫道，然后冲进厨房，“爸爸，拉尔夫和布鲁伊要来啦！”

汤姆把她抱起来，亲了一下。“真聪明！是你自己想起来的，还是有人提醒你了？”

“妈妈说的。”她嬉笑着，扭着身子落到地上，又跑去找妈妈。

很快，露西和妈妈穿着胶鞋和外套，往鸡舍走去。露西手里提着一个跟妈妈手里的一模一样的缩小版篮子。

鸡舍里，露西用双手捧起每一个蛋，这个动作伊莎贝尔只需要几秒钟便做完了，而对于露西，每次捡起一个蛋就像是举行一个小小的仪式。她把每个蛋都贴在脸颊上，报告说：“还是暖的！”或是“已经冷了！”然后才把鸡蛋递给伊莎贝尔。露西把最后一个蛋放进自己的篮子里，接着开始说：“谢谢你，达芙妮。谢谢你，小斑点……”她感谢着每一只母鸡的贡献。

菜地里，她和伊莎贝尔一起挖土豆。

“我看到一个了……”伊莎贝尔说，等着露西在沙土中发现那块蓬松的地方。

“在那儿！”露西说着，便把手伸进那个洞里，却挖出了一块石头。

“差一点就对了……”伊莎贝尔微笑，“看看那旁边？就旁边一点点。”

“土豆豆！”她笑开了花，把她的战利品举过头顶，碎土一下子撒下来，落进她的头发，还有眼睛里，露西忍不住哭了起来。

“来，我们来看看。”伊莎贝尔一边安慰她，一边将手在工作服上擦了擦，然后拨开露西的眼睛。“看到了，来，给妈妈眨眨眼睛。好了，都没了，露西。”小姑娘还在那儿不停地睁眼，闭眼，睁眼，闭眼。“这下没了。”她终于说，然后，“又一个土豆豆！”搜索继续。

屋里，伊莎贝尔打扫了每个房间的地板，她把灰尘都扫到角落堆起来，准备清理掉。等她快速地跑去检查烤箱里的面包回来，却发现屋里每个房间的地面上都留着一条尘土的痕迹，真是多亏有露西，用簸箕帮她盛垃圾。

“妈妈，看！我帮忙了！”

伊莎贝尔看着地上那条小小的拐着弯的痕迹，叹气。“好吧，你可以这么说……”她抱起露西，说，“谢谢你，乖女儿。现在，我们再来看看地板干净了没有，再来扫一次，怎么样？”她摇了摇头，咕哝。“啊，露西·舍伯恩，是谁要做家庭主妇啊？嗯？”

过了一会儿，汤姆出现在门口。“都准备好了吗？”

“好了，”伊莎贝尔说，“脸洗过了，手洗过了。手指都干净了。”

“那上来吧，小可爱。”

“上楼梯吗？爸爸？”

“是的，上楼梯。”她和汤姆一起往灯塔走去。上楼梯的时候，露西高举着她的两条手臂，好让汤姆从后面牵着她的双手。“来吧，小丫头，我们来数数。一、二、三……”他们一步一步，慢慢地拾级而上，汤姆大声地数着每一级阶梯。

在灯塔顶端的观察室里，露西伸出双手。“望远镜，”汤姆说，“等等再拿望远镜，我们先把你弄到桌子上来。”他让她坐在一堆海图上面，把望远镜放在她的手中，然后替她托着望远镜。

“看到什么了吗？”

“云。”

“嗯对，好多好多云。看到船了吗？”

“没有。”

“你确定？”

汤姆大笑。“看来不能让你站岗。那里是什么？看到了吗？我手指的地方？”

露西兴奋地将腿踢来踢去。“拉尔夫和布鲁伊！还有橘子。”

“妈妈跟你说会有橘子，是不是？好吧，那让我们祈祷吧。”

一个多小时后，船才靠岸。汤姆和伊莎贝尔站在码头上，露西坐在汤姆的肩膀上。

“好一个全体欢迎委员会啊！”拉尔夫喊。

“你好啊！”露西叫道，“大家好！你好，拉尔夫。你好，布鲁伊。”

布鲁伊跳上码头，举起拉尔夫丢给他的绳索。“留神哦，露西。”他对小姑娘喊道，“我可不想把你卷到绳子里来。”他看着汤姆。“天哪，她现在是一个真正的小姑娘了，不再是婴儿了！”

拉尔夫大笑。“你要知道，孩子们是会长大的。”

布鲁伊系好绳索。“我们几个月才能见到她一次，看起来就特别明显。镇上的那些孩子，每天都能看见，好像就不觉得他们在长大。”

“然后突然他们长成跟你一样壮的大小伙子了！”拉尔夫取笑道。他大步踏上码头，一只手放在身后好像拿着什么东西。“好了，现在谁要来帮我把船上的东西卸下来啊？”

“我！”露西说。

拉尔夫对伊莎贝尔使了个眼色，然后从背后拿出一个桃子罐头。

“那好吧，我这里有很重很重的东西要给你拿。”

露西用双手接过罐头。

“噢，天哪，露西，你可要小心哦！来，我们把它拿到屋子里去。”伊莎贝尔转向男人们，“拉尔夫，有什么东西需要我拿的吗？”拉尔夫攀上船捞出信件和几个很轻的包裹。“那等会儿屋里见。我会把水烧上。”

午餐后，大人们在厨房的桌子上喝完了茶。汤姆说：“露西好像有点安静……”

“嗯……”伊莎贝尔说，“她应该在给爸爸妈妈画画。我去看看。”她还没来得及走出厨房，露西就走进来，穿着伊莎贝尔的衬裙，裙摆一直拖到地板上，脚上踩着一双有跟的鞋子，还戴着外婆这次刚让补给船带过来的一条蓝色玻璃珠项链。

“露西！”伊莎贝尔说，“你动了我的东西？”

“没有。”小丫头张大眼睛说。

“我通常不会这么穿着衬裙走来走去。”伊莎贝尔红着脸跟客人们解释，“过来，露西，你这样会感冒的。去把你的衣服穿上。还有，我们得好好谈一谈，关于乱动妈妈的东西这件事，而且你还撒谎。”她微笑着走出屋去，没有注意到她说最后一句话时汤姆脸上闪过的表情。

她们去收鸡蛋的时候，露西总是欢快地跑在伊莎贝尔的后面。从鸡蛋里孵出的小鸡让她着迷不已，她会将它们捧在手心，用自己的下巴去感受小鸡蓬松嫩黄的羽毛。她帮忙拔萝卜和胡萝卜的时候会用力过猛，结果整个人往后跌倒在泥地里。

“露西——笨笨！”伊莎贝尔大笑着说，“爬起来吧。”

钢琴前，她坐在伊莎贝尔的膝盖上，敲击着琴键。伊莎贝尔握着她的食指一起弹了一首《三只瞎老鼠》，然后她说：“妈妈，我自己来。”于是，乱七八糟的声音又开始了。

有时，露西会坐在厨房的地板上几个小时，挥舞着彩色铅笔在作废的联邦灯塔服务体系表格背面乱涂乱画，然后骄傲地指着画说：“这是妈妈、爸爸和露西灯塔。”她理所当然地将那座一百三十英尺高的城堡塔归入她的后院，还有一颗星星。除了那些从书里学来的词语，比如“狗”和“猫”，还有其他一些虚幻的概念，她还掌握了一些更具体的东西，如“镜头”“棱镜”和“折射”。“这是我的星星。”一天晚上她指着那颗星星告诉伊莎贝尔，“是爸爸给我的。”

她会断断续续地给汤姆讲些关于鱼、海鸥、船的小故事。他们三个人走在海滩上的时候，她喜欢一只手牵着汤姆，另一只手牵着伊莎贝尔，然后在他们中间荡秋千。“露西灯塔！”这是她最喜欢的词语，她把她自己画进画，或者把自己编进故事里时，都会说到这个词。

海洋永远没有静止的时候。没有开始，也没有结束。风也永远不会停歇。有时候，它会消失，但仅仅是为了在别的地方积聚能量，然后咆哮着扑回这个岛屿，仿佛要证明自己的存在，可是对汤姆来说，他早已习以为常。这里的景象，犹如巨幅画卷般宏伟。这里的时间，已过去几百万年之久。远远望去，那些数百英尺宽的岩石就仿佛一个个被甩在岸边的巨型骰子，经历了千年时光的舔舐，经历了无数次的翻滚跌宕。

汤姆望着在“天堂池”里玩水的露西和伊莎贝尔。小丫头尽情地嬉戏着，海水带着丝丝咸味，溅起朵朵浪花，她还找到了一个亮蓝色的海星。他看着她，她的手指紧紧地抓住海星，小脸蛋上洋溢着兴奋和骄傲。她眉飞色舞地说：“爸爸，看我的海星！”

令他吃惊的是，他发现这个小小的生命对他的意义超越了周遭的一切。他的内心不断地挣扎着——她给他晚安吻，或是给他看摔伤的膝盖，要求他亲一亲，仿佛只要他亲一亲她就不痛了，这是只有父母才有的神奇力量，每当这种时候，他的心中就充满了柔情，却又感到深深的不安。

对伊莎贝尔亦是如此，他深爱着她，可她又会让他觉得窒息。这两种感觉撕扯着他，让他陷在这种矛盾中无法自拔。

有时候，他一个人待在塔上，会想起汉娜·伦费尔特。她长得高吗？长得胖吗？露西的脸上有她的影子吗？

他试着想象她是一个怎样的人，却只看到一张被双手蒙住的哭泣的脸。这让他感到不寒而栗，思绪立刻回到手头的工作中。

他只知道露西被疼爱着，在这个小小的世界里健康快乐地成长。没有新闻，没有八卦，也没有现实。总有那么几天，汤姆几乎能让自己在正常幸福的家庭生活中完全放松下来，仿佛吃了麻醉药一般。

“我们千万不能让爸爸知道，我说可以的时候才可以。”

露西严肃地看着伊莎贝尔。“我一定不会告诉他的，”她点点头，“那我可以要块饼干吗？”

“过一会儿。先把这些都包装好。”一九二八年九月的那趟船带来了几件额外的包裹，布鲁伊趁拉尔夫把汤姆拉去卸货的当儿将它们偷偷给了伊莎贝尔。要给汤姆一个生日惊喜还真不是件容易的事情。伊莎贝尔提前给她妈妈写了信，信中罗列了各种要求。而且只有汤姆有银行账户，她得跟那些卖家说好，等他们下次回去的时候再付他们钱。

汤姆很容易被取悦，给他什么他都会很高兴，但他仿佛没有什么真正想要的东西。伊莎贝尔为他准备了一支康威·施沃特的钢笔和最新一版的《瓦尔登湖》，实用娱乐两不误。一天晚上，她和露西坐在屋外，她问露西准备送爸爸什么礼物，小丫头手指绕着头发，想了一会儿说：“星星。”

伊莎贝尔大笑。“这个，我们可做不到哦，露西。”

露西发起了脾气。“可是我就要送这个！”

伊莎贝尔忽然想到一个主意。“要不然我们送他一本星星的地图——《星图集》，好不好？”

“好！”

现在，她们的面前放着一本厚厚的书。伊莎贝尔问：“你想在前面写什么？”她握着露西的手，手把手地写道：“送给我的爸爸，我爱你，永远永远……”

“还要写。”露西坚持着。

“还要写什么？”

“还要写‘永远’。‘永远永远永远永远永远……’”

伊莎贝尔不禁笑起来，“永远永远永远永远永远”的字体像一条毛毛虫一般落在纸面上。“然后再写什么？是不是要写‘你最爱的女儿露西’？”

“露西灯塔。”

小丫头开始模仿她妈妈写字，不过很快她就无聊了，写了一半就爬下了妈妈的膝盖。

“妈妈把它写完。”她随意地吩咐道。

伊莎贝尔签完了名字，在后面加了个括号：“伊莎贝尔·舍伯恩为上述签名抄写员兼总勤杂工。”

露西的手蒙在汤姆的双眼上，汤姆略显困难地打开包装，说：“是一本书……”

“是一本图集！”露西叫道。

汤姆立刻把书拿起来。“《布朗星图》，本书展示了所有能观测到的星星，可用作航海以及商贸考试之全面指导。”他笑起来，转向伊莎贝尔。“露西很聪明，还为我准备了这个。”

“看里面，爸爸，里面。我写了字。”

汤姆打开封面，看到那串长长的题词。他的脸上保持着微笑，但是书页上的字眼“永远永远永远永远永远……”仍然刺痛了他的心。永远，这是一个不可能实现的诺言，这个孩子，这个地方，尤其如此。他亲了亲露西的额头。“很美，露西灯塔。这是我收过的最好的礼物。”

第十九章

“如果我们可以赢下这一场，至少就不算全输。”布鲁伊说。澳大利亚板球队在1928—1929赛季灰烬杯系列赛中已经主场连输了四场，三月补给船来的时候，最后一场比赛还在墨尔本继续着。卸货时，布鲁伊就赛况跟汤姆侃侃而谈。“布莱德曼得了百分，还没出局。报纸上说，他给拉伍德制造了不少麻烦。不过我告诉你，比赛已经进行了四天了，看样子，我们想赢下来还是有点难度的。”

拉尔夫去厨房给露西希尔达让他捎的礼物，汤姆和布鲁伊将最后几袋面粉搬进了工作棚。

“我有个表弟在那儿工作。”布鲁伊朝印在棉布袋子上的“澳大利亚野狗”的牌子点点头。

“在面粉厂？”汤姆问。

“对。听说薪酬不错，而且还有免费面粉。”

“每个工作都有自己的好处。”

“当然。就像我可以尽情地呼吸新鲜空气，还有大片大片的水可以让我游泳。”布鲁伊大笑着说。他四下看了看，确定船长不会出现。“他说可以随时在那儿给我找到一份工作。”他顿了顿，“也许吧。”

这一点也不像平时的布鲁伊，汤姆觉得有点不太对劲。“怎么回事？”

布鲁伊踢了一脚其中一袋面粉，让它排列整齐。

“感觉怎么样？结婚的感觉？”

“什么？”这个话题走向让汤姆大吃一惊。

“我的意思是——感觉好吗？”

汤姆盯着仓库里的存货。“布鲁伊，你有没有什么事要跟我说？”

“没有。”

“嗯。”汤姆点点头。好吧，那他就等着，想说的时候自然会说。

人通常都是这样的。

布鲁伊又将另一袋面粉弄整齐。“她叫吉蒂，吉蒂·凯利。她爸爸有一家杂货店。我们老一起出去玩。”

汤姆挑眉，笑起来。“这很好啊。”

“我——我也不知道——我想，也许我们应该结婚。”汤姆脸上的表情鼓励他继续说下去。“我们并不是一定要结婚。也不是……唉，其实我们都还没——我是说，她爸爸看得很紧。她妈妈也是，还有她的哥哥们。缪伊特太太是她妈妈的表姐，所以你应该知道这家人是什么样子了吧。”

汤姆大笑起来。“所以你想问什么？”

“对我来说这是一个大跨越。我知道每个人最终都会结婚，可是我只是在想——你怎么知道……”

“在这个问题上，我经验可没那么丰富哦，只结了一次婚，而且还在摸索阶段。你怎么不问问拉尔夫？他跟希尔达孩子都好几个了，看上去他在这方面做得还不错。”

“我不能告诉拉尔夫。”

“为什么？”

“吉蒂说如果我们结婚，我就得放弃船上的工作，去他们家的杂货店。她还说她很害怕有一天我会被淹死，回不了家。”

“她可真是个乐观的人，嗯？”

布鲁伊看上去很担心的样子。“可结婚到底是什么样子？生个孩子？就那样？”

汤姆捋了捋头发，思考了一会儿，这个问题让他深感不安。“我和伊莎贝尔并不能作为典型。没有多少像我们这样的家庭——生活在灯塔上，周围什么也没有。老实说，我们有很好的时候，也碰到过很难的境况。婚姻比你一个人的时候要复杂得多，我能告诉你的就是这么多。”

“我妈说我还太年轻，并不知道自己的想法。”

汤姆不禁笑出来。“我想等你五十岁的时候，你妈也许还会这么说。这跟你的想法没什么关系，这关乎你的内心。布鲁伊，遵从自己的内心。”他犹豫了一下。“可是这种事不会一直一帆风顺，即使你找到了对的那个人，前面也有很长的路要走。你永远不知道将来会发生什么，一旦你许下了诺言，无论发生什么你都要承受，不能食言。”

“爸爸，看！”露西出现在工作棚的门口，炫耀着希尔达送给她的玩具老虎，“它会叫！你听。”她把老虎倒过来，让它发出声音。

汤姆抱起她。透过工作棚的小窗子，他看到拉尔夫正沿着小径向他们走来。“那你真是很幸运，是不是？”他挠了挠她的脖子。

“幸运的露西！”她笑道。

“那成为一个爸爸是什么感觉？”布鲁伊问。

“就像这样。”

“不不，不是，我是很认真地在问，伙计。”

汤姆的神情严肃起来。“这事你没什么好准备的。布鲁伊，你不会相信，一个孩子是多么让你无法抗拒。跟着你的心走。你就会发现惊喜。”

“让它叫让它叫，爸爸。”露西催促。汤姆亲了她一下，也把老虎倒过来。

“我们刚才说的这些，替我保密，行吗？”布鲁伊想了想又说，“反正大家都知道你不爱说话，安静得跟坟墓一样。”说完，他对着露西大声学了一下老虎叫。

汤姆往鸡舍的墙上钉了一块木板，遮蔽前一天晚上被风吹出来的一个洞。似乎他半生的精力都花在了抵御海风的侵袭上。但是也无可抱怨，只是做你能做的，继续着这一切。

布鲁伊的问题又勾起了汤姆的思绪。但只要他想起生活在帕特吉乌斯那个失去了孩子的陌生人，伊莎贝尔的样子就会占据他的脑海：她失去了好几个孩子，而且永远不可能再有孩子了。露西来到这里的时候，伊莎贝尔对汉娜的遭遇一无所知，她只想把最美好的东西给这个孩子。他这么做不仅仅是为了露西，他也想弥补伊莎贝尔。她放弃了一切，放弃了舒适的生活，离开了父母和朋友——与他生活在这个与世隔绝的地方，这是他欠她的。他一次又一次告诉自己——他不能再从她身边夺走这个孩子。

伊莎贝尔很累。补给品今天刚到，她就一直忙于处理食物——做了

面包，烤了水果蛋糕，还将李子制成果酱。白天，在她离开厨房的一会儿工夫，露西闻到果酱诱人的香味，跑到炉灶边，结果被煮果酱的锅烫伤了手。伤口不是很严重，但还是影响孩子的正常睡眠。汤姆替露西包扎了伤口，给她吃了一小片阿司匹林，可她还是睡不安稳。

“你看起来很累。我带她到塔上去睡，我会看着她。反正我得做库存记录。”

她是真的累坏了，伊莎贝尔承认。

汤姆一手抱着孩子，一手拿着枕头和毯子，轻轻地走上楼，将露西安置在观察室的桌子上。“好了，我们到了，小可爱。”露西已经昏昏欲睡。

他把表格里的数字都加起来，计算着总油量和灯罩盒数。头顶的灯室里，灯塔的灯旋转着，坚定而有规律，发出低沉的嗡嗡声。透过窗户，他向下望去，看见小屋里亮着一盏孤独的煤油灯。

他整整工作了一小时，忽然某种本能令他转过脸来，于是他看见露西正望着他，她的眼睛在柔和的灯光下闪闪发亮。目光接触的一刹那，她笑起来，她的眼神如此美丽，如此毫无防备，让汤姆不经意间卸下心防。她抬起那只缠着纱布的手：“爸爸，我打仗了，受伤了。”她皱着小脸，朝他伸出双臂。

“继续睡觉，小可爱。”汤姆说，想继续他的工作。

可露西说：“摇篮曲，爸爸。”她依然伸着两条胳膊。

汤姆将她抱到大腿上，轻柔地摇晃着。“露西，我给你唱歌的话，你会做噩梦的。妈妈唱得才好听，我不会。”

“我的手受伤了，爸爸。”她说着抬起手证明给他看。

“嗯，是啊，小兔兔。”他小心翼翼地亲了亲纱布，“很快就会好的。”他亲吻着她的额头，抚摸着她柔软的金黄色头发。

“哎，露西，露西。你是怎么找到这里来的呢？”他移开目光，注视着外面茫茫黑夜，“你怎么会出现在我的生命里呢？”

他感到她全身放松下来，就快要睡着了，头慢慢地靠近他的臂弯。“你怎么会让我有这种感觉的呢？”这个问题，一直折磨着他，他低声问着，声音低得几乎连他自己都听不见。

第二十章

“我从来没想到他会联系我。”小屋前的走廊里，汤姆坐在伊莎贝尔身边，手里拿着一个又老又旧的信封翻来翻去。信封上写着“转澳大利亚武装部队 13 团”，空白处写满了转递地址和说明，蓝色铅笔写着的“退回寄件人”字样表明了最终的官方投递结果，退回爱德华・舍伯恩，汤姆的父亲。三天前，汤姆收到了这封信，信被装在一个小包裹里。这一年六月，补给船来的时候，不光给汤姆带来了这封信，还带来了他父亲去世的消息。

丘奇、哈特斯莱和帕菲特律师事务所依法办理了遗产手续，并在信中陈述了事实。汤姆的父亲爱德华・舍伯恩，一九二九年一月十八日死于咽喉癌。他们花了好几个月时间才找到了汤姆的下落。他的哥哥塞西尔是唯一的遗产受益人，留给汤姆的是他母亲的一个挂坠盒，和父亲的信一起装在信封里。

那天晚上，汤姆坐在灯室里，打开了那封信。纸上的笔迹冷峻而锋利，刚开始读的时候，这让他感到麻木。

亲爱的托马斯：

写信给你是因为我知道你入伍了。我不是很会说话，但是，鉴于你现在远在千里之外，不知道战场上会发生些什么，所以，写信似乎是唯一可行的方法。

很多事情，如果我要解释，那势必会诋毁到你的母亲。我并不希望加深已有的伤害。所以，有些事情还是不说为妙。就一方面来说，我是有过错的，我希望现在可以弥补。随信附上的是你母亲的一个挂坠盒，她走的时候，让我交给你。里面有她的肖像。那个时候，我觉得少想起她对你会比较好，所以我没有把它给你。做出这样的决定并不容易，我原本以为如果没有她，你会生活得更好。

现在她去世了，我觉得是时候满足她的要求了，尽管有些晚。

我曾努力地想让你成为一个虔诚的基督徒，让你得到最好的教育。我希望我给你灌输了正确的是非观：再多世俗认为的成功或快乐也无法赎回你失去的灵魂。

你去参军，我为你感到骄傲和自豪。你已经成为一个有担当的年轻人，战后，我很愿意给你提供一份工作。塞西尔现在是一位很优秀的经理，我希望他能够在我退休后接手工厂。我也相信在这里，你可以找到一个适合你的职位。

我得通过别人才能知道你出发的消息，这让我很痛苦。我很希望能够看到你穿着军装的样子，能够给你饯行，但是我想，自从你找到你母亲，并得知她已经去世，你一定不希望与我再有瓜葛。所以，一切由你来决定。如果你给我回信，我会很高兴。毕竟，你是我的儿子。等有一天，你也成为一个父亲，你就会懂得这一切对我的意义。

但是，如果你选择不回复我，我也会尊重你的选择，并且不会再打扰你。可我会为你祈祷，希望你可以胜利安全地归来。

你亲爱的父亲

爱德华·舍伯恩

一九一五年十月十六日于悉尼梅尔维尔

这是第一次，他在父亲坚硬如石的外表下，窥见了一些别的东西。那一瞬间，他能想象到，一个如此坚持原则的男人，为他爱的女人所伤，却只能这样将伤痛埋藏起来。

汤姆找到了他的母亲。他站在公寓门口，穿着锃亮的皮鞋，指甲也剪得干干净净，他最后演练了一遍他要说的话。“对不起，是我给你惹麻烦了。”那一刻，他仿佛变回了那个孩子，摇摇欲坠，为了说出这句话，他整整等了十三年。那时，他说：“我是说我看到了一辆汽车。家门口有一辆汽车。我不知道——”

多年后，他才明白他这些话的严重性。她被认为是一个不合格的母亲，从而被逐出他的生活。然而，当他满怀着期望来寻求母亲的宽恕时，一切已经太晚了，尽管他是无意为之，但他永远也无法听到母亲亲口原谅他。说者无心，但听在别人耳里往往是另一番意义。从此，他学会了将很多事情藏在心底。

一滴泪水滴落在纸面上，将墨迹晕染开来，汤姆才意识到，那是自己的眼泪。“等有一天，你也成为一个父亲，你就会懂得……”

屋子的走廊上，伊莎贝尔坐在他身边，说道：“就算你已经很多年没有见过他了，但他依然是你的父亲。亲爱的，父亲永远只有一个，你一定会受到他的影响。”

汤姆不知道伊莎贝尔有没有意识到这话里的讽刺意味。

“来，露西，来喝点可可。”她喊道。

小丫头跑上来，双手捧住大口杯。她的手脏兮兮的，喝完了用小手臂一抹嘴，把杯子递了回来。“回头见！”她高兴地喊着，“我现在要骑着帕塔特兹去看外婆和外公了。”说着，她向她的小木马跑去。

汤姆看着他掌心里的挂坠盒。“这么多年，我一直以为她恨我，因为我说出了她的秘密。我从来不知道有这个挂坠盒……一切都不一样了。”

“我知道我现在说什么都于事无补。我只是希望我能——我也不知道——我能让你好受些。”

“妈妈，我饿了。”露西跑回来，喊道。

“看你这么跑来跑去的，当然容易饿啦！”伊莎贝尔伸手把露西拥进怀里，“来吧，抱抱爸爸，他今天很伤心。”她让孩子坐在汤姆的大腿上，两个人同时紧紧地抱住他。

“笑一笑，爸爸。”小丫头说，“就像这样。”她一边说，一边咧嘴笑着。

光透过云层穿射下来，仿佛是在躲避远处徘徊的雨。露西坐在汤姆肩头，高高地望出去。

“这边走！”她叫道，手指指向她的左侧。汤姆调转了方向，带着她往下走去。有一只山羊吃草吃得不见了踪影，露西一定要帮着汤姆找到它。

海湾里没有动物的痕迹。好吧，其实它也不可能走那么远。

“我们去别的地方找找。”汤姆说。他大踏步走回平地，转了一个圈。

“露西，现在去哪儿？你来决定。”

“去那儿！”她指着岛屿的另一面说。然后他们便出发了。

“跟山羊（goat）发音相似的单词你知道多少？”

“船（boat）！”

“对。还有吗？”

小丫头又说：“船（boat）？”

汤姆大笑起来。“冷的时候你穿什么？”

“我的外衣（jumper）。”

“嗯对，不过冷的时候你穿的，又跟山羊发音差不多的是什么？开头发‘k’音的。”

“外套（coat）！”他挠了挠她的肚子，“外套、船、山羊，说起山羊……露西，看，那下面，海滩旁边。”

“它在那儿！爸爸，我们跑过去！”

“我们还是不要跑比较好，小兔兔。别把它吓跑了。我们悄悄地过去。”

汤姆全神贯注地往前走，一开始并没有注意到这只羊给自己发掘了一片新牧场。

“下来吧，小东西。”他把露西从肩膀上举起来，然后放到草地上，“我过去把弗洛西赶过来，你乖乖地待在这儿不要动。我会把这个绳子套在它的脖子上，这样它就能乖乖地跟我们回去了。”

“对呀，弗洛西，过来吧，别再闲晃啦。”山羊抬起头看了看，往远处小跑了几步。“够了，别再说话，待着别动。”汤姆将绳子套上羊脖子，打好结，“好了，逮到你了。露西，我们走吧。”他一转身，只觉得胳膊上一阵细微的刺痛，隔了一两秒钟他才反应过来是怎么回事。露西坐在一个小土堆上，土堆上的草要比周围平地上的长得茂盛许多。他一直刻意回避着这里，这里永远是他心中的阴影。

“爸爸看，我找到了一个座位。”她满脸笑容。

“露西！给我马上下来！”他脱口吼道。

露西的小脸皱了起来，吓得眼泪都流出来了——这是她第一次被爸爸凶，人也开始往下滚。

他迅速跑过去把她抱起来。“对不起，露西。我不是故意要吓你。”他深感惭愧地说。他加快脚步走离了那片地方，竭力隐藏着心中的恐惧。

“亲爱的，那里不能坐。”

“为什么？”她哭着说，“那是我的专座，是戏法。”

“只是——”他将她的头紧紧依偎进他的颈窝，“你不能坐在那儿，宝贝。”他亲了亲她的头顶。

“我是不是很淘气？”露西有些糊涂地问。

“不，不是你的问题，露西。”他亲吻了她的脸颊，替她将眼前的发丝拂开。

他抱着露西，这些年第一次清楚地意识到，正是现在抚摸着露西的这双手将她的父亲抛入那座坟墓。他闭上双眼，当年那种感觉仿佛一下子回到他的身体里，那个男人的重量，他女儿的重量。

他感到有人在拍他的脸颊。“爸爸！看着我！”露西说。

他睁开眼，沉默地看着她。最终，他深吸了一口气，说：“我们该带弗洛西回家了。你来拿着绳子？”

露西点点头，他把绳子绕在她手上，抱着她往山上爬去。

那天下午，在厨房里。露西正要爬上一张椅子，但是她先转过来问汤姆：“爸爸，这儿能坐吗？”

他没有抬头，继续修着门把手。“能，那儿能坐，露西。”他不假思索地回答。

伊莎贝尔走过来坐在她旁边的时候，露西大喊：“不行！妈妈，起来！那儿不能坐。”

伊莎贝尔大笑。“宝贝，我一直就是坐在这儿的呀。我觉得这儿很好。”

“那儿不能坐。爸爸说的！”

“她到底在说什么，汤姆？”

“我等会儿再告诉你。”他说着，拿起螺丝刀，希望伊莎贝尔可以忘记这个话题。

可是她没有。

伊莎贝尔哄露西入睡后，又问起这件事：“她说的那儿不能坐到底是怎么回事？我坐在她床边讲故事的时候，她还在担心这个问题。她告诉我你很生气。”

“噢，只是她想出来的一个游戏。说不定明天她就忘记了。”

可是，露西似乎在那天下午唤回了弗兰克·伦费尔特的魂魄，汤姆每次面对着那些坟墓的方向的时候，弗兰克的脸就会一直在他的脑海中萦绕。

“等有一天，你也成为一个父亲……”关于露西的母亲，他曾经想过很多很多，但直到现在，他才领悟到，他对露西父亲所做的更是一种完完全全的亵渎。因为他，永远不会有神父或者牧师来为这个男人的去世举行仪式；因为他，这个男人永远无法作为一个父亲活在露西的心里，甚至记忆里。有那么一瞬间，露西和她真正的父亲之间只有几英尺之隔，这薄薄黄土隔开的是真正的血脉传承。汤姆忽然感到浑身发冷，因为他意识到他伤害了露西生父的亲人。那些人的面孔一直埋藏在他记忆的最深处，忽然，他们仿佛从坟墓中活了过来，生动鲜活地出现在他面前，指责他犯下的错误。

第二天早上，伊莎贝尔和露西去收鸡蛋，汤姆收拾客厅，把露西的铅笔放回饼干盒子里，把书摞起来。在那堆书里，他看到洗礼仪式时拉尔夫送给她的祈祷书，伊莎贝尔经常读给露西听。他漫不经心地翻着如羽毛般柔软的镶金边页面。晨祷，教会仪式……他看着这些赞美诗，眼睛停留在第 37 篇《大卫的诗》。“不要为作恶的人心怀不平，也不要向那行不义的生嫉妒。因为他们如青草快被割下，又如青菜快要枯干。”

伊莎贝尔和露西走进屋来，小丫头背着篓子，说说笑笑。“天哪，好干净！是魔法小精灵来过了吗？”伊莎贝尔问。

汤姆合上书，将它放在书堆的最上面，勉强笑笑说：“只是简单整理了一下。”

几周后，卸完九月的补给品后，拉尔夫和汤姆背靠着仓库的石头墙壁坐着。布鲁伊在船上修锚链，伊莎贝尔和露西在厨房里做姜饼人。

几个星期以来，汤姆一直在期待这一刻，一直在思考等船来了以后他要怎么去面对这件事。他清了清喉咙，问：“拉尔夫，你曾经——做错过事情吗？”

老人斜着眼睛看了他一眼。“这话是什么意思？”

把话说出来比想象中艰难得多。“我是说——唉——你搞砸一件事后，怎么把它纠正过来？你怎么弥补？”他的眼睛紧紧地盯着啤酒商标上的黑天鹅，努力让自己保持冷静，“是很严重的事情。”

拉尔夫喝了一大口啤酒，看着面前的草地缓缓点了点头。“说吧，发了什么事情？”

“我父亲的去世让我开始思考那些我曾犯下的错，开始思考如何能在我死之前纠正这些错误。”汤姆张了张嘴刚要继续，眼前却浮现出伊莎贝尔给他们死去的孩子洗澡时的样子，他犹豫了。

“我永远都不会知道他们的名字……”他很惊讶，其他那些想法、那些负罪感在一瞬间就占据了他的脑海。

“谁的名字？”

汤姆犹豫了一下，此刻的他仿佛站在悬崖边缘，要决定自己是不是要跳下去。他喝了口啤酒。“我杀死的那些人。”他说了出来，声音沉重而干涩。

拉尔夫想了想才回答：“你要知道你那时是在一场血腥的战争中。不是你死，便是我活。”

“时间过去得越久，发生的那些事情，就显得越是疯狂。”过往的那些记忆就像一个又一个牢笼，令他深陷其中无法自拔，那些事情无时无刻不在折磨着他，心中的罪恶感亦与日俱增。他挣扎着，喘息着，不堪重负，觉得自己永远无法逃脱出来。拉尔夫一动不动，等着他说下去。

汤姆转向拉尔夫，忽然浑身颤抖起来。“天哪，耶稣啊，我只是希望不做错事，拉尔夫！该死的，告诉我到底要怎么样才能不做错事！我——我只是忍受不了了！我不能再这样做了。”他将酒瓶扔向地面，瓶子砸在一块岩石上，支离破碎，说话声渐渐变成了哽咽声。

拉尔夫伸出一只手臂搂住他。“孩子，别着急，慢慢来，慢慢来。我曾经也跟你一样，痛苦不堪，要知道这世上的事情并不一定是非黑即白，对与错常常纠缠在一起，让你无法分辨，你做对的同时也有可能是错的，等你意识到的时候，可能已经太晚了。”

他沉默地盯着汤姆看了很久。“我要问你的是，一味地为过去的事情责备自己是否会让事情变得更好？你现在无法改变什么。”这些话，不带任何偏见，也毫无敌意，可还是令汤姆感到心如刀绞。“逼疯一个人最快的方式，就是让他一直在是非对错之间挣扎。”

拉尔夫摸着手上的老茧。“如果我的儿子能有你一半好，我就会觉得很骄傲。你是一个很好的小伙子，汤姆。多想想怎么做对你的家庭最好，你要活在当下，做好现在你能做的，过去的就让它过去吧。”

“都是盐。永远都清理不干净。只要一不注意，它就会像癌症一样开始侵蚀。”跟拉尔夫谈话过后的第二天，汤姆自言自语着。在那座仿如一个巨大的玻璃茧的透镜里，露西坐在他的身边，正在给布娃娃喂“糖果”吃，汤姆则在擦拭和抛光黄铜配件。露西抬起头，笑看着他。

“你也是娃娃的爸爸吗？”她问。

汤姆停下来。“我不知道呢，你怎么不问问娃娃呢？”

露西俯身对她的娃娃低语了几句，然后宣布：“她说不是，你只是我的爸爸。”

她脸上的婴儿肥已经退去，开始显出她未来的模样——早先深色的头发变成了金色，还有深邃的眼睛和白皙的皮肤。他也不知道她会像她的母亲，还是父亲。他回想起那个被他埋葬了的金发男人的脸。随着时间的流逝，露西会问他越来越复杂的问题，光是想象着这个场面，他就感到一阵阵恐惧爬上他的脊椎。他看着镜子里自己的脸，就仿佛看到他父亲在他这个年纪的时候。时间越长，就越相像。帕特吉乌斯很小，孩子还小的时候，一个母亲可能无法根据她婴儿时候的样子认出她的孩子，但是，等孩子长大了，她会不会从孩子身上看见她自己的样子？这种想法像毒蛇一般咬噬着他的心。他将抹布在抛光剂的罐子里蘸了蘸，继续擦着那些配件，直到汗水流下来，流入他的眼角。

傍晚时分，汤姆靠在走廊的柱子上，看着太阳渐渐地落下去，凉风阵阵。他已经点燃了灯塔，灯塔会一直旋转，直到天明。他一遍又一遍，反反复复思考着拉尔夫的话，“做好现在你能做的”。

“亲爱的，你在这儿。”伊莎贝尔说，“她睡着了。我读了整整三遍《灰姑娘》！”她搂住汤姆，靠进他怀里。“我喜欢她一边翻书，一边假装在读书的样子。她是用心在看那些故事。”

汤姆没有回答她，伊莎贝尔在他耳朵下面亲了亲，说：“我们可以早点休息。我累了，但不是特别累……”

他依然看着海面。“伦费尔特太太长什么样子？”

过了好一会儿，伊莎贝尔才反应过来，他说的是汉娜·波茨。“你到底想知道这个做什么？”

“你觉得呢？”

“她一点也不像她！露西的金发碧眼——一定是遗传她的爸爸。”

“反正一定不是遗传我们。”他转身面对她，“伊奇，我们得做些什么。我们得告诉她。”

“露西？她还太小——”

“不是，是汉娜·伦费尔特。”

伊莎贝尔一脸恐惧。“为什么？”

“她应该知道。”

她浑身颤抖。在那些黑暗的时刻里，她曾想过汉娜所受的折磨。她不知道对于一个母亲来说，是相信自己的女儿已经死了糟糕，还是知道她还活着自己却永远见不到她更糟。但是，她知道她不能妥协，只要她有一丝一毫的妥协，事情就将无可挽回。“汤姆，我们已经讨论过无数次了。我们不能为了你那烦人的道德心而牺牲露西的幸福。”

“烦人的道德心？天地良心，伊莎贝尔，我们不是在说从奉献盘里偷几英镑那么简单的事情！我们说的是一个孩子的人生！还有一个女人的人生。我们每分每秒的幸福都建立在她的痛苦上。无论我们想怎么摆脱这个事实，这都是不对的。”

“汤姆，你累了。我知道你很难过，昏了头。明天早上你就不会这么想了。今天我不想再谈论这件事情了。”她摸了摸他的手，努力地想要掩饰声音里的惊颤，“我们——我们生活的这个世界并不完美，我们必须接受这个事实。”

他目不转睛地盯着她，那一瞬间，他觉得她也许根本就不存在。也许这一切都不存在，他们之间这短短的几英寸距离仿佛分隔出了两个全然不同的世界，而且毫无交集。

灯室里的每个表面都光亮如新。汤姆总是很尽职地保养灯室，此时更是仿佛跟每一颗螺丝钉、每一个配件都铆上了劲，非要将它们擦到闪闪发亮为止。这些天，灯室里总是弥漫着金属抛光剂的味道。那些棱镜晶莹透亮，几乎一点灰尘都没有，灯塔发出的光束耀眼夺目。所有的齿轮都顺畅平稳地转动着，这里的设备从未像现在这样精确地运转着。

而此时的小屋里，却是另一番景象。“你就不能用油灰补一下那条裂缝吗？”他们吃完午饭，坐在厨房里，伊莎贝尔问道。

“等我做好检查的准备工作马上就弄。”

“但是你已经准备了好长时间了，搞得好像国王要来似的。”

“我只是想让一切都井井有条，仅此而已。我告诉过你，我现在有机会争取摩尔礁灯塔上的职位。那是在陆地上，离杰拉尔顿很近，附近也有人。而那里离帕特吉乌斯有几百英里。”

“你以前从来不会想离开杰纳斯。”

“是的，好吧，时代变了。”

“改变的不是时间，汤姆。”她说，“如果一座灯塔看起来不在它原来的位置，那移动的一定不是灯塔本身，这话是你说的。”

“好吧，算你弄懂这话的意思了。”他拿起扳手，头也不回地走向仓库。

晚上，汤姆拿了一瓶威士忌，走上悬崖边缘。微风习习，他仰望夜空，细数着那些星座，嘴里是辛辣而炽烈的味道。他回头去看那旋转的光束，苦笑出声，那明亮光束的背后，是永远处于无尽黑暗中的岛屿。灯塔发出的光指引着别人的路，却照不到自己身边最近的地方。

第二十一章

三个月后，帕特吉乌斯按照西南部的标准举行了盛大的庆典。商船海员管理处处长专程从珀斯赶来，同行的还有州长。镇上的大人物也都参加了庆典——市长、港务局局长、牧师，还有最近五任灯塔看守人中的三位。他们聚集在这里，庆祝杰纳斯灯塔点灯四十周年。舍伯恩全家也因此获得了一个特别的短期上岸假期。

汤姆的手指在他的脖子和紧箍着他的立领之间捋了一圈。“我觉得我像一盘圣诞鹅肉！”汤姆对拉尔夫抱怨。两人站在后台，透过幕布往外看去。这些年和杰纳斯一直有合作的市政工程师以及港口和灯塔的工作人员都已坐在了舞台上。这是一个夏天的夜晚，窗外传来蟋蟀的叫声。伊莎贝尔和她的父母坐在大厅的一边，比尔·格雷斯马克抱着露西，露西坐在他的膝盖上，嘴里轻声地哼唱着童谣。

“你只要专心喝免费啤酒就行了，孩子。”拉尔夫低声对汤姆说，“我看乔克·约翰逊今晚也不会唠叨太久——那身装扮非热死他不可。”他朝一个满头大汗的秃头男人的方向示意，那个人穿着貂皮领子长袍，佩戴着市长链。破旧的市政大厅里，庆典活动即将开始，那人走来走去，准备过一会儿的发言。

“我等下来找你，”汤姆说，“上个洗手间。”说着他往大厅后面的厕所走去。

走回来的路上，他注意到有女人似乎一直在盯着他。

他检查了一下自己裤子的拉链，又回头看看身后有没有其他人。但她还是看着他，等走近了，她说：“你不记得我了吧？”

汤姆又端详了她一下。“对不起，我想你认错人了。”

“是很久以前的事情了。”她红着脸说。那一瞬间，她的表情有了一丝变化，汤姆终于认出了他第一次来帕特吉乌斯时船上的那个女孩。她现在老了，也变瘦了，眼睛下面有了深深的黑眼圈。他不知道她是不是得了什么病。他还记得她穿着睡衣，大眼睛里满是惊恐，被一个喝醉了的笨蛋逼得整个人都贴在墙上。这些年里，有那么一次两次，他也曾好奇那个女孩后来怎么样了，好奇谁成了她停靠的港湾。他从没想过要将这个小插曲告诉任何人，包括伊莎贝尔。

“我只是想谢谢你。”那个女人说道。这时，从大厅后门传来的一个喊声打断了她。“我们要开始了。快进来吧。”

“不好意思。”汤姆说，“恐怕我得先走了，回头再聊。”

他刚回到舞台，会议就开始了。一些老灯塔看守人做了演讲，说了不少逸事，然后是按照灯塔原型制作的一个模型的揭幕仪式。

“这个模型，”市长骄傲地宣布，“是由我们当地的慈善家塞普蒂默斯·波茨先生捐赠的。我很高兴，波茨先生和他美丽的女儿汉娜和格温今晚也参加了我们这个小小的聚会。让我们用热烈的掌声向他表示感谢。”他举手向大家示意一位坐在两位女士中间的老人。汤姆认出坐在老人身边的第一位女士便是船上的那个女孩，他整个人晃了晃，看了一眼伊莎贝尔，她和其他观众一样正在鼓掌，脸上带着生硬的笑容。

市长继续说道："女士们先生们，当然，我们现任的杰纳斯灯塔看守人汤姆·舍伯恩先生也在现场。我想汤姆一定很乐意跟大家讲一讲他在杰纳斯岩上的生活。"他转向汤姆，示意他上讲台。

汤姆愣在那儿，没有人对他提过演讲的事情。他整个人沉浸在一片眩晕之中，原来他很早就遇见过汉娜·伦费尔特。观众鼓起掌来，掌声比第一次还要热烈。市长再次示意他："来吧，小伙子。"

那一瞬间，汤姆觉得从那艘船被冲上岸的那天起到现在发生的一切都似乎只是一场可怕的噩梦。可是他在观众里看到了伊莎贝尔、波茨一家，还有布鲁伊，一切都是如此真实，残酷而沉重，让他无所遁形。他站起来，心里怦怦狂跳。他向讲台走去，仿佛等待他的是绞刑架。

"噢，上帝，"他开始说，引得观众席上响起一阵轻快的笑声，"真没想到还有这个。"他把手在裤子两边擦了擦，然后扶住讲台。"在杰纳斯上的生活……"他停下来，陷入沉思，喃喃地重复道，"在杰纳斯上的生活……"他要怎么解释那种遗世孤立？要怎么让别人了解那里的世界？对于别人来说，那里几乎相当于另一个星系。他站在这里，站在一个普通的房间里，房间里挤满了人，挤满了其他生命。他面对着汉娜·伦费尔特，杰纳斯的生活就仿佛一个美丽的肥皂泡，瞬间破灭了。长时间的沉默。有些人清了清喉咙，有些人开始坐立不安起来。

"杰纳斯灯塔是由一群很聪明的人设计的，"他说，"再由一群很勇敢的人将它建造完成。而我只是做了我应该做的事情，让那盏灯一直亮下去。"他尽量围绕着技术和实践的话题。"大家都觉得灯塔的灯一定很大，其实不是——真正的光源是白热纱罩里煤油燃烧蒸发形成的火焰。

火焰发出的光被放大后，直接穿过一组巨大的玻璃棱镜，棱镜高十二英尺，我们把它叫作一阶菲涅耳透镜，光线被折射后形成一道强烈的光束照射出去，三十英里的范围内都能看到。想象一下，一个这么小的东西能够变得那么强大，让你在几十英里之外都能看到，这是一件很神奇的事情……而我的工作——我的工作就是让它保持干净，能够一直旋转下去。

“待在那里，就像是待在另一个世界，另一个时空：除了季节变换，什么都不会改变。澳大利亚的海岸线上还有很多灯塔，还有很多同伴跟我一样，为了保障船只航行的安全，为了需要灯光的人留在灯塔上，尽管我们可能永远看不到那些人，也不知道他们是谁。

“我也不知道还有什么要说的，真的。你永远不知道海浪会给你带来什么——海洋可能会把任何东西扔向我们。”他看到市长正在看他的怀表，“好了，我觉得我已经占用了不少时间，这个季节很容易口渴。谢谢大家。”他说完，回到座位上坐下。

“伙计，你还好吗？”拉尔夫小声地问，“你的脸色不太好。”

“我不太喜欢这样的惊喜。”汤姆简单地说。

宴会是哈斯拉克上校夫人的头等大事。她并不满足于帕特吉乌斯的社交圈，所以今晚有来自珀斯的客人，她很高兴。她四处游走，介绍宾客相互认识，还给他们找共同的话题。她时刻留意诺盖尔斯牧师喝了多少雪利酒，将处长夫人拉入到关于制服上的金边有多难洗的小讨论中。她甚至还说服老内维尔·威特尼什讲了一八九九年发生的事情——一艘运送朗姆酒的纵帆船在杰纳斯附近着了火，内维尔救了全体船员。“当然，那还是联邦政府成立之前的事，”他说，“联邦灯塔服务体系直到一九一五年才接管所有的灯站。自那以后，可多了不少繁文缛节。”州长夫人出于责任点了点头，心里却想着他是否知道自己有很多头皮屑。

上校夫人四下环顾，终于找到了她的下一个目标。“伊莎贝尔，亲爱的。”她一只手搭上伊莎贝尔的手肘，“汤姆的演讲可真有趣啊！”又轻声细语地对坐在伊莎贝尔身上的露西说：“今晚你要很晚才能睡觉了，年轻的女士。要做妈妈的乖女儿哦。”

伊莎贝尔微笑道：“她很乖。”

哈斯拉克夫人一伸手，很有技巧地钩上一个正巧走过的女人的臂弯。“格温，”她说，“你知道伊莎贝尔·舍伯恩吧？”

格温·波茨犹豫了一会儿。她和姐姐要比伊莎贝尔年长不少，而且她们是在珀斯上的寄宿学校，两个人都不认识伊莎贝尔。上校夫人很快化解了她的犹豫。“格雷斯马克。你一定知道伊莎贝尔·格雷斯马克。”她说。

“哦，我当然知道。”她礼貌地笑，“你爸爸是校长。”

“是的。”伊莎贝尔回答，胃里忽然感到一阵难受。她看了看四周，似乎在逃避对方的眼睛。

上校夫人开始后悔给她们介绍。波茨姐妹从来没有真正地与当地人融合在一起。后来又发生了德国人的事情，她们姐妹……噢，天哪……正当她考虑如何缓解眼前的尴尬时，格温和站在不远处的汉娜打了个招呼。

“汉娜，你知道刚才做演讲的舍伯恩先生和伊莎贝尔·格雷斯马克结婚了吗？她是校长的女儿。”

“不，我不知道。”汉娜说。她走过来的时候，似乎还在想别的事情。

伊莎贝尔僵在那儿，似乎丧失了说话的能力。她看着一张憔悴的脸慢慢地转向她，不由自主地抱紧了露西。她想要道一句问候，却一个字也说不出来。

“你的小家伙叫什么名字？”格温微笑着问。

“露西。”伊莎贝尔竭尽全力才能控制着自己，不让自己逃离这里。

“很可爱的名字。”格温说。

“露西。”汉娜就好像在说另一种语言。她注视着孩子，伸出手去抚摸她的手臂。

伊莎贝尔往后退去，惊恐地看着汉娜用探询的目光盯着小女孩。

露西似乎被她的触摸催眠了。她看着那双深色的眼睛，仿佛在研究一个谜题。“妈妈。”她说。两个女人同时眨了眨眼睛。她转向伊莎贝尔。“妈妈，”她又说了一遍，“我困了。”然后揉了揉眼睛。

那一刻，伊莎贝尔的脑海里浮现出自己亲手把孩子交给汉娜的画面。她才是孩子的母亲，她有这个权利。哦，不，不行，她曾无数次想过这个问题。她没有回头路可以走，她一定要坚持下去。

“噢，看，”哈斯拉克夫人看到汤姆走了过来，说，“这可是现在的热门男士。”她把他拉了过来，自己顺势摆脱他们，走向另一群人。汤姆急于找到伊莎贝尔，可以一起偷偷回家。当看到和伊莎贝尔一起说话的人时，他顿时感到头皮发麻，心脏也剧烈地跳动起来。

“汤姆，这是汉娜和格温·波茨。”伊莎贝尔努力想挤出一个微笑。

汤姆瞪着她们，伊莎贝尔一只手搭在他的胳膊上，另一只手抱着露西。

“你好。”格温说。

“很高兴这次可以如此体面地见到你。”汉娜终于将目光从孩子身上移开。

汤姆一句话也说不出来。

“体面？”格温问。

“其实我们很多年前就遇到过，只是我从来不知道他的名字。”

伊莎贝尔不安地看看汤姆，又看看汉娜。

“你的丈夫很英勇。是他把我从一个——唉，纠缠我的人手中解救了出来。在从悉尼到这儿的船上。”她为格温解了惑，“噢，我等会儿再告诉你，那是很久之前的事了。”接着她对汤姆说：“我不知道你在杰纳斯。”

他们站在那里，只有一步之遥，却是死一般的沉寂。

“爸爸。”露西打破了沉默，向汤姆伸出双臂。伊莎贝尔抱紧了她，可孩子却搂住他的脖子。汤姆让她爬到他身上，她抱着他，头靠在他的胸口，听着他隆隆的心跳声。

汤姆正要找机会离开，汉娜却碰了碰他的手肘。“对了，我喜欢你演讲时说的话，‘灯塔是为了需要它的人而存在’。”她花了一点时间组织语言。“舍伯恩先生，我能问你件事吗？”

她的要求让他感到恐惧，但他还是说道：“什么？”

“可能听起来有点奇怪，但是船会从很远的海里救人吗？你有没有听说有小船被捞起来的事情？也许，幸存的人被带到别的国家去了？我只是想知道你有没有听说过这样的事情……”

汤姆清了清喉咙。“我想，只要跟海洋有关，什么都有可能发生。任何事。”

“我明白了……谢谢你。”汉娜深深地呼吸，又看了一眼露西。她转向她的妹妹。“格温，我想回家了，我不太适合这里。你能替我向爸爸告别吗？我不想打扰他。”她又对汤姆和伊莎贝尔说：“不好意思。”她离开的时候，露西困倦地挥了挥手说“再见”。汉娜挤了个笑容给她，答：“再见。”她喉咙有些哽咽，又说，“你的女儿很可爱。对不起，先走一步。”

然后匆匆向门口走去。

“实在对不起，”格温说，“几年前，汉娜遭遇了一场可怕的变故。她的丈夫和女儿葬身大海，格蕾丝要是还活着，应该跟你女儿差不多大。她看到孩子就会受不了。”

“太可怕了。”伊莎贝尔喃喃地说。

“我去看看她。”

格温走后，伊莎贝尔的母亲加入了他们。“露西，为你的爸爸自豪吗？他是不是个很聪明的人啊？会演讲，还会很多其他事情。”她转向伊莎贝尔，“要我把她带回家吗？你和汤姆可以好好玩。你已经很多年没有跳舞了。”

伊莎贝尔询问地看着汤姆。

“我答应了拉尔夫和布鲁伊，和他们一起喝一杯。”他没再看他的妻子，大步走入了黑夜。

那天晚上，伊莎贝尔洗脸的时候，她看着镜子里的自己，一瞬间，她仿佛看到了汉娜悲伤憔悴的模样。她又往脸上泼了点水，想要洗去那张令她痛苦不堪的脸。可她却洗不去那个画面，也无法回避另一个事实，汤姆以前遇见过汉娜，这让她的心里隐隐感到一丝恐惧。她也说不清为什么她的感觉更糟了，不知怎的，她觉得脚下原本坚实的土地仿佛已在不知不觉间分崩瓦解。

伊莎贝尔久久不能从那样的震惊中缓过神来。那么近的距离，她看到了汉娜·伦费尔特眼睛里的阴郁，闻到了她身上的粉的香味，几乎切身感受到了她的绝望。可同时，她也意识到自己有可能会失去露西。她手臂上的肌肉到现在还僵硬着，仿佛依然紧紧抱着露西。“噢，上帝啊，”她祈祷，“上帝啊，请赐予汉娜·伦费尔特安宁吧。请让露西永远不离开我身边。”

她走进露西的房间，轻轻地从露西手上抽走图画书，将书放在梳妆台上。“晚安，我的天使。”她给了露西一个晚安吻，抚摸着孩子的脸颊，不由自主地将眼前的这张脸与刚才镜子里出现的汉娜的幻象进行比较，仿佛要在这下巴的弧线和弯弯的眉毛里找到些什么。

第二十二章

“妈妈，我们可以养一只猫吗？”第二天早上，露西跟着伊莎贝尔走进格雷斯马克家的厨房。小姑娘迷上了一只叫作塔芭莎的橘红色虎斑猫，那只猫经常在房子周围转悠。她只在故事书里见过猫，这只猫是她唯一抚摸过的猫。

“噢，小甜心，我觉得猫不喜欢在杰纳斯生活。它没有可以一起玩的伙伴。”伊莎贝尔有点心烦意乱地说。

“爸爸，我们可以养只猫吗？”孩子不死心地问道，丝毫没有察觉到紧张的气氛。

昨晚，伊莎贝尔睡着后，汤姆才回到家，早上却是第一个起床。他坐在桌前，翻阅一份一周前的报纸。

“露西，带着塔芭莎去花园里玩会儿吧。”他说。

露西拦腰抱起那只温驯的动物，拖拖拉拉往门口走去。

汤姆转向伊莎贝尔。“还要多久，伊奇？该死的还要多久？”

“什么？”

“我们怎么办？这一天一天我们要怎么过下去？你没看到那个可怜

的女人快要疯了？就因为我们！”

“汤姆，我们什么也做不了。你我都清楚这一点。”说话间，汉娜的脸又回到了伊莎贝尔的脑海里。“也许——”她下决心说道，“也许——等露西长大一点，也许我们可以告诉汉娜，那时后果不会那么严重……可是还得再等几年，汤姆，几年。”

伊莎贝尔的让步让他感到惊愕，但他仍然无法接受。“伊莎贝尔，为什么要等？她等不了那么久。想象一下她的生活吧！你甚至还认识她！”

心头的恐惧一下子警醒了她。“我没想到你也认识她，汤姆·舍伯恩。但是你连提都没跟我提过，是吗？”

她的反唇相讥令汤姆大吃一惊。“我不认识她。我只是见过她一次而已。”

“什么时候？”

“从悉尼来这里的船上。”

“可就是那么开始的，是吗？你为什么从来没跟我提过她？她的话是什么意思？你‘很英勇’？你在隐瞒什么？”

“我在隐瞒什么？太荒谬了。”

“我对于你的生活一无所知！你还有别的秘密吗？汤姆？你还有多少段船上恋情？”

汤姆站起来。“够了！够了，伊莎贝尔！你越说越荒唐了，你这样说无非就是想转移话题，这跟我以前见没见过她根本没有关系。”

他试图给她解释原因。“伊奇。她变成什么样子，你都看见了。那是我们作的孽。”他背过身去不再看她。“我在战争中看到的事情……那些事情，伊奇，那些事情我从来没有告诉过你，也永远不会告诉你。

主啊，我做过的事情……”他紧紧地握住双拳，咬紧牙关。“在那之后，我发过誓，决不伤害任何人。你知道我为什么执意要去灯站吗？我想我好歹能做一点好事，也许哪天能救人一命。看看我现在都做了什么。汉娜·伦费尔特不该遭受那样的痛苦！”他寻找着措辞。“老天，我在战场上学到的是，如果你有食物，而刚好你的牙齿还在，可以让你把它吃下去，你就很幸运了。”他努力地控制着自己，不让记忆中的那些画面吞没他的意识。“所以当我遇见你，你只是多看了我两眼，我就觉得自己身在天堂了。”

他停顿了片刻。“我们在干什么，伊奇？我们到底在干什么，在吵什么？我发过誓，无论发生什么我都会在你身边，伊莎贝尔，无论发生什么！我现在要说的是，事情已经非常糟糕。”他说完了，大踏步地沿着走廊走了出去。

孩子站在后门口，看着他们结束了争吵，茫然不知所措。她从来没有听汤姆说过那么多的话，从来没有见他这么大声，也从来没有见过他哭泣。

“她不见了！”下午，汤姆和布鲁伊一起回到格雷斯马克家，迎接他的就是伊莎贝尔这句话。

“露西！我去整理行李的时候，让她在外面跟猫一起玩。我以为妈妈在看着她，妈妈却以为我在看着她。”

“冷静，伊奇，冷静下来。”汤姆双手扶住她的胳膊，“仔细想想。你最后一次见到她是什么时候？”

“一小时之前？最多两小时。”

“你什么时候发现她不见了？”

“就刚才。爸爸去后面的灌木丛里找她。”帕特吉乌斯镇的周边散布着很多天然灌木丛，在格雷斯马克家修建得整整齐齐的草坪庭院后面是一片几英亩的灌木丛，直通进森林。

“汤姆，谢天谢地，你回来了。”维奥莱特快步跑上走廊，“对不起——都是我的错。我应该看好她的！比尔已经沿着原来那条伐木轨道去找她了……”

“她还可能去别的地方吗？”汤姆的沉着冷静和有条不紊在这时发挥了作用，“有没有什么地方你和比尔在给她讲故事时说到过？”

“她可能去的地方太多了。”维奥莱特摇摇头说。

“汤姆，灌木丛里有蛇。红背蛇。上帝啊，帮帮我们吧！”伊莎贝尔恳求着。

布鲁伊开口说道：“我小时候经常整天整天地待在灌木丛里。舍伯恩太太，她不会有事的。我们会找到她的，走吧，汤姆。”

“伊奇，我和布鲁伊去灌木丛里，看看能不能找到她。你再去花园和屋子前面找找。维奥莱特，你仔细检查一下屋子里——所有的橱柜，还有床底下——任何她可能跟着猫去的地方。一小时内找不到她，我们就得叫警察了。”

他提到警察的时候，伊莎贝尔瞟了他一眼。

“不会那样的，”布鲁伊说，“她会好好的，舍伯恩太太，别着急。”

等走远后，布鲁伊才对汤姆说：“希望她走路的时候动静很大。白天蛇一般都在睡觉。它们听到你来了会给你让路。但是如果它们受了惊吓……她以前迷过路吗？”

“她从来不他妈的到处乱走。”汤姆很恼怒，可随即他又说道，“对不起，布鲁伊。我不是有意的——只是她对距离没什么概念，在杰纳斯上，每个地方都离家很近。”

他们继续走着，一边走一边呼喊露西的名字。路两旁的灌木大多已长到成人的高度，树枝低垂下来挡住了前行的道路。但是以露西的身高，她可以顺利通过。

大约走了十五分钟，他们的眼前出现了一片空地，前方的路一分为二，沿相反的方向伸展而去。布鲁伊说：“以前，他们为了搜寻好木材，都会开一条路出来。现在到处都是水洼地[①]，所以你要小心点。通常，它们都被掩盖住了。”

露西丝毫没有觉得害怕，她知道不能太靠近悬崖边。她懂得要避开蜘蛛，因为它们会咬人。她也清楚爸爸妈妈不在身边的时候不要下水游泳。在海里，她能分辨出海豚和鲨鱼的鱼鳍，海豚友好，鱼鳍上下翻飞，而鲨鱼的鱼鳍在伤人时一动不动。可是在帕特吉乌斯，如果她拉了那只猫的尾巴，它就会把她抓伤。这些都是她对危险的概念。

当她跟着塔芭莎虎斑猫走出花园，走了一会儿，她就没再看到那只猫，这时为时已晚——她已经走出来太远，找不到回去的路了。她试着往回走，可走得越多，周围的环境就越陌生。

最终，她走到了一片空地，坐在一根木材旁边。她看了看四周的环境。她看到了兵蚁，知道不能去惹它们，所以她坐在离它们够远的地方。她并不担心，知道爸爸妈妈一定会找到她的。

她坐在那儿，手里拿着一根小树枝在沙土上画画。然后她注意到，

---

① 指的是为取地下水而挖的水井。

从木材底下爬出来一只奇怪的生物，身子比她的手指长。她以前从没见过这样的生物，长长的身子，长着的腿跟有些昆虫或蜘蛛差不多，但是它有两只大胳膊，就像爸爸在杰纳斯上抓的螃蟹的大钳子。她瞬间被这个东西迷住了，用那根树枝碰了碰它，它的尾巴立刻高高地翘起，越过它的头部。正在这时，不远处又出现了另一只。

她着迷地看着这两只虫子试图用它们的“蟹爪”抓住她手中的树枝。木材底下又出现了第三只。

时间慢慢流逝。

他们来到那片空地，汤姆走在前头，他看到一只穿着鞋的小脚从一根木材后面伸出来。

“露西！”他跑向那根木头，小丫头正坐在那里玩一根小树枝。他一下子认出抓在树枝尾部上的那个东西是蝎子。他愣在那儿。“天哪，露西！”他架着她腋下将她抱得老高，蝎子被他猛地扔在地上，一脚踩死了。“露西，你在搞什么鬼？”他大声说。

“爸爸！你杀了它！”

“露西，那很危险！它咬到你了吗？”

“没有，它喜欢我。你看。”她拉开她上衣前面的大口袋，自豪地给他看另一只蝎子，“这只是给你的。”

“别动！”汤姆说，假装镇静地将她放在地上。他将树枝伸进口袋，等蝎子抓住了树枝才慢慢地取出来将它甩在地上，然后踩死。

他检查了她的胳膊和腿，看有没有被咬过或蜇伤的痕迹。“你确定没有被咬到？有没有哪里疼？”

她摇摇头。“我来了一次探险！”

“你确实探了一次险。”

“仔细看看，”布鲁伊说，“刺痕不太容易看到。不过她看起来不像是头晕的样子，情况不错。说实话，我刚才更担心她掉到水洼里去。”

汤姆咕哝道：“露西，亲爱的，杰纳斯上没有蝎子。蝎子很危险，千万不要去碰它们。”他拥抱了她。“你到底去哪儿了？”

“你说让我跟塔芭莎玩来着。”汤姆想起自己早上对她说过让她去外面跟猫玩，心里一阵刺痛。“来吧，宝贝。我们回去找妈妈。”他刚说完便意识到，经过昨晚的事，妈妈这个词的意义似乎不太一样了。

伊莎贝尔从走廊上冲下来，跑到花园门口来迎接他们。她抽噎着抓住露西，终于松了一口气。

“谢天谢地。”比尔站在维奥莱特旁边说道。“感谢主。还要谢谢你，布鲁伊，”他说，“你救了我们的命。”

下午发生的事让伊莎贝尔把汉娜·伦费尔特完全抛到了脑后，汤姆知道他不能再提这件事了。可是，汉娜那张脸一直萦绕在他的心头。原本那个抽象的形象现在成了一个活生生的女人，而因为他所做的一切，那个女人每时每刻都沉浸在痛苦中。她的样子——瘦削的脸颊、悲伤的眼睛，这一切都活生生地存在于他的脑海中。最令他难以忍受的，是她还给予了他尊重和信任。

汤姆一直想知道伊莎贝尔内心最深处的想法——他是如此饱受煎熬，可她却成功地埋葬了这份煎熬，他想知道她是怎么做到的。

第二天，拉尔夫和布鲁伊送汤姆一家回到了灯塔上，他们准备出发离开杰纳斯时，布鲁伊说：“哎呀，他们之间好像有点冷淡，你不觉得吗？”

“给你一点友情建议。千万别想着去弄懂别人婚姻里的事，布鲁伊。”

“我知道。可是，露西昨天没事了，我觉得他们应该松口气才对。但伊莎贝尔的样子，就好像露西迷路是汤姆的过错似的。”

“别再想了，孩子。给我们弄点茶才是真的。”

第二十三章

发生在格蕾丝·伦费尔特和她父亲身上的那件事一直是大南部地区未解的谜团之一。

老波茨的悬赏就像一个神话，在这些年里，不断诱惑着淘金地、北部，甚至阿德莱德的人们，这可是一个好机会，一根断裂的浮木或者一个推测就可以让他们发财致富。最初的几个月里，汉娜会仔细聆听那些目击者编造的每一个故事。

随着时间的推移，即便是急切如她也看出了这些故事的漏洞。她指出在海岸上“找到的”婴儿衣服并不是格蕾丝当时穿的那件，那个来讨悬赏的人却辩驳道：“你想想啊！你当时悲伤过度，怎么可能记得住那可怜的孩子穿了什么衣服呢？”还有人对她说：“你自己也知道，只要你接受这个证据，晚上就能睡安稳了，伦费尔特太太。”格温会把这些人从客厅带走，离开时，因为白跑了一趟，他们还要说上几句酸溜溜的话，所以格温还得谢谢他们，然后给他们几个先令作为回去的路费。

又过了一年。一月，花园里的千金子藤再度盛放，空气里弥漫着浓郁撩人的花香。可是汉娜·伦费尔特却愈加憔悴，她又开始了例行的旅程——现在每隔几个月才去一次——去警察局，去海滩，去教堂。“她真是个疯子。”卡斯通警官在她走后嘟囔道。诺盖尔斯牧师也让她别待在教堂昏暗的阴影里，他鼓励她要“在周围的生活里寻找主的存在”。

灯塔庆典后的第二天晚上，汉娜躺在床上，彻夜难眠，这时，她听见信箱铰链吱嘎作响的声音。她看了看钟，凌晨三点，诡异的时间。难道是鼠貂？她蹑手蹑脚地爬下床，掀开窗帘的一角看出去，却什么也没看到。这一晚没有月亮，窗外漆黑如墨，只有星星点缀在夜空之中，散发着微弱的光芒。伴随着夜里的微风，她又听到信箱发出的叮当声。

她点燃一盏防风灯，轻手轻脚地穿过前门，生怕会吵醒妹妹。她赤着脚悄无声息地走在花园的小径上。

信箱的门来回轻轻地晃动着，在箱内投下一片淡淡的阴影。她将灯凑近了信箱，看见一个小小的长方形的轮廓——一个包裹。她取出来。这是一个牛皮纸包裹，比她的手大不了多少。她四下瞧了瞧，想看看它是怎么来的，可是黑暗像一只紧闭的拳头，无声无息地包围着她手中的灯。她飞快地走回卧室，用缝纫剪剪断包裹上的绳子。包裹是寄给她的，与上次一样整整齐齐。

她拉开一层又一层报纸，每动一下里面的东西都会发出声响。她移去最后一层包装纸，眼前闪过一道柔和的微光，那是她父亲专门给外孙女在珀斯定做的银制摇铃。不会错的，摇铃的把手上有小天使的浮雕图案。

摇铃底下，放着一张小字条。

她很安全。备受宠爱，被照料得很好。请宽恕我。

除此之外就没有别的了。没有日期，没有姓名，也没有签字。

“格温！格温，快！”她猛烈地敲打着格温的门，“看这个！她还活着！格蕾丝还活着。我就知道！”

格温踉踉跄跄地从床上爬起来，以为她又有了别的什么古怪念头。可她一看到那个摇铃，立刻清醒过来，她记得很清楚，父亲坐在珀斯卡利斯兄弟的柜台前与银匠讨论摇铃设计的时候，她就坐在旁边。她小心翼翼地摸了摸摇铃，仿佛那是一个鸡蛋，随时可能从里面蹦出一个怪物来。

汉娜对着天花板、地板，又哭又叫。“我告诉过你，是吗？噢，我心爱的格蕾丝！她还活着！”

格温的手搭在她的肩膀上。“我们先别太激动了，汉娜。天一亮我们就去找爸爸，然后一起去警察局。他们知道该怎么做。现在，回去睡觉。明天你需要时刻保持头脑清醒。”

汉娜根本没法睡觉。她怕她一闭上眼睛就会从梦中醒来，发现这一切只是她做的一个梦。她来到后院，坐在那张秋千椅上，她曾和弗兰克、格蕾丝一起坐在这里。她仰望着满天星斗，夜空里闪耀着的那一颗颗星星仿佛一个又一个希望，让她的心渐渐平静下来。她也许无法在这片广袤无垠的土地上感知到那个小生命。可是她有摇铃，摇铃给她带来了希望。这不是恶作剧。这是爱的护身符——是父亲原谅她的象征；这个摇铃，她的孩子触摸过，那些珍爱着孩子的人也触摸过。

她觉得——不，她知道——她噩梦般的生活就快结束了。只要格蕾丝回到她的身边，生活将重新开始——幸福已远离她太久，她要把失去的幸福找回来。她笑着忆起那些有趣的事情：弗兰克努力给孩子换尿布的样子；当格蕾丝将她刚吃进去的东西吐在外公那套最考究的西服的肩膀上，他尽力维持镇静的样子。她的胸腔蓦地收紧，这么多年来第一次，她的内心充满了期待和兴奋。如果明天早上就能实现这个愿望，那该多好。

镇上众说纷纭。有人说，找到的是一个假货；也有人说，不是，找到的是一个磨牙圈。有人说，发现的东西证明孩子已经死了；也有人说，发现的东西证明孩子还活着。有人说，是爸爸杀了孩子；也有人说，孩子的爸爸被谋杀了。从肉店到蔬菜水果店，从蹄铁铺到教堂，到处都在说这件事情，这些人要么啧啧咂嘴，要么噘起嘴唇，用来掩饰他们的激动的心情。

“波茨先生，我们一点也不怀疑你能认出自己买的东西。但是你也知道，这不一定代表孩子还活着。”纳吉警长试图让塞普蒂默斯冷静下来，塞普蒂默斯脸涨得通红，昂着下巴，挺着胸膛，像一个拳击运动员一般站在他的面前。

“你得给我调查清楚！为什么这个人到现在才把这个拿出来？为什么要在半夜里送来？为什么不索要悬赏金？”他的脸越涨越红，显得他的胡子愈加地白。

“恕我冒昧，但他妈的我怎么会知道？”

“请你说话注意点！有女士在场！”

“我道歉，”纳吉噘了噘嘴唇，“我们会调查的，我向你保证。”

“怎么调查，具体点？”塞普蒂默斯问。

“我们……我……我会说话算话。”

汉娜的心沉了下去。一切还会跟以前一样。她依然难以入眠，依然得去看信箱，等待下一个线索。

“对，我需要拍一张照片，伯尼。”林奇警官站在古切尔照相馆的柜台前，从毡布包里取出那个银摇铃。

伯尼斜眼看他。“什么时候你开始对孩子感兴趣了？”

“它是证据！”警察答道。

摄影师安装设备的时候，林奇环顾墙上的相片。他一张一张看过去，上面挂着当地足球队的照片，哈利·卡斯通和他母亲的照片，还有比尔和维奥莱特·格雷斯马克夫妇跟他们的女儿、外孙女的合影。

几天后，一张照片被钉在了警察局外面的布告栏里，照片上是那个摇铃和一把比例参照尺，布告寻找见过这个摇铃的人。照片旁边贴着一张塞普蒂默斯·波茨先生的告示，现悬赏三千金币寻找他的外孙女格蕾丝·艾伦·伦费尔特，并对提供线索者的一切信息严格保密。

在帕特吉乌斯，一千金币就能买下一座农场。三千——好吧，三千金币，谁也不知道能做什么。

“你确定？”布鲁伊的母亲又问了一遍，她在厨房里踱来踱去，头发上满是卷发夹，“仔细想想，孩子，我的天哪！”

“不，我不确定——不完全确定——很久以前的事了。但是我从没见过那么亮的东西，还是在婴儿床上！”他颤抖着卷了一支烟，摸出一根火柴点上。“妈，我该怎么办？”一头红色的鬈发下，豆大的汗珠从他的前额冒了出来。“我的意思是，这也许是有原因的，或者我只是在做梦。”他猛地吸了一口烟，冒出一个想法。“也许我应该等到下一次去杰纳斯的时候，然后当面问清楚。”

“如果这就是你的想法，那你比我想的还要笨很多。三千金币！”她在他面前挥舞着三根手指，“你在那条倒霉船上再干一百年也赚不到三千金币！”

“可那是*汤姆*啊。还有伊莎贝尔。他们不会做错事情的。就算是同一个摇铃——也有可能是被海浪冲上来，被他们捡到了。你应该看看那些最终被冲上杰纳斯的东西。有一次汤姆捡到了一颗炮弹！还有一个摇摇马。”

“怪不得吉蒂·凯利会甩了你。一点野心、一点常识都没有。”

“妈！”布鲁伊被他母亲的嘲弄刺痛了。

“去换件干净的衬衫。我们去警察局。”

“那是汤姆！是我兄弟，妈妈！”

“那是三千金币！还有，如果你再不赶紧，老拉尔夫·阿迪科特很有可能会先你一步。”她补充，“如果你有了那些钱，吉蒂·凯利一定不会看不起你，是吧？现在，去梳梳头，把那根烟给我丢掉。”

第二十四章

起初，“迎风”号驶过来的时候，汤姆以为是自己的幻觉。他大声叫伊莎贝尔，想问问她是不是也看到了。他们回到杰纳斯才一个礼拜，按照日程，在转去摩尔礁工作前，来接他们回大陆的船要到三月中才会来。难道是出别的任务时发动机发生了故障？难道是拉尔夫或布鲁伊因为恶劣的天气受了伤？

海浪很凶很大，船差一点就撞上了码头，船上的人用尽全力才将船安全停靠。“拉尔夫，是来躲避暴风雨吗？啊？”船靠过来时，汤姆迎风大喊，却没有得到老人的回答。

出现在船尾的也不是布鲁伊，而是内维尔·威特尼什那张满是皱纹的脸，汤姆的疑惑更深了。紧随其后的是四个警察。

“喂，拉尔夫！这是怎么回事？”

拉尔夫还是没有回答。汤姆打了个冷战，一阵寒意席卷而来。他抬起头，看见伊莎贝尔正小心翼翼地走在山坡上，离码头很远。一个警察摇摇晃晃走下船踏板，像喝醉了酒似的，过了好一会儿才适应了平地。其他人跟在他后面也下了船。

“你是托马斯·爱德华·舍伯恩？”

“是的。”

“我是奥班尼警察局的斯普拉格警长。这位是我的助手斯特鲁格内尔警官。这两位你可能认识，帕特吉乌斯警察局的纳吉警长和卡斯通警官。”

“不是很清楚。”

“舍伯恩先生，我们来这儿是为了调查弗兰克·伦费尔特和他女儿格蕾丝的事情。”

这句话犹如当头一棒，狠狠地敲在汤姆的心头，令他难以呼吸。一瞬间，他脖子僵硬，脸色刷白。这一天终于来了。这就好像在战壕里等待了几日，终于等来了冲锋的信号。

警长从口袋里取了什么东西出来——仿佛是一张硬纸片，被狂风吹得噼啪作响。他双手稳稳地拿住那张纸。

“你认得这个吗？先生。”

汤姆一眼就看到了照片里的摇铃。他一边思索着该如何回答他，一边抬头扫了一眼悬崖：伊莎贝尔不见了。汤姆在心里默默地权衡——这之后，就没有回头路可走了。

他重重地叹了一口气，仿佛卸下了千斤重担一般。他垂下头，双眼紧闭。一只手搭上他的肩膀，是拉尔夫。“汤姆，汤姆，孩子……该死，到底发生了什么？”

警察单独询问汤姆的时候，伊莎贝尔回到悬崖上那些小小的十字架旁边。她呆呆地望着迷迭香丛，思绪紊乱。年轻的警察神情很严肃，丝毫没有忽略她看到那张照片时脸上的表情，那一瞬间，她瞪大了眼睛，屏住了呼吸。

“上个星期有人给伦费尔特夫人送去了这个摇铃。”

“上个星期？”

“两年前也有人给她写了一封信，看起来像是同一个人做的。”

这句话里蕴含了太多太多令她难以理解的内容。

“我们想在跟你的丈夫谈完后问你几个问题，所以，请你——”他笨拙地耸了耸肩，“不要走太远。”

伊莎贝尔从悬崖上望出去。空气多么新鲜啊，可只要她一想到露西就觉得呼吸困难。露西在睡午觉，而一墙之隔的房间里，警察正在审讯她的爸爸。他们会带走她。伊莎贝尔的脑子急速运转，或许她可以将露西藏在这个岛屿的某个角落里，她可以带着露西跳上船逃走。她飞快地思索着——那艘救生艇随时都能出发。要是她能找个借口，她能带露西去……哪里呢？哪里都可以，这不重要。她可以带着孩子上船，在别人意识到之前，她们已经离开这里。如果顺利，洋流将带着她们北上……她想象着那个画面，她们远远地驶近珀斯，一起安全登陆。可理智告诉她，万一她们碰上了往南的那股洋流，她们很可能死在南大洋……

她的心里老有一股冲动，“我得去问问汤姆怎么办。”可当她想起这一切都是汤姆做的，她才觉得自己太傻了。就好像当初，她得知哥哥休的死讯后，夜半醒来时她会想，“我得把这个不幸的消息告诉休。”

渐渐地，她意识到自己根本逃不开这一切，心里的恐惧变成了愤怒。为什么？为什么他不能什么都不做呢？汤姆，他应该保护自己的家庭，而不是将它拆散。她的内心深处一直隐藏着一种深深的不安，而现在，这种不安正在变成现实。忽然，她的思绪陷入一片黑暗之中——原来他已为此计划了两年。这个欺骗她、夺走她孩子的人究竟是谁？她想起汉娜·伦费尔特触碰他手臂的那一刹那，胃里泛起一阵恶心，扑在草地上呕吐不止。

汹涌的海浪狂躁地击打着悬崖，激起的水花直冲上几百英尺高的峭壁，一直溅到伊莎贝尔站立的地方。海水打湿了十字架，打湿了她的衣衫。

“伊奇！伊莎贝尔！”汤姆竭尽全力地大声喊着，可他的声音却被这岛上的大风吹散在空气中。

一只海燕在天空里盘旋着，盘旋着，一圈又一圈，然后像一道闪电般俯冲向汹涌狰狞的海面，去捕食一条鲱鱼。但是幸运和暴风雨仿佛都站在鱼那边，它从海燕的嘴里挣脱了出来，落回到海浪中。

汤姆走了好几百米，走到妻子身边。那只海燕依然盘旋在狂风巨浪之间，它知道翻涌的海水让鱼失去了珊瑚礁的庇护，让它更容易捕食。

“我们没有多少时间了。”汤姆将伊莎贝尔拉到身边，说，“露西随时都会醒来。”警察对他的询问持续了一个小时，现在，有两个警察拿着铁锹去了岛屿另一边的旧墓地。

伊莎贝尔看着他的脸，仿佛他是一个陌生人。“警察说有人给汉娜·伦费尔特送去了一个摇铃……”

他看着她，什么也没有说。

“……两年前，有人写信给她，告诉她孩子还活着。”她斟酌着，一字一句慢慢说道。“汤姆！”她睁大了眼睛说，眼里布满了恐惧。“噢，汤姆！”她往后退了退，重复道。

“我必须得做些什么，伊奇。我试着跟你解释过。我只想让她知道她的孩子平安无事。”

她的发丝在狂风中飞扬，不时打在他的脸上，她看着他近在咫尺的脸，仿佛他的话从很远很远的地方传来，要仔细听才能明白。“我那么信任你，汤姆。”她瞪着他，双手紧紧抓住自己的头发，“看看你都对我们做了什么？天哪！你对露西做了什么？”

她从他的身上看到了忍耐，从他的眼睛里看到了解脱。她垂下手，发丝再次拂上她的脸颊，好似一张黑色的面纱。她抽泣着：“两年！你骗了我两年？”

“你看到了那个可怜的女人！你看到了我们造成的后果。”

“对你来说，她比我们的家庭还要重要，是吗？”

“这不是我们的家庭，伊奇。”

“这是我们这辈子唯一的家庭！天知道露西会怎么样？”

他紧紧抓住她的胳膊。“听着，按我说的去做，你会没事的。我已经告诉他们一切都是我做的，知道吗？我跟他们说留下露西都是我的主意——我说你不愿意这么做，是我强迫了你。你只要咬住这点，他们就不能把你怎么样……他们会带我们回帕特吉乌斯。伊奇，我保证，我会保护你。”他再次拉近她，将他的唇印在她的头顶，“我怎么样都没关系。我知道他们会把我送进监狱，等我出来，我们还是……”

她突然推开他，她的拳头重重地砸在他的胸膛上。“别跟我提‘我们’，汤姆！在你做了这一切之后！”他没有制止她。“是你做了选择！你根本一点也不在乎露西，也没有考虑过我的感受。所以，你别——”她寻找着措辞，“——从现在开始，别指望我会再关心你会怎么样，你该死。”

“伊奇——求你了，你不知道你在说什么！”

“是吗？”她的声音很尖厉，“我知道他们会带走我们的女儿。你根本就不懂，你的所作所为——根本不可原谅！”

“天哪，伊奇——”

“你还不如杀了我，汤姆！杀了我也比杀了我们的孩子强。你是个浑蛋！残忍自私的浑蛋！”

汤姆站在那里，这些话深深地扎在他的心上，比狂风刮在脸上还要痛。他想要从她的脸上找出哪怕一丁点的爱的痕迹，她曾一遍又一遍发过誓的爱，可是她浑身冰冷而愤怒，就像这咆哮的大海。

那只海燕再度俯冲下来，叼起一条鱼腾空而起，带着胜利者的姿态。被海燕擒住的鱼，嘴巴无力地一张一合，仿佛只有如此才能证明它真的存在过。

“现在返程太危险了。”拉尔夫对纳吉警长说。来自奥班尼的高级警察斯普拉格警长坚持必须即刻启程。“如果他那么着急，他妈的让他游泳回去。”船长说。

“好吧，舍伯恩得待在船上，严密看守。我不想让他和他妻子一起编出什么故事来，谢谢。”斯普拉格说。

纳吉警长看着拉尔夫，挑了挑眉毛，嘴角的弧度显然表示他并不同意他同事的看法。

夕阳西下，内维尔·威特尼什快速地走到船上。

“你要干什么？”斯特鲁格内尔警员问，很尽责地执行他的任务。

“我需要舍伯恩做一下交接。他得跟我一起去点灯。”威特尼什言简意赅，语气不容置疑。

斯特鲁格内尔有些措手不及，但很快恢复自如，说：“好吧，我得跟着他。”

“联邦体系规定，非授权人员不得进入灯塔。结束后我会带他回来。”

汤姆和看守人沉默地走向灯塔。走到门口时，汤姆平静地说：“这到底是怎么回事？你并不需要我。”

老人简单地说：“从未见过有人把灯塔照料得这么好。你做的其他事情不关我的事，但我知道你需要跟她告别。我在这里等你。”他转过身，透过圆形的窗户向外看去。

于是，最后一次，汤姆踏上了这一百多级楼梯。最后一次，他点燃了硫黄和煤油，给予它们光亮。最后一次，他为数英里之外的水手们发出了信号。

第二天早上，暴风雨减弱了，天空再次呈现出一片平静的蓝色。船驶离了杰纳斯岩，一群海豚在船头戏水玩耍，灰色光滑的背脊时而跃出水面，时而潜入水中。伊莎贝尔坐在船舱的一侧，眼睛又红又肿，汤姆坐在另一侧。腐烂的防水帆布在船尾散发着恶臭。

露西坐在伊莎贝尔的腿上，问道：“我们去哪儿啊，妈妈？”

“回帕特吉乌斯，宝贝。”

“为什么？”

伊莎贝尔看了一眼汤姆。“我不知道为什么，露西，我亲爱的。可是我们必须得回去。”她抱紧了她。

过了一会儿，小姑娘从她妈妈的膝盖上爬下来，爬到汤姆身上。他沉默地抱着她，她离他是如此的近。他要把她的一切都深深地印在脑海里：她头发的味道、柔软的皮肤、小小的手指的形状和呼吸的声音。

那个岛屿渐行渐远，越来越小，最后终于消失在他们的视野里，留下的只是每个人心中残缺不全的回忆。汤姆望着伊莎贝尔，希望她能回看他一眼，渴望她能给他一个以前的笑容。可是，她脸上的表情，淡漠而疏离。

他默默地用灯旋转的速度计算着这段旅程。

第三部

露西不会害怕

/

希望你能原谅我，原谅我将你留下，又让你离开。你要知道我们一直爱着你。

第二十五章

他们一下船，斯普拉格警长从口袋里拿出一副手铐，大步流星地走向汤姆。弗农·纳吉摇了摇头制止他。

“这是正常程序。”这位来自奥班尼的警长说道，根据所在警局的重要性，他的级别要高于弗农。

“算了吧。有个小女孩在这儿。”纳吉说，朝正在跑向汤姆的露西抬抬下巴。

露西抓住汤姆的腿。“爸爸！爸爸，抱我！”

汤姆看着小丫头的眼睛，脸上的痛苦一览无余。薄荷树的树梢上，有两只扇尾鸽啁啁啾啾，叫个不停。汤姆艰难地咽了口唾沫，拳头越握越紧，指甲深深地掐入掌心。“看，露西！看那儿，有两只好玩的小鸟。在家的时候没见过，对不对？”他盯着那两只鸟，催促她，“去，仔细看看去。”

码头附近，停着两辆汽车。斯普拉格警长对汤姆说：“这边，上第一辆车。”

汤姆回头看了看露西，她被那两只鸟儿吸引了注意力，鸟儿站在树梢，舞动着它们长长的黑尾巴。他正要朝她伸出手去，可一想到她伤心的样子，他觉得最好还是悄悄地走。

“请现在就上车。”斯普拉格抓住汤姆的手肘催促道。

汤姆迈着沉重的脚步，一步一步向前走去。露西看到了，在后面追他，双臂依然张开着。“爸爸，等等露西。”她央求道，语气又困惑又伤心。她跑着跑着，绊倒了，整个人扑倒在地，她一下子尖叫出来。汤姆无法再走下去了，他转过身，挣脱了警察的束缚。

“露西！”他快速地抱起她，亲吻她被擦伤的下巴。“露西，露西，露西，露西，”他喃喃低语着，嘴唇吻着她的脸庞，“你会没事的，小东西。你会没事的。”

弗农·纳吉看着地面，清了清喉咙。

汤姆说：“亲爱的，我得走了。希望——”他停下来，凝视着她的眼睛，抚摸她的头发，最后亲了亲她。“再见，小可爱。”

露西不肯松手。于是纳吉转向伊莎贝尔。“舍伯恩太太？”

伊莎贝尔从汤姆怀中抱过她。“来吧，亲爱的。妈妈抱着你。”可是小姑娘依然不停地叫着：“爸爸，我跟你一起去，爸爸！”

“现在高兴了，汤姆？这就是你想要的，是吗？”泪水顺着伊莎贝尔的脸颊流下来，沾到露西的脸上。

汤姆呆呆地站着，一动不动，看着她们俩——看着她们脸上掩不住的痛苦，面前的这两个人，是他曾保证过要尽心保护和照顾的两个人。最终，他艰难地说道：“天哪，伊奇——对不起。”

肯尼斯·斯普拉格失去了耐心，再次抓住他的手臂，推着他往汽车的方向走去。汤姆钻进后车厢，这时，露西开始号啕大哭。“爸爸，别走！求你了，爸爸！求你了！”她哭得满脸通红，整张脸皱成一团，泪水沿着她的脸颊一直流到嘴里。“妈妈，让那个人停下来！他们是坏人，妈妈！他们在对爸爸做坏事！”

“我知道，宝贝，我知道。”伊莎贝尔努力地安慰着她，将嘴唇印在露西的头发上，低语，“亲爱的，人有时候会做很坏的事情。很坏很坏的事情。”

拉尔夫站在船甲板上，看着这一幕。他回到家，凝视着希尔达，这或许是二十年来，他第一次这样认真地看着她。

“怎么了？”他的妻子问，他的眼神令她感到不安。

“只是——噢，没事。”他说着，把她拥进怀里，久久没有放开。

弗农·纳吉的办公室里，弗农对肯尼斯·斯普拉格说：“我再说一遍，警长。今天下午你不能把他带到奥班尼。他很快就会被移交过去的，我还想问他一些问题。”

“他是我们的犯人。记住，灯塔属于联邦体系。”

“对于规定，我跟你一样清楚。”珀斯这边的每一个警察都知道肯尼斯·斯普拉格喜欢发号施令，他仍对当初未被征召入伍的事耿耿于怀，所以总是摆出一副威风八面的军士长派头。“我们会按照正常程序将他送去奥班尼。”

“我很快就会查清这件事。现在我在这儿，我会带他一起走。”

“如果你真的这么想要他的话，你他妈的可以再回来。这里我说了算。”

“给珀斯打电话。”

“什么？”

“我会给珀斯打电话。如果头儿这么说，我就把他留下来。否则他就得跟我去奥班尼。”

伊莎贝尔花了很长时间才说服伤心欲绝的露西坐进第二辆汽车，他们到达警察局的时候，汤姆已被关进牢房。等候区里，露西坐在伊莎贝尔腿上，漫长的旅途和后来发生的这些奇奇怪怪的事情把她折磨得疲惫不堪，她不停地在伊莎贝尔的脸上摸来摸去——一会儿用手拍，一会儿用手指戳，想从伊莎贝尔嘴里得到答案。“爸爸在哪儿？我想去看他。”伊莎贝尔皱着眉头，有些心不在焉，脸色苍白，盯着木桌上的凹痕发呆。

一位因为自家牛跑到公路上而需要缴纳罚款的老人站在柜台前等收据。百无聊赖间，他开始逗露西躲猫猫玩。

“你叫什么名字？”他问。

“露西。”她怯怯地说。

“那是你以为。”哈利·卡斯通一边在收据上写字，一边嘀嘀咕咕，脸上挂着不无嘲讽的笑意。

正在这时，桑普顿医生从他的诊所过来。他气喘吁吁地提着包走进来，避开伊莎贝尔的眼神，敷衍地朝她点了点头。她想起上次的检查和令人绝望的检查结果，羞愧得满脸通红。

“请走这里，先生。”卡斯通领着他走进后面的房间，然后回到伊莎贝尔面前，“孩子必须让医生进行检查。请你把她交给我。”

“检查？为什么？她很健康。”

“这点你没有发言权，舍伯恩太太。”

“我是她的——”伊莎贝尔一下子住了口，“她不需要医生，不需要医生！”

警察抓住孩子要将她带走。露西不停地挣扎，尖叫。她尖厉的叫声响彻整个警察局，一直传到汤姆所在的牢房。

纳吉的办公室里，斯普拉格放下电话，对他的帕特吉乌斯同行怒目而视。“好吧，你现在如愿以偿了……”他提了提腰带，改变招数，“在我看来，那个女人也应该关进牢里。这件事，她说不定也有份。”

“我看着伊莎贝尔长大，警长。”纳吉说，“她信奉上帝。你也听到了汤姆·舍伯恩的说法，听起来她也是受害者。”

“他的说法！我告诉你，她并不完全是无辜的。让我单独审讯他，我们很快就能知道伦费尔特那家伙到底是怎么死的……”

纳吉很了解斯普拉格在奥班尼的名声，无视了他的看法。“你看，我一点都不了解舍伯恩，也许他是开膛手杰克型的人物。如果他有罪，一定严惩不贷。可是把他妻子关起来对任何人都没有好处，所以慢慢来，别太急。你我都很清楚，一个结了婚的女人对于丈夫让她做的事情不用负刑事责任。”他将面前一摞文件推齐，“这是个小镇子，人言可畏。除非你有十足的把握，否则最好还是别把一个女人关到牢里去。我们还是一步一步来吧。”

斯普拉格警长一走出警察局，纳吉就进入检查室，把露西带到伊莎贝尔面前。

“医生给她做了全面检查。”他压低了声音说，“伊莎贝尔，我们现在要把孩子送到她妈妈那儿去了。我希望你别太为难我们。所以现在——跟她说再见吧？”

“求求你！别这样做！”

“别把事情弄得更糟。”这么多年来，弗农·纳吉目睹汉娜·伦费尔特受尽痛苦，看着她沉浸在悲伤的幻觉中不愿醒来。现在，他看着眼前这个女人，产生了同样的感觉。

露西紧紧抓住伊莎贝尔，终于确信自己安全回到了母亲的怀抱。伊莎贝尔不断地亲吻她的面颊，无法将自己的嘴唇从那柔软的肌肤上移开。哈利·卡斯通抓着孩子的腰，想要把她从伊莎贝尔身上拉下来。

尽管过去的二十四小时让她知道这无可避免，可是，这个时刻的到来仍然击垮了她。

“求求你！”她哀求着，满脸泪水。“可怜可怜我们！”她的声音回荡在整个房间里。“别带走我的孩子！”

小女孩大声尖叫起来，拼了命地扭动着身体。伊莎贝尔再也支撑不住，“扑通”一声，昏倒在石板地面上。

汉娜·伦费尔特此时坐立不安。她一会儿看看手表，一会儿看看壁炉上的时钟，时不时问一下她的妹妹几点了——这些都能告诉她到底过去了多少时间。昨天早上船就出发去了杰纳斯，那之后时间过得很慢，对她来说，每一分钟都是无尽的煎熬。

太难以置信了，也许，她很快就能再次拥抱她的女儿。自从有了摇铃的消息，她就开始幻想女儿的回归。拥抱，泪水，笑容。她从花园里摘了鸡蛋花放在儿童房里，花的芬芳弥漫整座小屋。她微笑着，一边哼着歌，一边打扫卫生，把斗柜上的洋娃娃排列好。然后她想到一个问题：

孩子吃什么呢？于是，她让格温去买些苹果、牛奶和糖果。格温还没回来，汉娜又忽然想到孩子是不是还需要别的东西。邻居达恩利太太有五个孩子，所以汉娜跑去问了下像格蕾丝这么大的孩子应该吃什么。

范妮·达恩利从来不会放过任何说三道四的机会，所以在凯利家的杂货店里，她迫不及待地向凯利先生透露：汉娜已经彻底疯了，居然想给鬼魂做饭吃。“你不喜欢说邻居的坏话，好吧——可是精神病院总有它存在的道理，是吧？我只是不喜欢有个疯子跟我的孩子们住得那么近。你要是我一定也会这么想。”

电话里是一派敷衍了事的态度。“格雷斯马克先生，你最好还是亲自来一趟。你女儿在我们这儿。”

那天下午，比尔·格雷斯马克满怀疑惑地来到警察局。接到那个电话，他的脑海中立刻浮现出一幅画面，伊莎贝尔的尸体躺在木板上，等待认领。电话里的人似乎还在说话，可他几乎什么也没听清：死亡是他能想到的最显而易见的答案。第三个孩子了，不，不行。他不能失去他所有的孩子——上帝一定不会允许发生这样的事情。他对有关伦费尔特家那个孩子的事情毫无概念，满脑子想到的都是汤姆和一具尸体。

警察局里，他被领到后面的一个房间，伊莎贝尔两只手放在膝上，坐在一张木头椅子上。他刚才一直坚信她已经死了，此时见到她，眼里一下盈满泪水。

“伊莎贝尔。”他低声说着，将她抱在怀里，“我还以为我再也见不到你了。”

过了一会儿，他才察觉伊莎贝尔的反常：她没有回抱住他，也没有看他。她颓然跌坐在椅子上，脸色苍白，一丝生气也没有。

“露西在哪儿？”他先问女儿，然后又问卡斯通警官，“小露西在哪儿？还有汤姆呢？”他的脑子又快速运转起来：他们一定是淹死了。他们一定——

“舍伯恩先生在牢房里，先生。”警察在纸上盖了一个章，“拘押听证会后，他会被移交去奥班尼。”

“拘押听证会？真是见鬼了！露西在哪儿？”

“那孩子跟她母亲在一起，先生。”

“孩子显然没和她母亲在一起！你们对她做了什么？这到底是怎么回事？”

“伦费尔特太太才是孩子真正的母亲。”

比尔以为是自己听错了，脱口说道：“我要求你立刻放了汤姆。”

“恐怕不行，先生。舍伯恩先生被逮捕了。”

“逮捕？到底为什么？”

“目前的罪名是伪造联邦记录，以及失职行为，还有拐带儿童。另外，我们在杰纳斯岩挖出了弗兰克·伦费尔特的遗骸。”

“你疯了吧？”他转向他的女儿，突然明白了她为何如此苍白恍惚，“不要担心，亲爱的，我会解决的。这显然是个可怕的错误，我会弄清楚真相。”

“你并不了解情况，格雷斯马克先生。”警察说。

“我还真不了解情况。这算什么事！因为某个荒谬的故事把我的女儿弄到警察局来。还诽谤我的女婿。”他转身对女儿说，“伊莎贝尔——告诉他这全是无稽之谈。”

她呆呆地坐在那里，面无表情。

警察清了清喉咙。“舍伯恩太太什么也不肯说，先生。”

牢房里一点声音也没有，沉寂就像浓稠的水银般压抑在他心头。这么久了，他早已习惯生活中充斥着海浪和风的声音。忽然，仿佛一切都消失了。红桉树高高的树枝上，鸣鞭鸟高声鸣唱，宣布这是它的领地，他却仿佛全然没有听到一般。

这是他熟悉的孤独，让他想起那些他一个人待在杰纳斯的日子，他甚至怀疑和伊莎贝尔、露西一起生活的那些年只是他的想象。他把手伸进口袋，摸出露西的淡紫色缎带，想起她将缎带递给他时的笑容。“帮我拿一下这个，爸爸。”哈利·卡斯通之前想要没收这根缎带，被纳吉阻止了。

汤姆为自己做过的事情感到痛苦不堪，同时又有一种如释重负的解脱感。这两种截然相反的感觉纠结在一起，令他感到莫可名状，也无法调和，却又被第三股更强烈的力量压倒——是他夺走了他妻子的孩子。他的心，像是被硬生生拉开了一道口子。他开始想，他为什么会造成这样的痛苦，该死的，他都做了些什么。他怎么会让伊莎贝尔再次陷入这痛苦的深渊。

他试图弄明白这一切——所有这些爱，是如此扭曲，就像透过棱镜折射的光。

伊莎贝尔还是个孩子的时候，弗农·纳吉就认识她了。“你能做的

就是带她回家，”他严肃地对比尔说，“我明天再跟她谈。”

“那——”

“带她回家吧，比尔。把这可怜的孩子带回家吧。”

“伊莎贝尔。亲爱的！”她刚一跨进前门，母亲就冲上前抱住她。维奥莱特·格雷斯马克和别人一样疑惑重重，可她看到女儿的样子时什么也不敢问。“你的床铺好了。比尔——把她的包拿过来。”

伊莎贝尔神情恍惚，脸上木然空洞。维奥莱特领着她坐在椅子上，然后很快去了厨房，回来的时候手上拿着一个杯子。“喝点温水和白兰地，你会感觉好点。”伊莎贝尔机械地一口喝完，将空杯子放在一旁的茶几上。

房间里很温暖，可是维奥莱特还是拿来一条膝盖毯盖在她的腿上。伊莎贝尔抚摸着羊毛毯，食指沿着毯子上的格纹不断摸索着。她是如此全神贯注，似乎根本没有听到她母亲的问题。“要我给你拿什么东西吗？宝贝，你饿吗？”

比尔在门口探了探头，示意维奥莱特到厨房来。“她说什么了吗？”

“什么也没说。我想她被吓到了。”

“嗯，我觉得也是。我完全搞不清是怎么回事。我明天一早就去警察局问清楚。那个汉娜·伦费尔特神经错乱很多年了。至于老波茨，他大概认为有钱就能使鬼推磨了。”他拉好背心，“一个疯子，还有她的父亲，他们再有钱，我也不会任由他们摆布。”

那晚，伊莎贝尔躺在床上。这是她儿时的小床，如今却让她觉得陌生、压抑。微风拂动了蕾丝窗帘，窗外，蟋蟀叽叽喳喳地叫唤着，仿佛在跟着夜空中闪闪的星光一唱一和。仿佛像是发生在不久前，她也是躺在这张床上，激动兴奋得彻夜难眠，热切期待着第二天的婚礼。她曾那样感谢上帝将汤姆·舍伯恩带到她的身边，感谢上帝让他降生，感谢上帝让他在战争中幸存下来，感谢上帝让他随着命运来到这个海岸，而她是他到达后见到的第一个人。

她试图找回记忆里那种狂喜，那种期待：在经历了战争带来的伤痛和失去后，她的生活终于要像花儿一样绽放了。可是，她再也找不回那些感觉，过往的一切都好像是一个错误、一场欺骗。杰纳斯岩的幸福生活现在看来是如此遥不可及，如此难以想象。她万万没有想到，两年来，汤姆的每一句话、每一次沉默都是谎言。不知道他还骗了她什么？为什么他从来没有对她提起遇见过汉娜·伦费尔特的事？他在隐瞒什么？有那么一瞬间，她仿佛看到了汤姆、汉娜、露西在一起的画面，多么幸福的一家人，却令她作呕。也许在其他地方，有他遗弃的妻子——可能不止一个……还有孩子……这些幻想似乎越来越真实，婚礼前夜的那段记忆和如今可怕得令人难以接受的现实之间竟有如此的天壤之别。灯塔警告人们——告诉人们要警惕危险。她却误将它当作安全的地方。

她失去了她的孩子，眼睁睁看着露西惊慌失措地被带走，离开了这世上她唯一熟悉的人。这些已经够难以承受了。可是，当她知道这一切都是自己的丈夫——她崇拜的、想要托付终身的男人——造成的，她根本想不通这到底是为什么。他一直说要照顾她，可他所做的却摧毁了她。

她因此痛不欲生，可事实上，外界对这件事的焦点都集中在汤姆身上，使她免于遭受更残酷的审问。渐渐地，心中那些阴影化成了强烈的感觉：一种惩罚的冲动，一种被夺去孩子的最原始的愤怒。明天，警察就要询问她了。天空开始泛白，星星渐渐隐去，她说服了自己：汤姆应该为他所做的事情付出代价。是他自己将武器交到了她的手上。

第二十六章

跟镇上的很多建筑一样，帕特吉乌斯的警察局也是使用本地石材和从周边森林砍伐的木材建造的。夏天像烤箱，冬天像冰柜，因此在极端温度出现的日子，警察局里会出现衣冠不整的现象。雨下得太大时，牢房会进水，屋顶会有点下陷——甚至有一次，屋顶塌下来，导致一名犯人死亡。珀斯方面非常吝啬，不愿意出钱对警察局进行修缮，因此整栋建筑就一直这么伤痕累累，每次都只是治标不治本。

塞普蒂默斯·波茨坐在靠近前台的一张桌子边，往一张表格里填写他能记得的为数不多的关于他女婿的信息。他能够写出弗兰克的全名和出生日期——这些信息墓碑上都有显示。但是关于出生地和父母姓名……

“我认为我们可以放心大胆地假设他没有父母，年轻人。这个问题不是重点。”他咄咄逼人地说。凭着他多年经商练就的本领，卡斯通警员显然不是他的对手。卡斯通只得退让，同意这些信息对于控诉汤姆的初步案情记录来说已经足够了。失踪日期很容易填写——那天是一九二六年的澳新军团日；可是弗兰克的死亡日期呢?

“这个你可得问舍伯恩先生了。”波茨尖刻地说。

这时，比尔·格雷斯马克走进警察局。

塞普蒂默斯转过身，两个男人恶狠狠地注视着彼此，像是两头上了年纪的公牛。“我去找纳吉警长来。”警员快速地说道，他急匆匆地站起来，椅子和地面撞击发出巨大的声响。他急促地敲着警长的门，敲门声像机枪扫射一样。过了一会儿，他出来叫比尔进去。比尔硬生生地从波茨面前挤了过去，走进纳吉的办公室。

“弗农！”门刚一关上，他就迫不及待地对警长说，“我不知道现在是怎么回事，但是我要求让露西回到她母亲身边，马上。就那样硬生生地把她们分开！她还不到四岁，上帝啊。”他往门外指指。“伦费尔特家发生的一切确实让人很难过，但塞普蒂默斯·波茨不能就这么把我的外孙女夺去弥补他失去的东西。”

“比尔，”警长说道，“我知道这对你来说很难……”

“知道，算了吧！不管怎么样，这件事简直就是莫名其妙，就凭一个多年神志不清的女人的几句话。”

“来点白兰地吧……”

“我不需要白兰地！我需要常识，如果这里还有人清醒的话！你从什么时候开始光凭一个疯女人毫无事实根据的说辞就把人关进监狱的？”

纳吉在他的桌边坐下，钢笔在他的指尖转动。“如果你是指汉娜·伦费尔特的话，她没有说过任何对汤姆不利的话。是布鲁伊·斯玛特——是他认出了那个摇铃。”他顿了顿，“目前伊莎贝尔还没有跟我们交流过，她一句话都不肯说。如果这仅仅是一个错误，你不觉得她的表现很奇怪吗？”

“很明显，她的孩子被那样夺走，她根本不知道该怎么控制自己。”

纳吉抬起头来。“那么，比尔，你能不能回答我，为什么舍伯恩没有否认？”

“因为他……”他还没想清楚警长的问题就脱口而出，然后才意识到，“你说什么，他没有否认？”

“在杰纳斯岩上，他告诉我们，婴儿是和一个已经死亡的男人一起在一艘划艇里被冲上岸的，他说他坚持要留下她。因为他们发现了一件开襟毛衣，以为孩子的母亲已经溺水身亡了。他说伊莎贝尔想要报告整件事情，但是被他阻止了。他怪伊莎贝尔没有为他生下骨肉。看起来，从那时起，一切就都是谎言——是彻头彻尾的伪装。比尔，我们必须得调查。”他犹豫了一下，然后压低声音说，“还有一个问题，弗兰克·伦费尔特是怎么死的。谁知道舍伯恩要隐瞒什么？谁知道他逼着伊莎贝尔隐瞒什么？这一切都太可怕了。”

小镇已有很多年没发生如此令人激动的事情了。就像《西南时报》的一位编辑在酒吧里对他同事说的那样：“除非耶稣基督亲自出现，请我们每个人喝杯啤酒，否则没有比这更好的事情了。有一位母亲和她的孩子重逢了，加上一桩离奇的死亡事件，另外，有钱的老波茨捐钱了，好像，呃，过圣诞节一样！你知道的，这种事情总是越多越好。”

孩子回去的第二天，汉娜的小屋里依然装饰着皱纸飘带。一个新的玩具娃娃孤零零地坐在角落的椅子里，小巧精致的陶瓷面孔在午后

的光线下散发着光芒，大大的眼睛像是在无声地恳求着什么。壁炉架上的钟嘀嗒嘀嗒地走着，不紧不慢。一个音乐盒里播放着宝贝乖乖睡的摇篮曲，那音乐声淹没在后院传来的哭喊声中，气氛诡异得令人毛骨悚然。

草地上，孩子坐在那里尖叫着，她的脸因为恐惧和愤怒憋得发紫，脸颊上的皮肤绷得紧紧的，小小的牙齿露在外面，就像一台迷你钢琴的琴键，努力地想要摆脱汉娜。

“格蕾丝，亲爱的。嘘，嘘，格蕾丝。别这样，求你了。”

孩子继续绝望地哭喊:“我要妈妈,我要爸爸。你走开！我不喜欢你！”

警方促成了母亲和孩子的团聚，这是一件伟大的事情。小镇的喉舌们忙于传播这一新闻,到处都充斥着这对母女的故事,孩子梦一般的神情,还有母亲充满幸福喜悦的笑容。

“那可怜的孩子——她被送回妈妈身边的时候睡得可香了，看上去就像一个天使。感谢上帝，让她脱离了那个可怕的男人。”范妮·达恩利说，她积极地从卡斯通警员的母亲那里打探消息。

格蕾丝不再昏昏欲睡，但也只是刚刚清醒过来。桑普顿医生给她服用了强效安眠药，很显然，她跟伊莎贝尔分开的时候有点歇斯底里。

现在，汉娜与她被吓坏了的女儿陷入了一个僵局。这么多年以来，她的心一直与女儿紧紧相连，可她从没想过孩子却并非如此。

“格蕾丝，我不会伤害你的。亲爱的，到妈妈这儿来。”汉娜恳求。

“我不是格蕾丝！我是露西！”孩子哭喊着，“我要回家！妈妈在哪儿？你不是我妈妈！”

孩子的每一声哭喊都让汉娜心如刀绞，她只能喃喃道：“我爱了你那么久，那么久……”

汉娜看到了父亲，沮丧和羞愧顿时淹没了她。

“她只是需要一些时间来适应。耐心一点，汉娜。”他说。这时，小姑娘在柠檬树和灯笼果树后面找到了一个安全的角落，她躲在里面，随时准备好冲出去。

“她不知道我是谁，爸爸。她根本不让我靠近。”汉娜哭泣着说。

“她会改变主意的。”塞普蒂默斯说，“她很快就累了，或者等她饿了就会出来。你别着急，要有耐心。”

“我知道，我知道她一定会再一次习惯我的。”

塞普蒂默斯将她揽入怀中。“没有‘再一次’这回事。对她来说，你是一个全新的人。”

“你来试试。求你了，看你能不能让她出来……她也不愿意跟格温待在一起。”

“我想她今天见的陌生面孔已经够多了。经历了这么多事，别让她再看到我这张丑陋的老脸了。让她安静一会儿吧。”

“我做错了什么，爸爸，要让我受这样的惩罚？”

“这不是你的错。她是你的女儿，她属于这里。给她点时间，我的孩子。给她点时间。”他轻抚着她的头发，“另外，我一定会让那个舍伯恩得到他应有的惩罚。我保证。”

他走回屋子的时候看到了格温，她站在走廊的阴影里，看着她的姐姐。她摇了摇头，低声说道：“噢，爸爸，看看这可怜的孩子，她的哭声简直让人心碎。”她重重叹了口气。“也许她会习惯吧。”她耸耸肩，可眼神里却流露出深深的担忧。

帕特吉乌斯周边的乡村里，每一种生命形式都有特别的防御能力。最不需要担心的就是那些能够快速移动的物种，迅速消失便是它们的生存方式，比如沙巨蜥、一种被叫作“二十八草”的鹦鹉，还有帚尾袋貂，一旦发觉风吹草动，它们立刻就会消失——撤退、躲避、伪装，这些就是它们的生存招数。还有一些动物，只有当你进入它们视野的时候，它们才会对你造成致命的威胁，比如虎蛇、鲨鱼和螳螂，一旦觉得自己受到威胁，它们就会使用自己独有的攻击方式，以免受到人类的伤害。

最可怕的是那些静止不动、不易觉察的物种，它们的防御手段很隐秘，除非你无意间触动了它们。如果你无意间吃了美丽的紫龙骨豆，你的心脏就会停止跳动。它们只是想要保护自己，如果你靠得太近，就只能祈求上帝保佑了。

伊莎贝尔·舍伯恩就是这样，周遭的威胁激发了她的防御能力。

弗农·纳吉坐在那里，手指不断轻敲桌面。隔壁房间里，伊莎贝尔正在等着警方问话。对于一个警察来说，帕特吉乌斯是一个相当平静的地方，每周需要处理的就只有几起奇怪的袭击、酒鬼闹事或者妨碍秩序事件。警长本来可以调去珀斯，进而得到晋升，也有机会处理更严重的案件——看到人性更丑陋的一面。可是这些对他来说一点意义也没有，经过那场战争，他已经目睹太多，小偷小摸和违法贩卖酒水这些已经够他忙的了。但是，肯尼斯·斯普拉格却一直蠢蠢欲动，希望能到大城市去工作。就算只有一半的机会，他也会想尽一切办法飞黄腾达，他一定会以这件事作为他升迁至珀斯的敲门砖，他不会在乎帕特吉乌斯的任何人。

他深吸口气，转动把手，推门而入。他跟伊莎贝尔说话的时候，很简洁，也很尊重她。“伊莎贝尔——舍伯恩太太——我必须再问你几个问题。我知道汤姆是你的丈夫，但是这件事情很严重。”他摘下钢笔的笔帽，放在了纸上。黑色的墨水从笔尖渗了出来，他用笔在纸上划了几道，让墨水从笔尖延伸出来。

“他说当时你要报告有船被冲上岸的事情，是他阻止了你。对吗？”

伊莎贝尔盯着自己的手看。

“他说他怨恨你没有为他诞下儿女，所以决定留下孩子，是吗？”

这些话深深冲击着她的内心。这些是汤姆心里真正想的吗？

“你没有试着劝说他吗？”纳吉问道。

她说：“如果汤姆·舍伯恩认为他做的事情是正确的，那你是没法说服他改变想法的。”这倒是真的。

他温和地问：“他有没有威胁你？有没有殴打你？”

伊莎贝尔踌躇了，昨晚一夜未眠时那种愤怒如潮水般向她涌来。她像块石头般，沉默着。

纳吉见过很多伐木工人的妻子和女儿，只要那些大块头的男人看她们一眼，她们就默默屈服了。“你很怕他？”

她的嘴唇抿了抿，但是一个字也没有说。

纳吉的胳膊撑在桌子上，身体稍稍往前倾了倾。“伊莎贝尔，面对丈夫，妻子可能会无力抵抗。根据刑法典，你不需要对他强迫你或者阻止你做的事情承担责任，所以这方面你不用担心。你不会因为他犯下的罪行而遭到惩罚。现在，我要问你一个问题，我希望你认真考虑。记住，你不会因为他强迫你做的事情而惹上麻烦。”他清了清嗓子。“据汤姆交代，船冲上岸的时候，弗兰克·伦费尔特已经死了。”他看着她的眼睛，“是真的吗？”

伊莎贝尔大吃一惊。她几乎听见了自己的声音，“当然是真的了！”但是她正要开口，突然又想起汤姆的背叛。刹那间，失去露西的伤痛、内心的愤怒，还有多日来的疲倦一下子向她袭来，她闭上了眼睛。

警察轻声地催促她：“伊莎贝尔，是真的吗？”

她久久凝视着自己的结婚戒指，说：“我没什么好说的。”然后失声痛哭。

汤姆慢慢喝着茶，看着茶的蒸汽打着旋消散在温暖的空气中。房间很简陋，午后的阳光透过高高的窗子射进来。他摸着下巴上短硬的胡楂，想起过往那些不能剃须和洗澡的日子。

“再来一杯吗？”纳吉平静地问道。

“不了。谢谢。”

“你吸烟吗？”

“不吸。”

“就是说，一艘船被冲到了灯塔这里，不知道从哪儿来。”

“我在杰纳斯已经把一切都告诉你了。”

“我问多少遍你都要回答！就是说，你发现了那艘船。”

“是的。”

“船里有一个婴儿。”

“是的。”

“婴儿是什么状态？”

“很健康。在哭，但是很健康。”

纳吉记着笔记。“船里还有一个人。”

“一具尸体。”

“一个男人。”纳吉说。

汤姆看着他，琢磨着他措辞转换暗含的意思。

“你已经很习惯杰纳斯城堡国王的身份了，是吧？”

汤姆仔细掂量着他这句话暗含的嘲讽意味，但是他没有反驳。纳吉继续说道：“你觉得可以逃脱责任。周围又没有别人。”

“这跟逃脱责任没有任何关系。”

“所以你觉得可以把孩子留下来，因为伊莎贝尔没有生下孩子，而且没有人会知道，对吗？”

“我已经告诉过你了，是我决定这么做的，伊莎贝尔是被我强迫的。”

“你有没有殴打你的妻子？”

汤姆看着他。“你是这样认为的？”

“这是不是她流产的原因？”

汤姆的脸上写满了震惊。“她这么说的？”

纳吉没有说话，汤姆深吸了口气。“我已经把发生的一切都告诉你了。伊莎贝尔曾经试着说服我不要这么做。不论你说我犯下了什么罪行我都认，让这件事情快点结束吧，放过我的妻子。”

“不用你来告诉我该怎么做。”纳吉厉声说道。他把椅子向桌后挪了挪，双臂抱胸。“船上的那个男人……”

“他怎么了？”

“你找到他的时候，他是什么状况？”

“他死了。”

“你确定？”

“我这一生中见过的尸体太多了。”

“我凭什么相信你？”

“我为什么要撒谎？”

纳吉没有说话，他要让他的囚犯去承受这个问题带来的压力。汤姆在椅子上挪了挪。

“就是这个问题，”纳吉说，“你为什么要撒谎？”

“我的妻子也能告诉你，船被冲上岸时，那个男人已经死了。”

“你说的这个妻子，跟你之前承认强迫她撒谎的妻子是同一个？”

“这是完全不同的。保护一个孩子和——”

“和杀人？”纳吉打断了他。

“你去问她吧。”

“我问过了。”纳吉平静地说。

“那你应该知道他那时已经死了。”

“我什么也不知道。她拒绝讨论这件事情。”

汤姆觉得胸口仿佛被锤子击中一般。“她怎么说？”

“她说她没什么好说的。”

汤姆垂下头。“神啊……好吧，我要说的都已经说过了。我见到那个男人的时候他已经死了。”他双手的手指交叉在一起，“我能否见见她，跟她谈谈……”

“不可能。这是不允许的。而且我觉得，就算世界上只剩下你一个人，她也不会跟你说话。”

水银。迷人而不可捉摸。在灯塔那盏灯里，它能承受住一吨玻璃的重量，可如果你将手指放在一滴水银上，它又会四处逃窜。审问结束后，汤姆坐在那里，想到伊莎贝尔，这幅画面便不断地在他脑海中闪现。他回想起伊莎贝尔产下死胎后的那些日子，他试着安慰她。“我们会没事的。就算余生之中只有我和你，对我来说也足够了。”

她的表情让他不寒而栗。她的眼神如此绝望，充满挫败感。

他想要抚摸她的脸颊，但是她躲开了。“你会好起来的，一切都会好起来的。时间会改变一切。”

她毫无预兆地站了起来，跌跌撞撞地冲向门口，可还没跨出门去，剧烈的疼痛便加倍向她袭来。

“伊奇！看在上帝的分上，别这样，你会伤到自己的。”

这一晚的空气很温暖，一丝风也没有，月亮静静悬挂在天空中。伊莎贝尔站在那里，身着四年前新婚之夜穿过的那件白色睡袍，月光下，睡袍像一个发亮的纸灯笼一般，在无边无际的黑暗中，微微闪着白光。

“我受不了了！”她尖叫着，刺耳响亮的声音吵醒了羊圈里的山羊，叮叮的铃铛声从羊圈里传来。“我再也受不了了！上帝啊，你为什么不让我跟我的孩子们一起去死？我宁愿去死！”她跌跌撞撞地向悬崖走去。

他冲过去把她抱在怀里。“冷静点，伊奇。”但是她挣脱开他，剧烈的疼痛让她只能一瘸一拐向前走去。

“别叫我冷静，你这个笨蛋，愚蠢的男人！这都是你的错。我恨这个地方！我恨你！我要我的孩子！”灯塔发出的光束远远射向夜空，留给她一片黑暗。

“你根本就不想要他，是吗！所以他死了。他知道你不在乎他！”

“别这样，伊奇。快回来。”

“你根本就没有感情，汤姆·舍伯恩！我不知道你的心去哪儿了，但是我敢肯定，你根本没有心。”

一个人的承受能力是有限的。这种情况他见得太多了。那些活力四射、准备给德国佬点颜色看看的小伙子，必须要经受枪林弹雨、冰天雪地、满身虱子和遍地泥泞的考验，努力地生存下来，有时候，一待就是很多年。他们中的有些人会收拾行装回家——回到那些再也无法触动他们心灵的地方。或者，有时候他们会将矛头指向你，举着刺刀攻击你，又是哭又是笑，活像一个疯子。上帝啊，这一切都结束后，每当他回想起当初自己的状态，他就……

他有什么资格对伊莎贝尔妄加论断？她已无法承受更多。每个人都有自己的极限。每个人。失去露西，他已经将她逼入绝境。

第二十七章

回来以后，伊莎贝尔总是会不由自主地想露西——她跑到哪里去了？她是不是该上床睡觉了？中午要给她准备什么午餐？可随后她便清醒过来，想到现在的境况，失去女儿的痛楚就会再一次将她淹没。

只要一想起露西被强迫灌下安眠药时的表情，伊莎贝尔就觉得喉咙发紧。她努力地让自己不去想那个画面，努力想象其他美好的回忆：露西在沙滩上玩，露西捏着鼻子跳入水里，还有她夜晚睡着时的脸庞——那样安详、宁静、满足。孩子的睡颜是世界上最美丽的画面。伊莎贝尔浑身上下似乎都留着露西的印记：她仍能记得露西的头发从她指间划过时的那种顺滑；她仍能感受到露西坐在她身上时的重量，牢牢环住她腰部的双腿；她仍能想起她温润柔软的肌肤。

这些场景不断地在她的脑海中徘徊，像是从一朵垂死的花儿中采蜜一般，她在这些画面中汲取着温暖和安慰。她仿佛觉得，背后的黑暗里有什么东西，一种她不敢看的东西。它会出现在她的梦里，模糊而可怕。它会呼唤她："伊奇！伊奇，亲爱的……"可她转不了身，拼命耸起肩膀，想要挣脱开这种钳制。然后她会从梦中惊醒，感到难以呼吸，胃里翻江倒海地恶心。

这段时间里，伊莎贝尔的父母总是将她的沉默当作她对汤姆无谓的忠诚。“我没什么好说的。”这是她刚回来时说过的唯一的话，后来，无论比尔和维奥莱特再如何问她有关汤姆和那件事的情况，她也总是一味地重复着这句话。

大多数时候，警察局后面的牢房不过是一个可以让酒鬼睡到头脑清醒，或是让脾气暴躁的丈夫认识到错误并保证不再用拳头发泄情绪的地方。一半的时间里，无论是谁当班，都懒得去锁上牢房的门。当班无聊时，如果碰上认识的囚犯，他们多半会让这些囚犯待在办公室里一起打牌，因为他们知道这些人不会试图逃走。

这天，哈利·卡斯通特别兴奋，他终于能看管一名重罪犯了。一年前的某个晚上，他们从卡里代尔收押了鲍勃·希钦，他却已经下班了，这件事到现在仍让他耿耿于怀。那个家伙从加里波利战役归来后头脑就没有正常过。因为不同意弟弟对母亲遗嘱的看法，他便拿着一把切肉刀冲到隔壁的农场里杀死了他的弟弟。所以现在，卡斯通很高兴，因为他终于可以执行那些具体到细枝末节的程序了。他拿出条例，查看他是否原原本本地执行了规定。

拉尔夫要求见汤姆的时候，这位警员啧啧地吸着气，一本正经地查看条例，噘着嘴唇。“不好意思，阿迪科特船长。我也希望可以让你见他，不过这里写着……”

“少跟我废话，哈利·卡斯通，否则我会去找你妈。”

“这个情况很特殊，所以……”

警察局的墙壁很薄，弗农·纳吉很少理会这种对话，这次却走出来打断了警员。“别这么幼稚，卡斯通。牢房里的是灯塔看守人，又不是杀人犯。让他进去。”

吃了瘪的警员抗议似的将手里的钥匙甩得叮当直响，他领着拉尔夫穿过一道锁着的门，走下几级楼梯，沿着一条黑暗的走廊走到牢房门口。

铁栅栏后，汤姆坐在一张靠墙的帆布折叠床上。他看着拉尔夫，脸色发灰，憔悴不堪。

“汤姆。”船长说。

“拉尔夫。”汤姆点了点头。

“我尽快过来了。希尔达跟你问好，”他说，“还有布鲁伊。”

汤姆又点点头。

两个人沉默地坐着。过了一会儿，拉尔夫说：“如果你不愿意，我这就走……”

“没有，能见到你真好。只是没什么可说的，对不起。我们能就这样坐一会儿吗？”

拉尔夫心中充满了疑问，可是，他沉默地坐在那张摇摇晃晃的椅子上。天越来越热，木头墙壁嘎吱作响，仿佛正在伸展身体。吸蜜鸟和扇尾鹟在屋外叽叽喳喳地叫着。偶尔会有一两辆汽车开过，发动机的声音盖过了蟋蟀和蝉的鸣叫声。

拉尔夫觉得自己脑子里闹哄哄的，心里的话刚要说出口，却又努力咽了回去。他将双手压在大腿下面，极力控制自己不去摇晃汤姆的肩膀。可他再也憋不住了，终于吼了出来：“看在上帝的分上，汤姆，到底是怎么回事？露西怎么会突然变成伦费尔特家的孩子？”

“是真的。”

“可是——怎么会……那……”

“拉尔夫，我跟警察解释过了。我做过的事情并不光彩。”

“是不是——你在杰纳斯说的那些话，纠正错误什么的，是不是指这个？”

“没有那么简单。”他停下来没再说话。

“告诉我怎么回事。”

“没必要了，拉尔夫。我做了一个错误的决定，现在我必须付出代价。”

“上帝啊，孩子，至少你得让我帮帮你啊！”

“你什么也做不了。这是我一个人的事。”

“不管你做了什么，你是一个好人，我不会看着你这样颓废下去。”他站起来，“我会给你找一个好律师——看看律师怎么说。”

“现在，律师也做不了什么，拉尔夫。牧师可能管用些。”

“可是，他们说的关于你的事都是胡说八道。”

“也不全是，拉尔夫。”

“你当着我的面，说那些都是你做的！你威胁了伊莎贝尔！只要你看着我的眼睛告诉我，我马上就走，孩子。”

汤姆盯着木头墙壁上的纹路。

“你看，”拉尔夫得意地叫道，“你不可能做这样的事！”

“该负责任的是我，不是她。”汤姆看着拉尔夫，思索着他要怎么告诉他，怎么向他解释才不会危及伊莎贝尔。最终他说：“伊奇受的罪已经够多了，她承受不起。”

“你这样挡在前面根本不能解决问题，得想办法妥善处理这件事。”

“没法解决，拉尔夫，回不了头了。我欠她的。”

奇迹是可以发生的。

格蕾丝回到汉娜身边后的这些天，诺盖尔斯牧师的教堂会众人数忽然增加了很多，尤其是女性。很多以为这辈子再也见不到爱子的母亲和很多丈夫死于那场战争的寡妇，再也不觉得为自己的无望做祷告是一件愚蠢的事情，她们重新振作起精神，再次投入祈祷。枯竭已久的希望慰藉着她们的心，可随之而来的，还有那种失去亲人的钝痛。

杰拉尔德·菲茨杰拉德坐在汤姆对面，两人中间的桌子上铺满了各种文件和系案情摘要的红色带子。汤姆的律师是个矮秃子，穿着三件套西装，活像一个骑师，很结实却很灵活。他前一晚从珀斯坐火车过来，在皇后饭店吃饭的时候读了案情摘要。

“你已经被正式起诉了。巡回法官每两个月来一次帕特吉乌斯，因为他刚走，所以你会被拘留在这里，等到他回来。拘留在这里肯定比去奥班尼监狱强很多，我们可以利用这段时间准备拘押听证会。”

汤姆询问的目光看着他。

“就是初步听证会，决定你是否有必要进行答辩。如果有必要，那么你会被带到奥班尼或者珀斯受审。要看情况。”

“什么情况？”汤姆问。

“我们来看一遍对你的指控，”菲茨杰拉德说，“你就知道了。”

他的目光再次落到他眼前的一张表单上。“嗯，他们的这张网撒得可够大。西澳大利亚刑法典、联邦公共服务法、西澳大利亚法医法、联邦犯罪法。国家、联邦，一大堆指控，真是一团糟。”他微笑着搓搓双手，“我就喜欢这种。”

汤姆扬了扬眉。

“这说明他们在东拼西凑，他们也不知道哪一项能让你获罪。”律师继续说，“玩忽职守——两年监禁加一笔罚款。尸体处理不当——两年劳役。发现尸体未报告——好吧，”他嘲笑着说，“才罚款十镑。出生登记作假——两年劳役加两百镑罚款。”他挠挠下巴。

汤姆鼓起勇气问道：“那——拐带儿童的罪名呢？”这是他第一次使用这样的措辞，说出那几个字，让他感到畏惧。

“刑法典第343条。七年劳役。”律师噘着嘴巴点头，“对你有利的是，舍伯恩先生，法律涵盖的是一般情况。法律条款约束的是在大多数时间内发生的事情。所以第343条适用于……”他拿起那本卷了角的法典，读出来，“任何……使用强迫或欺诈或引诱手段……蓄意剥夺父母对孩子所有权的人，或扣押儿童……”

“然后？”汤姆问。

“在这点上，他们告不倒你。你很幸运，在大多数时间内，婴儿是不会离开他们的母亲的，除非有人将他们从母亲身边带走。而且，通常情况下，他们不会自己跑到荒无人烟的岛屿上去。你没有‘扣押’那个婴儿。从法律上说，她想在那儿待多久都行。你确实没有‘引诱她离家出走’。他们也永远也无法证明你‘蓄意剥夺’，因为我们会说你当时深信孩子的父母已经死了，所以这项罪名不会成立。而且你是战争英雄，战功十字勋章和勋带获得者。对于一个曾经冒着生命危险保卫祖国，并且从来没有惹过麻烦的人，大多数法院仍然会选择从轻处理。”

汤姆脸上的神情放松下来，律师的表情却变了，他继续说道：“但是，舍伯恩先生，他们不喜欢说谎的人。事实上，他们非常不喜欢，所以对于伪证罪的刑罚是七年劳役。而且如果那个做伪证的人让罪魁祸首逃脱了应有的惩罚，那么这个人便是妨碍司法公正，再另加七年劳役。你明白我的意思了吗？”

汤姆看了他一眼。

“法律要确保让违法者受到该受的惩罚。法官在这方面会有点挑剔。”他站起来走到窗边，透过铁栅栏凝视着窗外的树，“现在，如果我走上法庭，会讲一个故事，一个可怜的女人因为产下一个死婴，失去了她的孩子，所以导致过度悲伤——一个神志不太清楚的女人是无法辨别是非的——然后我会说到她的丈夫，一个好人，他总是尽着自己的职责，可是这一次，只有这一次，他想让他的妻子好起来，所以感情战胜了理智，赞同了妻子的想法……我可以说服法官接受这个说法，也可以说服陪审团。法庭最终会行使我们所说的‘赦免权’——也就是从轻处罚的权利，那位妻子也一样。

“可是现在，有人不仅承认自己说谎，还承认自己是个恶棍。这个人大概是担心会被人认为他没有性能力，所以决定留下一个小小的婴儿，还强迫他妻子撒谎。”

汤姆挺直了背。“我要说的都已经说过了。”

菲茨杰拉德还在继续：“好，如果你真的是会做那种事情的人，那么所有的警察都会认为，你为了得到你想要的东西，可能会更进一步。如果你是那种只要可以就为所欲为，还打算以此胁迫妻子的人，那么你就有可能为了达到目的而杀人灭口。你在战争中存活了下来，这个所有人都知道。”他停顿了一下。“他们可能会说的就是这些。”

“他们没有为这个指控我。”

“目前为止是这样。但我却听说，从奥班尼来的那个警察不准备放过你。我以前跟他打过交道，我可以告诉你，他是个不折不扣的浑蛋。”

汤姆深吸了一口气，摇了摇头。

“他很激动，因为你说你找到伦费尔特的时候他已经死了，而你的妻子不会为你做证。”他捻起系在案情摘要上的红色带子绕在手指上。“她一定对你恨之入骨。”他松开那根带子，慢慢地说，“她可能因为你胁迫她对留下孩子的事情撒谎而对你恨之入骨，或者因为你杀了人。可是，我认为更有可能的理由，是你泄了密。”

汤姆没有说话。

“官方会证明他是怎么死的。对于一个已经被埋在地下近四年的人而言，这并不是件容易的事。他整个人没剩下多少。没有断骨，没有骨裂，病史记录是心脏病。一般来说，这种情况验尸官可能会做出死因不明的裁决。如果你全盘托出，说出全部实情……”

“如果我对所有指控认罪——我说我强迫了伊莎贝尔，而且没有其他任何证据，没有人可以动她，对吗？”

“对，但是……”

“那我认罪。”

“问题是，你面临的指控有可能比我们预料的更多。”菲茨杰拉德将文件放回他的公文包里，“我们不知道你的妻子会怎么说。如果我是你，我会很认真地考虑这个问题。”

那些在格蕾丝回来之前总是盯着汉娜的人，在那之后对她盯得更紧了。他们期望看到母女重逢后会出现某种如化学反应般神奇的转变。但是，他们失望了：那孩子看上去很痛苦，母亲也心烦意乱。汉娜的脸色非但没有红润起来，反而越来越憔悴，格蕾丝的每一声尖叫都让汉娜怀疑自己将她要回来是错还是对。

杰纳斯上的老日志本已被警方征用，用于核对写给汉娜的那两封信上的笔迹：毫无疑问，日志本和信上的字迹同样工整有力，出自同一个人之手。布鲁伊认出的那个摇铃也不存在任何疑问。发生改变的是那个孩子。汉娜递给弗兰克的是一个小小的黑发婴儿，只有十二磅重，然而命运将孩子还给她时，当初那个婴儿已经变成了一个陌生的孩子，一头金发，能站会走，惊恐而任性，她不断地尖叫，叫到自己满脸通红，下巴上沾满泪水和口水。汉娜在孩子出生后几个星期积累起来的信心迅速消失殆尽。她原本以为她可以再度拾起那些亲密和默契，可她错了：那孩子给她的回应再也不是她能预料的。她们就像两个步伐毫不协调的舞者。

当自己对女儿失去耐心的时候，汉娜很害怕。最初在大吵大闹之后，女儿还肯吃饭睡觉，还肯让别人给她洗澡，可后来，她干脆谁也不理，就一个人待着。这些年里，汉娜做过很多梦，就算是在她的噩梦里，也从未出现过这样糟的情境。

绝望之下，她带着孩子去看桑普顿医生。

“好了，”这位矮矮胖胖的医生将他的听诊器放回桌上，“在身体方面，她完全健康。”他把一盒软糖推到格蕾丝面前。“自己来吧，小姐。”

小姑娘一声不吭，她第一次在警察局见到医生时的情形，仍然让她感到害怕。汉娜将糖盒递给她：“吃吧，挑你喜欢的颜色，亲爱的。”可是她的女儿把头拧向一边，捻起一缕头发绕在手指上。

“你说她尿床？”

“经常。在她这个年龄，正常情况下应该——”

“你应该不需要我提醒你，这些都是非正常的。”

他按响了桌上的铃，几声敲门声过后，一个白发苍苍的女人走了进来。

“弗里普太太，你能把小格蕾丝带出去跟你坐一会儿吗？我要跟她妈妈谈谈。”

那个女人笑起来。“来吧，亲爱的，我们来给你找块饼干吃。”她领着无精打采的孩子走了出去。

汉娜开始说：“我不知道该怎么做。她还是吵着要——”她踌躇着，“——要伊莎贝尔·舍伯恩。”

“你是怎么说的？”

“我只告诉她，我是她的妈妈，我爱她，还有——”

“嗯，你得说一些关于舍伯恩太太的事情。”

“可是说什么呢？”

“我建议你就告诉她，伊莎贝尔他们会离开这里。”

“去哪儿？为什么？”

“在她这个年纪，这些问题其实无关紧要。重要的是她的问题有了答案。她最终会忘记的——如果周围没有能令她想起舍伯恩家的东西，她就会习惯她的新家。这种情况我在领养孤儿的家庭看过很多。”

“可是她现在很痛苦，我只是想做正确的事情。”

“我想说，有得必有失，伦费尔特太太。命运待这个小姑娘很苛刻，你什么也做不了。她只要不跟那两个人接触，就会渐渐忘记他们。另外，如果她实在很焦虑，或者情绪不稳定，给她吃一点点安眠药，这对她的健康不会有任何影响。”

第二十八章

“你离那个人远一点，听到没有？”

“我得去见他，妈。他已经被关了很久了！这都是我的错！”布鲁伊悔恨交加。

“胡说。你让一个孩子回到了她的母亲身边，而且你会得到三千金币的奖赏。”斯玛特太太从加热器上拿起熨斗，重重地压在桌布上，“多动点脑子，儿子。你做了你该做的事，现在你只需要置身事外。”

“他的麻烦比以前那些移民还大，妈。我觉得情况会越变越糟。”

“那不是你该关心的事，宝贝。现在，到后面去给玫瑰花坛除草。”

布鲁伊本能地往后门走去，他的母亲咕哝着：“唉，怎么有这么个笨蛋儿子！”

他停下脚步，她惊讶地看着他挺直了身子。“是，我可能是一个笨蛋，但我不是叛徒，我不会抛下自己的伙伴。”他转身朝前门走去。

“你要去哪里？”

“出去！”

“除非我死了！”她厉声说道，挡住了他的去路。

她差不多身高五英尺，而布鲁伊有六英尺高。“对不起。”他拦腰抱起他母亲，轻松地将她挪到一边。他出了门，往前走去，留下他的母亲站在原地，怒目圆睁。

布鲁伊看着眼前的场景。极小的空间内，桌子被固定在地板上，桌面上摆着一只锡制的杯子，角落里是一个便桶。认识汤姆的这么多年里，他从没见过他胡子拉碴，头发蓬乱，脏兮兮的。可现在，他的眼眶深深地凹了下去，颧骨如山脊般高高耸起。

“汤姆！见到你真好，伙计。”布鲁伊叫道，这样的问候仿佛将他们带回到那些远航后在码头登陆的日子，“你怎么样？”

“我好多了。”

布鲁伊手里拿着帽子，坐立不安，好不容易鼓起勇气。“我不会去领奖金的，伙计。”他急急忙忙地说着，“那是不对的。”

汤姆的眼睛并没有看着他，过了好一会儿才说：“你没跟那些警察一起到岛上去，我就知道一定有原因。”他听上去并不生气，只是不感兴趣。

“对不起！是我妈逼着我那样做的。我不应该听她的。我不会去碰那些钱的。”

“你拿跟别人拿是一样的，对我来说没什么区别。”

布鲁伊没想到汤姆是如此无动于衷。“接下来会怎么样？”

“我什么也不知道，布鲁伊。”

“你有什么需要吗？我可以帮你什么？”

“给我来点天空和海洋就好了。”

“我是认真的。”

“我也是。”汤姆深深地吸了一口气，想了想说，“有件事你可以做。你帮我去看看伊奇，她在她父母家，就……看看她好不好。她一定很难接受。露西对她来说，意味着整个世界。”他停下来，声音一下子哽住了。“告诉她——我能理解。就这样。告诉她我能理解，布鲁伊。”

虽然这个年轻人完全不明白他说的是什么，可他把这项任务当成了自己神圣的使命。他一定会把汤姆的话转告伊莎贝尔，仿佛他为此而生。

布鲁伊走后，汤姆躺在床上，又开始担心，露西怎么样了？伊莎贝尔还好吗？他想，是不是从最初的那一天开始，他就可以用别的方式处理这些事情。然后他想起了拉尔夫说过的话——没必要一直在是非对错之间挣扎，没必要非把事情纠正过来。于是他换了一种思考方式，好让自己舒服一些：他把天花板想象成这一晚的夜空，在那里，他勾勒出星星们的具体位置，首先是天狼星，它总是最亮的那一颗；南十字星；然后是那些行星——金星和天王星。在岛上的时候总是很容易就能看到它们。从黄昏到黎明，它们沿着自己的轨迹划过苍穹。他追寻着它们，它们如此精确，如此安静，如此秩序井然，这让他感到自由。它们见证了他经历过的一切，无论何时、无论在世界上哪个角落，只要给它们足够的时间，它们的记忆就会渐渐覆盖他的整个生命，好像一道正在愈合的伤口。一切都会被忘记，所有痛苦都会被抹去。然后，他想起了那本《星图集》，还有露西的题词：“永远永远永远永远永远……”内心的疼痛再度淹没了他。

他为露西祈祷着。“请赐予她平安，赐予她幸福。让她忘记我。”对于迷失在黑暗中的伊莎贝尔，“请带她回家，在为时已晚之前，让她找回自我。”

布鲁伊站在格雷斯马克家的前门口，跺着脚，心里反复默念着他要说的话。门开了，站在他面前的是一脸警惕的维奥莱特。

“你有什么事吗？”她问，礼貌地掩盖了她所有的不快。

“下午好，格雷斯马克太太。”见她没有反应，他说，“我是布鲁伊·耶利米·斯玛特。”

“我知道你是谁。”

“我想我是不是——可以跟舍伯恩太太说几句话？”

“她不见客。”

“我——”他刚想放弃，可一想起汤姆的脸，还是坚持道，“我不会打扰她太久。我只是得——”

伊莎贝尔的声音从昏暗的客厅中飘出来。“妈妈，让他进来。”

维奥莱特皱起眉头。“进来吧。请擦干净你的鞋底。”她盯着他的靴子，看着他在门垫上反复擦着鞋底。

“没事的，妈妈。你不需要待在这里陪着我。”伊莎贝尔坐在椅子上说。

伊莎贝尔看起来跟汤姆一样糟糕，脸色憔悴而空洞。“谢谢——你能见我。”布鲁伊支支吾吾地说。他紧紧地抓着他的帽子，帽子的边缘都被他的汗水浸湿了。“我去看了汤姆。”

她脸色一沉，转开脸去。

“他很不好，舍伯恩太太。很不好。”

“所以他让你来告诉我，是吗？”

布鲁伊继续摆弄着他的帽子，坐立不安。“不是，他让我给你捎个口信。”

“哦？”

“他让我告诉你，他能理解。”

她的脸上止不住地惊讶。“理解什么？”

“他没说，就让我告诉你这个。”

她的目光停留在他身上，却并非在看他。被她这样注视着，布鲁伊的脸越来越红。过了很久，她才说：“那好吧，你已经告诉我了。”她慢慢地站起来。“我送你出去。”

“可是——”布鲁伊很惊讶。

“可是什么？”

“我应该告诉他什么？我的意思是——口信或是别的什么？”伊莎贝尔没有回答。“他总是对我很好。舍伯恩太太……你们俩都是。”

“从这里出去。”她说，带着他走向前门。

她在他身后关上门，把脸靠在墙上，止不住浑身颤抖起来。

“噢，伊莎贝尔，亲爱的！”她的母亲叫道，“快来躺一会儿，我的孩子。”她说着，领她走进她的房间。

“我又要吐了。”伊莎贝尔说，几乎是立刻，维奥莱特将一个旧陶瓷盆放到了女儿的大腿上。

“你喜欢书吗？亲爱的。”汉娜小心翼翼地问。她想尽一切办法与女儿沟通交流。她小的时候很爱那些故事，在她为数不多的关于母亲的记忆里，她仍然记得那个下午，阳光洒在柏梦塞的草地上，妈妈读《彼得兔的故事》给她听。她清楚地记得妈妈穿着那件淡蓝色的真丝衬衫，身上有种特别的花香；还有妈妈的笑容——是这世上最珍贵的宝藏。“这个词是什么？”她问汉娜，“你认识这个词，对吗？”

“胡萝卜。”汉娜自豪地宣布。

“汉娜真厉害！”妈妈微笑着说，“真是个聪明伶俐的孩子。”记忆到这里便逐渐模糊了，就像一个故事到了尾声，然后她会从头开始，一遍又一遍地回忆。

现在她试图用同一本书引诱格蕾丝。“看到没？这个故事讲的是一只兔子。来跟我一起读吧。”

可是，孩子不高兴地看着她。“我要我妈妈。我讨厌这本书！”

“噢，来吧，你连看都没有看呢。”汉娜深吸了一口气，又说，“就看一页。我们一起读一页，如果你不喜欢，我们就不读了。”

小姑娘从她手中抢过书，朝她扔了过去，书角砸在汉娜的脸上，差一点就打到眼睛。然后她冲出房间，一下子撞在格温身上。

“嗨，小丫头！”格温说，“你对汉娜做了什么？去跟她说对不起。”

“让她去吧，格温。”汉娜说，“她不是故意的，是个意外。”她捡起那本书，小心地放到架子上。“我想今天晚饭给她做鸡汤。每个人都喜欢鸡汤，是不是？”她问，却没什么说服力。

几个小时后，她跪在地板上，用抹布擦去她女儿吐了一地的汤。

“你仔细想想，我们真的了解他吗？所有的一切，从悉尼来——都

可能是一个谎言。我们只能确定他不是帕特吉乌斯人。”维奥莱特·格雷斯马克在女儿安然入睡后对比尔说道，“他是个怎么样的人？等到她不能没有这孩子的时候，再把她撵走。”她盯着外孙女的照片。她已经将相框从壁炉架上拿了下来，放在她内衣抽屉的底层。

“可是，唉，你又了解多少呢，维奥？你真的了解吗？”

“老天啊。就算他没有拿枪指着伊莎贝尔的头，他也有责任。伊莎贝尔失去了第三个孩子，一定整个人都崩溃了，再拿这事责备她……在那个时候，是不是要坚持原则取决于汤姆，如果他想，就一定能做到。这件事没有回头路，尤其是在牵扯了这么多人之后。人要学会面对自己的选择，比尔。这才是勇敢的人，要承担得起自己犯下的错误。”

比尔没有说话。维奥莱特一边重新整理着那些精致的薰衣草包，一边继续说：“他这是在往伤口上撒盐，为了他自己的内疚感，置伊莎贝尔和露西于不顾。”她握住他的手。“在这个问题上，他丝毫没有考虑我们的感受，好像我们还没有受够似的。”她的眼里闪着泪光。“我们的小外孙女，比尔。我们的爱……”她慢慢地合上抽屉。

“亲爱的，我知道这对你来说很难。我知道。”比尔紧紧地抱住妻子，注意到这些天里，她的头发白了不少。他们拥抱着站在那里，维奥莱特哭泣着。比尔说：“我真是太傻了，居然会相信我们的苦日子过去了。”毫无征兆之下，他禁不住大声呜咽起来，将她抱得更紧，仿佛这样就能阻止这个家庭再一次分崩离析。

汉娜清理完地板，好不容易设法让格蕾丝睡着。她坐在小床边，凝

视着女儿的脸。白天的时候，她根本不可能有这样的机会。格蕾丝只要觉得有人在看她，就会把自己的脸遮起来，就会背对着她，或是跑进别的房间。

现在，在烛光下，汉娜终于可以仔细地端详她的一切了，她脸颊的曲线、眉毛的弧度，在她的脸上，汉娜看到了弗兰克。她心潮澎湃，仿佛只要对着这张睡颜说话，弗兰克便会回答她。灯里的烛火跳动着，伴随着孩子的呼吸，投下晃动不定的阴影。烛光下，她的发丝泛着金色的光泽，嘴唇晶莹剔透，粉嘟嘟的唇角挂着一丝晶亮的银线。

汉娜慢慢地意识到，她的内心深处有一个愿望：她希望格蕾丝一直这样睡着，不要醒来，几天、几年都没有关系，如果可以，她希望她一直睡到忘记那些人、那些年为止。汉娜第一次看见这孩子脸上痛苦的神情时便觉得心里空荡荡的，此时此刻，那种空洞再次吞噬了她的心。要是弗兰克在这儿该有多好。他一定知道该怎么做，一定知道怎么熬过这一切。不管被打倒多少次，他都会挺直背脊，微笑着重新站起来，毫无怨言。

汉娜忆起格蕾丝很小很小的时候——那时她才出生一个星期，完完全全是她的女儿。她仿佛又听见弗兰克的歌声，“睡吧，宝贝，睡吧。”他会凝视着小小的婴儿床，悄悄地用德语对女儿说话。“我在跟她说悄悄话，给她讲那些美好的事情。”他说，“我知道，只要她心怀这些美好的事情，她就会很幸福。”

汉娜挺挺腰。这些回忆足以支撑她面对新的一天。格蕾丝是她的女儿。总有一天，格蕾丝灵魂里的某些东西会让她想起自己是谁的，她会认自己这个母亲。就像父亲对她说过的，她只需要一步一步慢慢来。不用多久，格蕾丝便又属于她了，到那时，格蕾丝会如她出生之时那般快乐。

她轻轻吹灭蜡烛，借着门缝里透进来的光走出房间。她爬上床，只觉得整颗心完全被掏空了。

凌晨三点，伊莎贝尔从房子的后门溜了出去。月亮高高地挂在白桉树的树枝之间，长长的树枝就像两根细长细长的手指。她赤着双脚，踏在干枯的草地上，发出轻微的噼啪声。她在那里踱来踱去，从蓝花楹树踱到凤凰树，又从凤凰树踱回蓝花楹树，很久很久以前，她和哥哥们会在这里玩板球，就将这两棵树当作球门柱。

她的脑海里接连不断地浮现出那些事、那些人，从她失去第一个孩子开始，第二个、第三个，直到现在她又失去了露西，这些画面一幕幕在她眼前闪过。还有那个她爱过的汤姆，那个和她结婚的汤姆，也消失在一片迷雾中。他欺骗了她，在她毫无戒备之时，偷偷联络另一个女人，密谋夺走了她的女儿。

“我能理解。”她想不通他捎来的口信是什么意思，只觉得自己的五脏六腑都揪成了一团，既充满了愤怒又无比渴望。她的思绪纷乱，如飞絮般到处乱窜，有那么一瞬间，她仿佛回到了九岁那年，她骑在一匹飞奔的马上。前方的小道上盘着一条虎蛇，马儿受惊，猛地仰头奋蹄，不管不顾地狂奔起来，伊莎贝尔死死拽住它的鬃毛，搂着它的脖子，直到马儿跑得筋疲力尽，最终停了下来。“你什么也做不了，”她的父亲这样告诉她，“一旦马儿受惊了，你能做的就只有祈祷，然后拼命地抱住它。动物一旦陷入盲目的恐惧中，你是没办法让它停下来的。”

她不能跟任何人说，没有人会理解她。失去了这个家，她的生活还有什么意义？她的手指抚上蓝花楹树的树干，找到了那道划痕——那是阿尔菲和休前往法国的前一天，阿尔菲在这里刻下的她的身高。“好了，等我们回来的时候，就可以知道你长高了多少了，妹妹，所以你要努力。”

“你们什么时候回来？”她问。

两个男孩对视了一眼，眼神既担忧又兴奋。“你长到这里的时候。”休在第一道痕上方六英寸的地方又刻了一道痕，“等你长到这么高了，我们就会回来继续烦你了，贝拉。”

她一直没有长到这么高。

一只壁虎飞快地爬行着，将她的思绪带回到现在，带回到困境中。月亮清冷冷地挂在树梢，一连串问题源源不断地困扰着她。汤姆到底是谁？她原以为自己很了解这个人。他怎么可以这样背叛她？她和他生活的真相到底是什么样的？那些灵魂是谁？那些融合着她与他血脉的灵魂，那些无法来到她身边的灵魂，它们是谁？她的心里忽然冒出一个诡异的想法：对于她来说，明天还有什么意义？

对汉娜来说，格蕾丝回来后的这几周比当初失去他们后的几周更让她感到痛苦，因为，那些长久以来她不愿接受的现实，如今她再也无法逃避。很多年过去了，弗兰克真的已经死了，女儿也不完全属于她了，那些失去的年华再也无法追回。格蕾丝的生活里没有她，她为此感到羞愧，因为她觉得背叛，被一个婴儿背叛。

汉娜想起了比利·韦希特的妻子。她一度以为自己的丈夫在索姆河战役中牺牲了，所以当他回来时，她是多么狂喜，最后却慢慢变成了绝望。比利在战场上中了毒气，回到妻子身边的时候，已经完全像一个陌生人，没有生气。如此挣扎了五年，一天清晨，水池里的水结成了厚厚的冰，牛棚里，比利的妻子站在一个倒置的挤奶桶上，上吊自杀了。比利的手抖得握不住刀，是她的孩子们割断了绳子将她的尸体放了下来。

汉娜祈祷着，祈祷上帝赐予她耐心、力量、理解。每天早晨，她都会恳求上帝帮助她熬过这一天。

一天下午，她路过儿童房，听到里面有讲话的声音。她放缓脚步，蹑手蹑脚地走到半开的门边。她是如此兴奋，终于看到她的女儿在玩那些洋娃娃了——她曾千方百计让她和洋娃娃玩，她却怎么也不肯。现在，床罩上摆放着几件玩具。一个娃娃依然穿着它精美的蕾丝连衣裙，可是另一个娃娃的衣服被撕得只剩下一件背心和长灯笼裤。穿着裙子的娃娃的大腿上放着一只木头衣夹。“该吃饭了。”穿裙子的娃娃说，孩子端着小小的茶杯送向木衣夹，嘴里发出“吗姆，吗姆”的声音。“真是个乖孩子。现在该睡觉啦，小甜豆。晚安。”娃娃拿起衣夹在唇边亲了亲。“看，爸爸，”它接着说，“露西睡觉了。”娃娃精致的小手碰了碰那只衣夹。“晚安，露西，晚安，妈妈。”穿灯笼裤的娃娃说道，“现在我得去点灯了。太阳快下山了。”娃娃说完快步跑到了毯子底下。穿裙子的娃娃又说：“不要担心，露西。那个女巫抓不住你，我已经把她杀了。”

等汉娜反应过来自己在做什么，她已经冲进房间，一下子抢走那些娃娃。“够了，不要再玩这些愚蠢的游戏，听到没有？”她猛地一巴掌打在孩子的手上。孩子僵直着身子，可她没有哭，只是静静地看着汉娜。

愧疚和悔恨在一瞬间淹没了汉娜。“亲爱的，对不起！对不起，我不是故意要伤害你。”她想到了医生的建议，“他们都走了，那些人都走了。他们做了坏事，不让你回家。他们现在都走了。”听她提到“家”这个词，格蕾丝一脸困惑，汉娜叹了口气。“总有一天。总有一天你会明白的。”

午餐时间，汉娜在厨房里抽泣着，为自己的爆发懊恼不已，而她的女儿又玩起了那个游戏，这次她用了三个木头衣夹。那天晚上，汉娜熬夜到很晚，剪裁、缝制。格蕾丝早上醒来的时候，枕边放了一个崭新的布娃娃——一个穿着围裙的小女孩，围裙上绣着“格蕾丝”几个字。

“妈，我实在忍不住不去想她怎么样了。”房子后面的屋檐下，伊莎贝尔和母亲一起坐在藤椅上，“露西一定很想我们，很想家。那可怜的小东西根本不知道发生了什么。”

“我知道，亲爱的。我都知道。”她的母亲答道。

维奥莱特给她倒了一杯茶，放在她的大腿上。伊莎贝尔现在变得惨不忍睹—— 一双眼睛深深陷了进去，眼圈乌青；头发毫无光泽，干枯地打着结。

伊莎贝尔的脑海中忽然闪过一个念头，也许是为了说服自己，她大声说了出来。“一个葬礼也没有……”

“你在说什么？”维奥莱特问。这些天，伊莎贝尔说的话大都没有意义。

“我失去的每一个人，他们就这么走了，什么也没有。也许有个葬礼就——我也不知道——就会改变一切。休在英格兰的墓地上还有张照片。阿尔菲只在纪念碑上留了个名字。我的前三个孩子，三个，妈妈——他们连一首赞美诗都没有过。现在——”她泪如雨下，“露西……”

维奥莱特曾经感到很庆幸，因为她从来不用给她的儿子们举行葬礼——葬礼会让儿子们战死的消息变成毋庸置疑的事实。举行葬礼就意味着她接受了这个事实——她的儿子们真的已经离开了人世，已经被埋葬了。那是一种背叛。如果没有葬礼，说不定，有一天他们还会溜进厨房问她今晚吃什么；说不定，他们还会嘲笑她，嘲笑她竟然会相信他们已经死了这种无稽之谈！

她斟酌着说：“亲爱的，露西没有死。”伊莎贝尔似乎不以为然。她皱了皱眉。“这一切都不是你的错，亲爱的。我永远不会原谅那个人。”

“我以为他爱我，妈妈。他告诉我，对他来说，我是这个世界上最珍贵的东西。可他却做了那么可怕的事情……”

第二十九章

“你为什么要护着她？”

这个问题让汤姆有所警觉，他透过栅栏盯着拉尔夫。拉尔夫说：“兄弟，是你的表现太明显。只要我一提到伊莎贝尔，你就会变得很奇怪，说些毫无意义的话。”

“我应该将她保护得更好。让她远离我。”

“别说这些没用的。”

“我们俩现在关系不错，拉尔夫。可是——你不了解我的地方还有很多。”

“我了解你的地方也很多，孩子。”

汤姆站起来。“发动机的问题解决了吗？布鲁伊说发动机一直有问题。”

拉尔夫仔细打量着他。“不是很好。”

“这么多年，她一直很出色，我是说那艘船。”

“是啊，我很信任她，我相信她永远不会让我失望。弗里曼特尔想让她退役。”他看进汤姆的眼睛，“我们很快就会离开这个世界，孩子。

你想想生命里最好的年华都给了谁？”

“我生命里最好的年华很久以前就结束了，拉尔夫。”

“你知道这都是废话！你该重新振作起来做些什么了！看在上帝的分上，你他妈的给我醒醒吧！”

“你觉得我该怎么做，拉尔夫？”

“我觉得无论真相是什么，你都应该将它说出来。不说实话只会招来麻烦。”

“有时候只说实话也会很麻烦……一个人能承受的是有限的，拉尔夫。唉，我比任何人都了解这点。在认识我之前，伊奇是一个很快乐的普通女孩。只要她不去杰纳斯，这一切都不会发生。她以为那里是天堂。她根本不知道自己会遭受这些事情。我不应该带她去那里。”

“她是一个成年人，汤姆。”

他看着船长，斟酌着接下来的话。“拉尔夫，我早知道会有这么一天。一个人的罪孽终有一天是要还的。”他叹了口气，抬头看向牢房角落里的一个蜘蛛网，艰难地咽了咽口水，“对伊奇来说，没有露西已经够痛苦了。如果是她被……她会活不下去。拉尔夫，我能为她做的，就只有这个。就当是我对她的补偿。”

“这不公平。”孩子反反复复地重复着这句话，不是诉苦的口气，而是一种绝望的恳求，“这不公平。我要回家。”

有的时候，汉娜会设法分散她的注意力，和她一起做蛋糕，剪纸娃娃，到外面撒面包屑吸引细尾鹩莺。那些小鸟会飞到门口，用它们细得像保险丝一样的腿跳来跳去。它们啄着地上的面包屑，姿势优雅，格蕾丝就会着了迷似的看着它们。

有一天，一只猫从她们身边走过，汉娜看到格蕾丝脸上露出开心的笑容，她立刻在镇上到处问别人有没有小猫，于是，一只白爪白脸的黑色小母猫成了这个家庭的一员。

格蕾丝很感兴趣，却有一丝犹疑。“来吧，它是你的。”汉娜说着，把那只猫轻轻地放到她的手里，“所以你得好好照顾它。现在，你觉得它应该叫什么名字？”

“露西。”孩子毫不犹豫地说。

汉娜愣了一下。“我觉得露西是小女孩的名字，不能做猫的名字。”她说，“猫应该叫什么呢？”

于是，格蕾丝说了个她唯一知道的猫的名字。“塔芭莎虎斑猫。”

“就是塔芭莎虎斑猫。”汉娜说道，抑制住自己想要告诉她这不是虎斑猫，也不是母猫的冲动。至少她已经让这孩子开口说话了。

第二天，汉娜说：“来，我们来喂塔芭莎吃点肉末？”格蕾丝摆弄着一缕头发，对她说道：“它不喜欢你，它只喜欢我。”话语里没有恶意，只是在陈述一个事实。

“也许你应该让她见见伊莎贝尔·舍伯恩。”在目睹了母女俩为了穿双鞋子而激烈搏斗之后，格温建议。

汉娜一脸惊恐。“格温！”

“我知道你不愿意听这话。可我只是想……如果让格蕾丝以为你是她妈妈的一个朋友，情况也许会好些。”

“她妈妈的一个朋友！你怎么说得出来！而且，你也知道桑普顿医生怎么说的，格蕾丝越快忘记那个女人越好！”

可是，她的女儿经历过另一段生活，生命里烙着另一对父母的痕迹，无法挽回，这是她不能逃避的事实。她们走在海滩上的时候，格蕾丝小心翼翼地靠近水边。夜里，大多数孩子最多就能认出天空中最大的“月亮”，而格蕾丝却能指着夜空中最亮的那颗星星，大声说：“天狼星！那是银河。”格蕾丝是如此确定，这让汉娜感到害怕，她快步往屋里走，一边说：“该睡觉了，我们进屋吧。”

汉娜祈祷自己能从怨恨和痛苦中得到解脱。“上帝啊，我是那么幸运，能够找回我的女儿。告诉我，我该怎么做。”可她立刻想到了弗兰克，他被裹在一块帆布里扔进一个不知名的坟墓。她想起弗兰克第一次从她手里抱过女儿时脸上的表情，就好像那粉红色毯子里包着的是他的整个世界。

这件事不取决于她。汤姆·舍伯恩应当交给法律去裁决。如果法庭判他入狱，那么，就像《圣经》里说的，他是罪有应得。她会听其自然。

可随后她又会想起很多年前，在那艘船上，那个出手救了她的男人，如果不是他，天知道会发生什么。她还记得当时的感觉，他的出现，让她一下子就觉得安全了。讽刺的是，即使到现在她仍然觉得喘不过气来。谁又能知道一个人的内心是什么样的？她见过他解决那个酒鬼时显露出的那种权威。他是不是觉得他能够凌驾于条例之上？或是能够逾越法律？但是，那两张字条，那优美的字体“请宽恕我吧”……于是，她又回到她的祈祷中来，祈祷汤姆·舍伯恩能够得到公平的对待，即使她也希望看到他为他所做的事情付出代价。

第二天下午，格温挽着父亲的胳膊在草地上散步。“我想念这里。”她说着，回头看了看那栋豪华的石头住宅。

“它也想你，格温。”她的父亲答道，“现在格蕾丝回来和汉娜住在一起了，也许你该回来陪陪你的老爸爸了……”

她咬了咬嘴唇。“我很想回来，真的想。可是……”

“可是什么？”

“我觉得汉娜还不行。”她退了一步，和父亲面对面，“爸爸，我很讨厌说这些，可是我觉得她永远也解决不了这个问题。还有那个可怜的孩子！我从来不知道一个孩子竟然会这么痛苦。”

塞普蒂默斯抚摩着她的脸颊。“我曾经看过一个小女孩这么痛苦过。那时的你太让我心碎了。你妈妈去世后的几个月，你一直都那样。”他俯下身，闻了闻其中一朵行将凋零的红玫瑰，这些玫瑰刚刚结束它们最繁盛美丽的阶段。他深嗅花的香气，然后背着手直起腰来。

“可是，这太悲哀了。”格温坚持着说，“她的妈妈还活着，就在帕特吉乌斯。”

“是的，汉娜就在帕特吉乌斯！”

格温很了解她的父亲，知道他不愿意提及这一点。两个人沉默地继续往前走，而格温则努力地克制着自己，不去回想已深深刻在她脑海里的外甥女绝望痛苦的尖叫声。

那天晚上，塞普蒂默斯仔细地考虑了这件事该怎么做。他太了解小女孩们失去母亲的感受，也知道该怎么去说服一个人。他想清楚了自己的计划，才慢慢睡去，一夜无梦。

早晨，他开着汽车来到汉娜家，宣布："好了，都准备好了吗？我们今天要来一趟探险之旅。我们要带格蕾丝更好地了解帕特吉乌斯，了解她的家乡。"

"可教堂大厅的窗帘我才补了一半，我答应了诺盖尔斯牧师……"

"那我自己带她去。格蕾丝跟我在一起会很开心的。"

"探险之旅"的第一个目的地是波茨家的木材厂。塞普蒂默斯还记得，汉娜和格温小时候在那里用苹果和方糖喂驮马时是那么高兴。现在，木材厂已改用火车运送木材，但是工厂依旧保留了几匹驮马以备不时之需，有时候雨水会冲走森林里的几段铁轨，那时，这些马就派上用场了。

他拍了拍其中一匹马，说："小格蕾丝，这是阿拉贝拉，她可是匹好马。你能念出'阿拉贝拉'吗？"

"给她套上马车吧。"塞普蒂默斯对马夫说道。只过了一会儿，马夫便牵着身上套着一辆双轮马车的阿拉贝拉走进了院子。

塞普蒂默斯抱起格蕾丝，让她坐进马车，然后自己也爬上去，坐在她身边。"我们来探险，怎么样？"他说着，一抖拴在老马身上的缰绳。

格蕾丝从来没见过这么高大的马，也从来没进入过真正的森林——唯一比较接近森林的就是她钻进了灌木丛的那次，而那次探险运气也不太好。在她生命的大部分时间里，只见过两棵树——杰纳斯上的诺福克松树。塞普蒂默斯赶着马车，沿着运送木材的老轨道，穿行在高耸的红桉树林中，一边将路边的袋鼠和巨蜥指给格蕾丝看——那孩子全神贯注于这森林的一切，仿佛进入了一个童话王国。她时不时就会指着一只鸟或者小袋鼠，问：“那是什么？”她的外祖父就会告诉她那个动物叫什么。

“看，袋鼠宝宝。”她指着一直正在轨道旁慢慢跳的有袋动物说道。

“那不是袋鼠宝宝。那个小家伙是一只短尾矮袋鼠。很像袋鼠，不过要比袋鼠小很多。它就只能长那么大。”他拍了拍她的头，“能看到你笑真不错，小丫头。我知道你很难过……也很想念过去的生活。”塞普蒂默斯沉思片刻。“我知道那种感觉，是因为——在我身上也发生过这样的事情。”

小姑娘疑惑地看着他，他继续说道：“我告别了我的妈妈，坐着一艘帆船漂洋过海，来到弗里曼特尔。那时候，我就比你大一点。很难想象吧，我知道。可我来这里后，有了一个新妈妈，叫萨拉，还有一个新爸爸，叫沃尔特。从那时起，照顾我的就是他们。他们很爱我，就像汉娜爱你一样。所以有时候，你的一生中不一定只有一个家。”

格蕾丝脸上的表情告诉他，她完全不明白他在说什么。于是他换了一种方式。马儿轻轻地向前走着，阳光透过高高的树枝洒下来，光影斑驳。“你喜欢树吗？”

格蕾丝点点头。

塞普蒂默斯指着一些小树苗。“看到没——那些重新长出来的小树。我们砍掉那些长得很大的老树，然后就会有新的树长出来。所有的东西都是这样，只要你给它时间。等你长到我这个年纪的时候，那棵小树就会变得很高很大。一切都会好起来的。”他忽然想到一个主意，“有一天，这片森林也会属于你。它会是你的森林。”

“我的森林？”

“嗯，现在它属于我，有一天它会属于你妈妈和格温阿姨，然后它就是你的了。你觉得怎么样？”

“我可以赶马吗？”她问。

塞普蒂默斯大笑。“把你的手给我，我们一起握住缰绳。”

“她回来了，安然无恙。”塞普蒂默斯将格蕾丝还给汉娜。

“谢谢你，爸爸。”她蹲下身子，问小女孩，“今天过得开心吗？”

格蕾丝点头。

“有没有拍拍那些马儿啊？”

“有。”她揉着眼睛低声说。

“今天一定很累吧，小宝贝。现在，我们该去洗澡了，然后让你上床睡觉。”

“他给了我森林。”格蕾丝说，脸上带着一丝微笑。汉娜的心顿时漏跳了一拍。

那晚，格蕾丝洗完澡后，汉娜坐在小姑娘的床上。“我很高兴你今天过得这么开心。告诉我你都见到什么了，亲爱的。”

“一只短矮鼠。”

“什么？”

“一只短矮鼠，小小的，会跳。”

“啊！短尾矮袋鼠！很可爱的小东西，对不对？还看到了什么？”

“大马。我赶马了。”

“你还记得它叫什么名字吗？”

小丫头想了想。“阿拉贝拉。”

“没错，阿拉贝拉。她很可爱。她还有很多朋友——参孙、大力神和达芙妮。阿拉贝拉现在已经很老了，可是她仍然很健壮。外公有没有带你看她能拉动的畜力车啊？”小丫头显得有些茫然。汉娜说：“那是很大很大的马车，有两个很大的轮子。树被砍下来之后，就会被装上这些马车，然后拉出森林。”格蕾丝摇了摇头，汉娜又说：“噢，宝贝，我想告诉你的东西实在太多了。你会爱上那片森林的，我保证。”

格蕾丝渐渐地进入了梦乡，汉娜坐在她旁边，开始计划。春天到来的时候，她要带她去看野花。她要给格蕾丝弄一匹小马驹——也许是一匹设得兰矮马，她们可以一起骑着马穿过那些狭窄的森林小径。未来几十年的生活就像一幅画卷般在她的脑海里展现开来，而她终于敢去想象了。“欢迎回家。”她低声对熟睡的女儿说道，“亲爱的，欢迎回家。”那一晚，她轻轻地在格蕾丝耳边吟唱着。

第三十章

帕特吉乌斯就只有这么多人，这些人能去的也只有这么些地方。所以迟早，你会遇见那些你不想遇见的人。

维奥莱特花了好几天工夫才说服女儿走出屋子。“走吧，就跟我一起出去走走，我要去趟穆切莫缝纫店。织毛毯的毛线不够了，我得去买点。”这一天，她开始跟以前一样，为遣返中心里最后一批还在受煎熬的人编织毛毯。这能让她保持忙碌，免得心思处于游离的状态。

“妈妈，真的，我做不到。我只想待在这儿。”

“噢，来吧，亲爱的。”

母女二人走在街上的时候，人们尽量让自己的注视显得不那么明显。一些人还是礼貌地对她们笑笑，可再也不会像以前那样热情，没有人知道该如何面对这种没有死亡的哀痛。另一些人则穿过马路，避免与她们照面。

维奥莱特和她的女儿走进缝纫店大门的时候，范妮·达恩利正好从里面走出来，她轻轻吸了口气，然后睁大眼睛，站在门外，一副兴奋的模样。

店里充满了薰衣草家具漆的味道，收银台旁边篮子里的玫瑰干花散发着花香。每面墙上都高高悬挂着各种布匹——锦缎、平纹细布、亚麻布料和棉布。店里还有五颜六色的线和一团团毛线球。穆切莫先生正在桌子前招待一位上了年纪的女人，桌上放着一板板的蕾丝——厚的、薄的，比利时蕾丝、法国蕾丝。一排桌子从柜台延伸到门的两边，围着店内的空间摆放了一圈，每张桌子前都有椅子供顾客们休息。

背对着伊莎贝尔，坐着两个女人。一个是金发，另一个深色头发，她们面前摊开着一匹淡柠檬黄色的麻布料。旁边的椅子坐着一个金发小女孩，身穿一件粉红色连衣裙，白袜子上镶着蕾丝花边，她的手里拿着一个布娃娃，整个人显得闷闷不乐、烦躁不安。

那个女人一边挑选布料，一边询问店员价格和数量。小女孩的目光飘向了门口，当看到进来的人时，她立刻扔掉了手里的娃娃，从椅子上爬了下来。“妈妈！”她叫着冲向伊莎贝尔，“妈妈！妈妈！”

还没有反应过来到底发生了什么，露西已经像一只螃蟹般紧紧抱住了伊莎贝尔的腿。

“噢，露西！”伊莎贝尔将她抱起来，任由孩子依偎在她的脖颈间，“露西，我亲爱的！”

“那个坏女人抓走了我，妈妈！她还打我！”孩子呜咽着指指点点。

“噢，我可怜的，可怜的宝贝！”伊莎贝尔哭泣着，抱紧了小女孩，孩子的腿熟练地环上她的腰，头自觉地埋进伊莎贝尔胸口，就好像补上了最后一块拼图。此时此刻，周围的一切仿佛都不存在了。

汉娜被眼前的场景深深刺痛了，伊莎贝尔对格蕾丝有着致命的吸引力，这让她感到无比羞辱和绝望。她第一次深切地感受到，她被偷走的东西是如此之多。此刻在她眼前的就是证据，伊莎贝尔偷走了她的一切。她几乎能看到她们共同度过的千百个日日夜夜和无数次拥抱——她看到了她被篡夺的爱。她感到她的腿在颤抖，害怕自己随时都会瘫倒在地。格温的手搭上她的胳膊，不确定自己该做什么。

汉娜强忍住屈辱和泪水。她面前的这个女人和孩子仿佛融为一体，谁也无法将她们分开。这让她感到恶心，她努力地挺直了背脊，保留着些许尊严。她调整呼吸，尽力让自己平静下来，然后从柜台上拿起她的包，尽己所能地稳步走向伊莎贝尔。

“格蕾丝，亲爱的。”她尝试着叫。那孩子依然钻在伊莎贝尔怀里，两个人都一动不动。“格蕾丝，亲爱的，该回家了。”她伸出手去触摸孩子，孩子立刻尖声喊叫起来，不仅仅是单纯的尖叫，她是用尽了全力在号叫，声嘶力竭，哭喊声回荡在整个缝纫店里。

“妈妈，让她走！妈妈，让她走！”

她的叫声很快吸引了一小撮围观的人，男人们满脸困惑，女人们都被吓坏了。小女孩哭得整张脸都扭曲了，脸色涨得发紫。“求你了，妈妈！”她乞求着，一双小手捧住伊莎贝尔的脸，她一个字一个字喊着。伊莎贝尔依旧保持着沉默。

“也许我们可以——”格温的话被她姐姐打断。

“让她走！”汉娜喊道，她甚至无法说出伊莎贝尔的名字，“你够了。”她稍稍平静了些，声音里尽是苦涩。

“你怎么可以这么残忍？”伊莎贝尔爆发出来，“你看到她是什么状况了！你根本就不了解她——根本就不知道她需要什么，根本就不知道怎么照顾她！就算你对她没什么善心，也拜托你有点常识！”

“放开我的女儿！现在！”汉娜颤抖着要求。她不顾一切地冲到门口，拦腰抱起孩子，硬生生地拆开她们。孩子一边挣扎，一边尖叫：“妈妈！我要妈妈！放开我！”

“没事了，亲爱的，”汉娜说，“我知道你很难过，但是我们得走了。”她往前走着，试图说些安抚孩子的话，手上却一点也没有放松，她牢牢地抱住孩子，不让她逃出自己的怀抱。

格温瞟了一眼伊莎贝尔，绝望地摇了摇头。然后她转向格蕾丝。“嘘，嘘，小东西，别哭了。”她拿出一块精致的蕾丝手绢，轻轻地给她擦脸，“我们回家，塔芭莎会想你的。走吧，亲爱的。”汉娜和格温不断地安慰着她，她们的声音仿佛三重奏般。走出门的时候，格温又转过身来看了一眼伊莎贝尔，看到她的眼睛里充满了绝望。

有那么一瞬间，仿佛所有的人都定格了。伊莎贝尔呆呆地站在那里，不敢移动分毫，怕一动就再也感受不到她的女儿了。她的母亲瞪着那些店员，让他们不敢嚼舌。最终，先前解开那匹麻布料的男孩拿起那匹布，重新将它卷了起来。

拉里·穆切莫也对他之前招待的老妇人说：“所以你只要两码？蕾丝？”

“哦——对，就要两码。”老妇人尽可能保持着平常的状态，可付钱的时候，却抽出了一把梳子递给穆切莫。

“走吧，亲爱的。”维奥莱特轻轻地说。然后她大声对拉里说：“这次先不买了，我回头看看花样再决定。”

范妮·达恩利正在路边跟一个女人聊八卦，看到从店里走出来的维奥莱特和伊莎贝尔，整个人顿时僵在那里，只敢用目光追随着她们一路向前走去。

斯普拉格警长大老远从奥班尼赶来，大汗淋漓，他掸掉袖子上的毛屑，慢慢地翻着他面前的文件。“托马斯·爱德华·舍伯恩。生于一八九三年九月二十八日。”

汤姆没有回应他的话。尖厉的蝉鸣从森林中传来，让周围显得越发酷热。

“你真是个了不起的战斗英雄，还获得过战功十字勋章和勋带。我读过你的嘉奖令：你曾单枪匹马端掉一个德军的机枪巢，在狙击炮火下将四名士兵转移到安全地带，还有其他的。”斯普拉格停顿了一下，“你那时一定杀了很多人。”

汤姆沉默不语。

“我说，”斯普拉格隔着桌子倾身向他，“当时，你一定杀了很多人。”

汤姆呼吸平稳。他目不斜视，面无表情。

斯普拉格“砰”地一捶桌子。“我问你问题的时候，你该死的最好回答我，明白了？”

“你问我的时候，我会回答。”汤姆平静地说。

“你为什么要杀弗兰克·伦费尔特？我在问你。”

“我没有杀他。”

“是不是因为他是德国人？人人都说，他仍然带着德国口音。”

“我看到他的时候，他没有口音，他已经死了。”

“你以前杀过很多德国人，多杀一个也没什么，是不是？”

汤姆长长地出了一口气，交叉起双臂。

“回答我，舍伯恩。”

“这算什么？我已经告诉过你，留下露西是我的责任。我也告诉过你，那艘船被冲上来的时候，那个人已经死了。我埋葬了他，这也是我的责任。你还想要怎样？”

“哟，你真是既勇敢，又诚实，默默地承担一切责任，准备去蹲监狱呢。”斯普拉格说得好像在唱歌一样，“老兄，这一套对我没用，你明白？

你这更像是在试图摆脱谋杀的罪名。”

汤姆的沉默更加激怒了他，斯普拉格继续说道：“我见过你这种人，也受够了什么狗屁战斗英雄。回来以后就想一辈子被人崇拜，就看不起任何没有穿过军装的人。可惜啊，战争早就结束了。你们这样的人，我们见得太多了，回来了就胡作非为。在一个文明国家的生存方式可跟战场上的不一样，你们别想侥幸逃脱惩罚。”

“这跟战争一点关系也没有。”

“必须得有人为最起码的行为准则坚定立场，在这儿，我就是那个人。”

“那常识呢，警长？老天啊，你仔细想想！我完全可以否认所有的事情。我完全可以说弗兰克·伦费尔特根本就不在船里，如果我这么做，你根本毫无办法。我说实话是因为我想让他的妻子知道发生了什么，是因为他应该有一个像样的葬礼。”

“也许你说了部分实话，是因为你想减轻罪恶感，争取宽大处理。”

“我是要问你怎么样才合理。”

警长冷冷地看着他。“文件上写着你机枪巢行动中杀了七个人。依我看来，这是一个无情的暴力分子做的事情。你的神勇表现可能会要了你的命。”他收起笔记，“你命悬一线的时候，是很难成为一个英雄的。”他合上文件，叫来哈利·卡斯通，让卡斯通把囚犯带回牢房中。

第三十一章

自从在穆切莫店里发生了那件事后，汉娜几乎足不出户，格蕾丝又变得跟原来一样了，甚至更加孤僻。

“我要回家，我要我的妈妈。”小姑娘呜咽着。

“我就是你的妈妈，格蕾丝。我知道你现在不明白。”她的手指抚着小姑娘的面颊，“从你出生那天开始，我就一直爱着你。我一直在等你回家，等了那么久。总有一天你会明白的，我保证。”

“我要我的爸爸！”孩子打开她的手指，打断了她。

“爸爸没法跟我们在一起。可是他很爱你，很爱很爱。”她的脑海里又浮现出弗兰克抱着孩子的样子。那孩子困惑地看着汉娜，很愤怒，却又无可奈何。

在接下来的某天，格温去拜访她的裁缝，回家的路上，她一遍又一遍想起那天的情形。她很担心她的外甥女，这一切对一个孩子来说太残忍了，她无法再袖手旁观下去。

经过公园边缘的灌木丛时，她的眼光被一个坐在长凳上呆呆凝视远方的女人吸引了去。她先注意到她漂亮的蓝色连衣裙，然后才发现那是伊莎贝尔·舍伯恩。她加快了脚步，可是伊莎贝尔根本看不到她，她完全处于恍惚状态中。第二天、第三天，格温又看到了她，坐在同一个地方，同样深陷于茫然之中。

格蕾丝撕掉了整本故事书，谁知道她是不是很早就想这么做了？汉娜训斥了她，这是弗兰克买给女儿的第一本书——配有精美水彩画插图的德语版《格林童话》。汉娜含着泪拾起那些书页。“你看看你对爸爸买给你的书做了什么？你怎么可以这么做？”格蕾丝慌乱地爬到床底下，整个人蜷成一团，躲得远远的。

“弗兰克留下的……就只有这么多。”汉娜看着手中被撕碎的书页再次抽泣起来。

“我知道，汉娜。可是格蕾丝她不知道。她不是故意要这么做的。”格温的手搭上汉娜的肩膀，“这样，你去躺一会儿，我带她出去走走。”

“她得习惯待在自己家里。”

“我们只是去爸爸那里。爸爸一定很高兴，而且呼吸点新鲜空气对格蕾丝有好处。”

“真的不要了。我不想——”

“就这样，汉娜。你真的需要休息一下。”

汉娜叹气。“好吧，那你们要早点回来。”

她们走上街，格温递给小姑娘一块奶糖。“你喜欢吃糖，是吗，露西？”

“是的。”那孩子回答道，她朝一边昂起头来，注意到格温叫她的名字。

“现在你乖乖的，我们去外公那儿。”

她的眼睛扑闪着，提到外公，她一下子便联想到那些大马和大树。她一边吮吸着那块奶糖，一边向前走去。格温注意到，她的脸上没有笑容，但她也没有尖叫或号啕大哭。

严格来说，她们完全没有必要经过公园。如果她们从公墓和卫理公会教堂那条路走，到塞普蒂默斯的房子会更近一些。

“你累了吗，露西？不如我们休息一下？你才那么小，走到外公家还挺远的……”小姑娘的大拇指和其他手指不停地捻着，像是在试验着奶糖留下的黏度。格温的眼角瞥到坐在长凳上的伊莎贝尔。“好，现在你乖乖的，往前跑，跑到那张长凳那里，我跟在你后面。”小姑娘没有跑，而是将她的布娃娃拖在地上慢慢向前走着。格温跟在她身后，看着她，保持着一定的距离。

伊莎贝尔眨了眨眼睛。“露西？宝贝！”伊莎贝尔叫道，来不及想她怎么会在这儿，就将她抱入怀中。

“妈妈！”孩子哭着，也紧紧地抱住了她。

伊莎贝尔转过头，看见了不远处的格温。格温朝她点点头，好像在说“你继续”。

无论这个女人在做什么，为什么要这么做，伊莎贝尔都不在乎。她流着泪紧紧地抱住孩子，然后放开，双手扶着孩子的肩膀，仔细地贪婪地看着那精致的小脸。尽管发生了这一切，但不知怎的，她觉得，也许露西仍可能是她的。想到这里，她心头一热，一股暖流顿时传遍了全身。

“噢，你瘦了，小宝贝！瘦得都皮包骨头了。你得乖乖的，为了妈妈多吃点。”渐渐地，伊莎贝尔注意到女儿的其他变化：她头发上的分路换到了另一边，身着一件点缀着雏菊的细棉布连衣裙，脚上是带着蝴蝶结扣的新鞋子。

看到外甥女的反应，格温不由得松了一口气。她看到了一个全然不同的孩子，和深爱的妈妈在一起，瞬间充满了安全感。格温尽可能让她们多待一些时间，直到必须要离开了。格温说："我得带她走了。"

"可是我不明白……"

"这一切太可怕了，对每个人都很难。"格温摇了摇头，叹气，"我姐姐是个好人，真的。她承受了太多。"她朝孩子的方向点了点头。"我会尽量再带她来的，不过我不能保证。你要有耐心，也许……"她话说了一半，没有继续说下去。"可是，请你不要告诉任何人。汉娜不会理解的，要是她知道，她永远也不会原谅我……现在，我们走吧，露西。"她说着，向小姑娘伸出手去。

孩子黏在伊莎贝尔身上不肯放手。"不，妈妈！我不走！"

"去吧，宝贝。为了妈妈乖乖的，你会的对不对？你现在得跟阿姨走了，我们一定会再见的，我保证。"

孩子依然不肯松手。"如果你现在乖乖的，我们下次就再来。"格温微笑着，小心翼翼地拉开她。

伊莎贝尔尚存的一丝理智让她克制住了留下孩子的冲动。不，她不能这么做。这个女人已经保证会再把孩子带来，只要她有耐心。可是，谁知道以后会发生什么呢？

格温抱着格蕾丝，一会儿让她猜谜语，一会儿给她唱儿歌，努力转移她的注意力，过了好一会儿才让她平静下来。她也不确定她这么做行不行，她只是再也无法看着这个可怜的孩子被迫远离她爱的人。汉娜的性格一向都很倔强，格温知道她无法接受自己这么做，她也不知道她有没有可能将这件事一直瞒着汉娜。可就算不能，也值得一试。等格蕾丝终于安静下来，格温问她："亲爱的，你知不知道什么是秘密？"

"知道。"格蕾丝含混地说。

"很好。那我们就来玩一个保密游戏，好吗？"

小姑娘仰脸看着她，不太明白的样子。

"你很爱伊莎贝尔妈妈，对吗？"

"对。"

"我知道你还想见她。可是汉娜可能会不高兴，因为她太伤心了，所以我们一定不能告诉她，也不能告诉外公，好吗？"

孩子的脸一下子紧张起来。

"这是我们之间的秘密，如果有人问你我们今天做了什么，你只能说我们去了外公家。你不能告诉任何人我们见了你妈妈。知道了吗，小宝贝？"

小姑娘紧闭着嘴唇，严肃地点点头，眼睛里却透着迷惑。

"她是个很聪明的孩子。她知道伊莎贝尔·舍伯恩没有死——我们在穆切莫店里看到了她。"汉娜再一次坐在桑普顿医生的诊疗室里，这次她独自一人。

"作为一个医生，我要告诉你的是，对你的女儿来说，唯一有效的药物是时间，另外，让她远离舍伯恩太太。"

"我想，是不是可以让她跟我讲讲——她的另一段生活。岛上的生活。这样会有帮助吗？"

桑普顿吸了一口烟。“我给你举个例子——我们假设我刚刚割除了你的阑尾，那我最不可能做的事情就是，每五分钟切开你的伤口一次，检查它是不是痊愈了。我知道这很难，可是在这种情况下，多说反而会坏事。她会挺过去的。”

可是，就汉娜看来，那孩子丝毫没有好起来的迹象。她开始热衷于将她的玩具一个个排列好，又把床铺整理干净。然后一巴掌朝小猫打过去，小猫一下子冲出去撞翻所有的娃娃。她不发一言，守口如瓶，像个守财奴一样，不向别人流露一丝一毫的感情。

尽管如此，汉娜依然坚持着，给她讲故事：讲森林和在森林里工作的那些人，讲珀斯的学校，讲弗兰克和他在卡尔古利的生活，给她唱德语儿歌，给她的娃娃做衣服，给她做布丁吃。而小姑娘的回应就是画画，画的永远都是同一张画。妈妈、爸爸和灯塔，灯塔的光束一直延伸到画纸的边缘，驱赶走周围的黑暗。

从厨房里，汉娜可以看到格蕾丝坐在客厅的地板上，和她的衣夹说话。这些天，除了去塞普蒂默斯那儿的时候，格蕾丝比以往任何时候都要烦躁，所以看到她这么安静地玩耍，汉娜很高兴。她慢慢地靠近门口，听她说话。

“露西，来吃块糖。”其中一只衣夹说道。

“嗯，真好吃。”另一只衣夹说，狼吞虎咽地吃下孩子指尖假装递过来的糖。

“这是我们之间的秘密，”第一只衣夹说，“跟格温阿姨来。汉娜睡着了。”

汉娜全神贯注地看着她，浑身打了个冷战。

格蕾丝从她围裙的口袋里拿出一个柠檬，然后将手帕盖在柠檬上。“晚安，汉娜，”“格温阿姨”说，“现在我们去公园看妈妈。”

“啵，啵。”另外两只衣夹紧紧地靠在一起，亲吻着，“我的宝贝露西，我亲爱的。我们去杰纳斯。”两只衣夹沿着地毯往前跑去。

水壶的啸叫声吓了她一跳，她转过身来，看到站在门口的汉娜。小姑娘扔掉衣夹，说：“坏露西！”狠狠地拍打自己的手。

汉娜方才的恐惧在这一瞬间变成了绝望：她的女儿竟然是这么看她的。不是一个深爱她的母亲，而是一个残暴的人。她尽量让自己冷静下来，思考着她该怎么做。

她颤抖着双手，泡了杯热可可，端进屋来。“亲爱的，你玩的游戏真有意思。”她的声音有些颤抖，她努力地控制住自己。

孩子一动不动地坐着，不说话，也不喝可可。

“你是不是有秘密啊，格蕾丝？”

小姑娘慢慢地点头。

“我敢说那些秘密一定很有趣。”

她再次点了点小小的下巴，眼睛里却透露着一种茫然。

“我们来玩个游戏，怎么样？”

孩子的脚尖在地板上的一个凹陷处滑来滑去。

“我们来玩一个游戏，我来猜你的秘密。这样的话，秘密还是秘密，因为你并没有告诉我。如果我猜对了，你就可以得到一块糖作为奖励。”孩子的脸一下子绷得紧紧的，汉娜脸上的笑容却很难看。“我猜……你去见杰纳斯来的那位女士了。对吗？”

孩子点点头，然后又停下来。“我们去大房子看了那个人，她的脸是粉红色的。”

“亲爱的，我不会对你生气的。有时候，去拜访别人是很开心的，对不对？她有没有给你大大的拥抱啊？”

“有。”她慢慢地说，一边说一边思索：她有没有泄露秘密。

半小时后，汉娜从晾衣绳上收着洗好的衣物，她的胃里依然翻腾不已。她的亲妹妹怎么能做这样的事情？穆切莫店里那些顾客脸上的表情再次浮现在她的脑海里，她觉得，他们眼里看到的东西，她却看不到——他们每个人，包括格温，都在背后嘲笑她。她转身走进屋子，冲进格温的房间，留下一件衬裙孤零零地悬挂在一只衣夹上。

“你怎么可以这么做？”

“到底怎么了？”格温问。

“别装作你什么都不知道似的！”

“汉娜，你在说什么？”

“我知道你做的事情了。我知道你带格蕾丝去哪儿了。”

她的妹妹眼里忽然充满了泪水，这让汉娜着实吃了一惊。格温说：“那孩子太可怜了，汉娜。”

“什么？”

“她太可怜了！是的，我带她去见了伊莎贝尔·舍伯恩。就在公园里，我让她们待在一起。可我这么做是为了孩子，汉娜——为了露西。”

“她叫格蕾丝！她叫格蕾丝，她是我的女儿，我只想让她快乐——”汉娜的声音渐渐低了下去，她啜泣着，“我想弗兰克。噢，上帝啊，我想你，弗兰克。”她看着她的妹妹。“而你，你竟然带她去见那个将他随意埋葬的人的妻子！你想过没有？格蕾丝必须忘记他们。必须忘记。我才是她的妈妈！”

格温犹豫了一下，然后走向她的姐姐，轻轻地拥抱她。“汉娜，你知道你对我有多重要。可是问题是格蕾丝不认为这是她的家，我不忍心看她受苦，也不忍心看你如此被伤害。”

汉娜大口地吸气，又大口地呼气。

格温挺直了肩膀。“我觉得你应该把孩子还回去，还给伊莎贝尔·舍伯恩。我想不到有其他的办法。为了孩子，也为了你自己，汉娜亲爱的。为了你们。”

汉娜后退了几步，声音坚定。“她永远不会再见到那个女人，只要我活着。永远！”

姐妹俩都没有注意到透过门缝往里看的那张小脸，那双小耳朵听到了这陌生屋子里传出的一切，一切。

弗农·纳吉隔着桌子坐在汤姆对面。“我还以为什么样的人我都碰到过了，没想到还有你这种。”他又看了一遍他面前的记录，“一条船被冲上岸，你自己对自己说，‘这孩子看起来不错。我要留下它，反正没人会知道。’”

“这是问题？”

“你这是在刁难我？”

“不是。”

“伊莎贝尔失去了几个孩子？”

“三个。你知道的。”

“但是，是你决定要留下那个婴儿。而不是失去三个孩子的母亲？这都是你的主意，因为你觉得如果你们没有孩子，人们会觉得你不是个真正的男人。你当我是傻子？”

汤姆沉默不语，纳吉俯身向他，声音软下来。“我懂那种感觉，失去孩子的感觉。我也理解那会对你妻子造成什么样的影响，她可能会因此而变得不太正常。”他等了一会儿，却没有得到答复，“对她，他们会从宽处理。”

“他们别想动她。”汤姆说。

纳吉摇了摇头。“法官下周就到，拘押听证会后，你就得归奥班尼管，斯普拉格一定会张开双臂欢迎你，只有上帝知道他还想干什么。在奥班尼，他肯定会对付你，到那时，我根本无能为力。”

汤姆一言不答。

“需要我告诉谁听证会的事情？”

“不用了，谢谢。”

纳吉看了他一眼。他正要离开时，汤姆说：“我可以给我妻子写封信吗？”

“你显然不能写信给你的妻子。你这是有意干扰潜在证人。如果你要这么做，那就按规定来，伙计。”

汤姆揣摩着他的话。“只需要一张纸和一支笔。你想看就看……她是我的妻子。”

“老天啊，我是警察。”

“不要告诉我你从没违反过规定，从没对某些可怜的家伙睁一只眼闭一只眼。就一张纸和一支笔。”

那天下午，拉尔夫把信交给伊莎贝尔。她颤抖着手，不情愿地接过信。

“我走了，你看信吧。”他伸出手去触碰她的小臂，“他需要你的帮助，伊莎贝尔。”他面色凝重。

“我的小女儿也是。”她含着泪水说。

拉尔夫离开后，她拿着信回到卧室，紧紧地注视着它。她将信拿到面前，闻了闻，想找到一丝她丈夫的痕迹，可是什么也没有——她什么也没找到。她从梳妆台里取出一把修甲小剪刀，剪开信封的边角，可是忽然有什么东西令她停下手上的动作。露西的脸浮现在她的眼前，在她面前尖叫着，伊莎贝尔颤抖着，意识到这一切都是汤姆造成的。她放下剪刀，将那封信塞进抽屉，缓缓地、无声地关上了抽屉。

汤姆听到了丁零当啷的钥匙声。

“下午好。”杰拉尔德·菲茨杰拉德由哈利·卡斯通带着走进来，“对不起，来晚了。火车刚开出班伯里就撞上了一群羊，延误了时间。”

“反正我哪儿也去不了。”汤姆耸耸肩。

律师在桌上放好文件。“拘押听证会还有四天。”

汤姆点点头。

“改变主意了？”

“没有。”

菲茨杰拉德叹气。“你在等什么？”

汤姆看着他，律师重复道：“你该死的到底在等什么？伙计，不会有骑兵翻山越岭来救你。除了我，没有别人。我在这里只是因为阿迪科特船长付了我钱。”

“我告诉过他不要浪费他的钱。”

“并不一定是浪费！你完全可以好好利用那些钱。”

“怎么利用？”

“把真相告诉我——给你自己一个重获自由的机会。”

“你觉得毁了我的妻子能让我重获自由？”

“我要说的是，无论你做过什么，对其中一半的指控我们都可以进行合理的辩护——至少可以让他们去找证据。如果你不认罪，官方得找到每一项指控的细节性证据。那个该死的斯普拉格，还有他那些激进主义指控，让我好好地跟他干一场！”

“如果我对所有指控认罪，他们就会放过我的妻子，这是你上次说的。你懂法律。而我知道我要做什么。”

“想和做完全是两回事。你很快就会发现，弗里曼特尔的监狱跟地狱没什么两样。你得在那鬼地方待二十年。”

汤姆看着他的眼睛。“想知道什么才是鬼地方？你去波济耶尔、布里阔特、帕斯尚尔看看，回来再来告诉我，有张床给你睡，有食物给你吃，头上有个屋顶的地方是不是鬼地方。”

菲茨杰拉德低头看着那些文件，做了些笔记。“如果你要认罪，我会帮你做认罪辩护。你就得对所有的指控负责。但是依我看，你最好想想清楚……而且，你最好跟主耶稣什么的祈祷斯普拉格那个家伙不会一到奥班尼就给你罪上加罪。”

第三十二章

“又有什么鬼事？”弗农·纳吉问。哈利·卡斯通在他身后关上门，默默地站在警长办公室里。

卡斯通挪挪脚，又清了清喉咙，朝警察局前厅的方向甩了一下头。

“说重点，警官。”

“有访客。”

“我的？”

“不是，长官。”

纳吉给了他一个警告的眼神。

“是来看舍伯恩的，长官。”

“所以呢？我的上帝，你知道该怎么做啊。做记录，然后让他们进去。”

“是——汉娜·伦费尔特，长官。”

警长站起来。“噢。”他合上文件，摩挲着下巴，“我去和她说几句。”

纳吉站在警察局前厅的柜台旁。“让受害者家属见被告，这属于非正常程序，伦费尔特太太。”

汉娜一声不吭地注视着警长。

他只得再次开口："这恐怕不行。请恕我直言……"

"但是不违反条例吧？也不违反法律吧？"

"太太，这确实不违反法律。可对你来说，上法庭已经够艰难了。相信我，这样的案子已经让人很痛苦了，你真的没必要在上庭之前给自己找麻烦。"

"我要见他。我要看看他的眼睛，这个杀了我孩子的男人。"

"杀了你的孩子？你要镇静些。"

"我失去的那个孩子永远都不会回来了，警长，永远。"

"我不太明白你的意思，伦费尔特太太，可是无论如何，我——"

"我有权这么做，你不觉得吗？"

纳吉叹气。这个女人太可怜了。多年来，她一直失魂落魄地在镇上游荡。也许这一次可以消除她心中的魔障。"你在这儿等一会儿……"

汤姆站起来，对此感到困惑不已。"汉娜·伦费尔特要见我？为什么？"

"当然，你没有义务这么做。我可以让她走。"

"不——"汤姆说，"我会见她。谢谢。"

几分钟后，卡斯通警员手里拿着一张小木头凳子，带着汉娜走了进来。他将凳子放在离栅栏不远的地方。

"伦费尔特太太，我把门开着，在外面等。还是你希望我留在这里？"

"没必要。我不会耽搁很久。"

卡斯通撇了撇嘴，将钥匙甩得叮当响。"好吧，我出去了，太太。"他说，然后沿着走廊走了出去。

汉娜沉默地盯着汤姆，仔细地观察着他：左耳下有一道弹片留下的小疤痕，耳垂很大，手指上虽然有许多茧子，却长而纤细。

他任由她打量着，毫不畏缩，仿佛将自己当猎物般近距离献给一个猎人。过往的情景一幕一幕在他脑海里闪过——船、尸体、摇铃，都历历在目。其他的记忆也涌上了心头——夜深人静时，格雷斯马克家的厨房里，他心情复杂地写下第一封信；露西嫩滑的皮肤，她咯咯的笑声，沉船滩的海水里，他抱着她，她的头发像海藻般漂浮在水面；还有他发现原来他一直认识孩子母亲的那一刻……他感觉后背已经被汗水浸透。

“谢谢你能见我，舍伯恩先生……”

汉娜是如此彬彬有礼，这比她骂他或朝他扔椅子更让汤姆感到惊讶。

“我知道你可以选择不见我。”

他只是轻轻地点了点头。

“很奇怪，是不是？”她继续说道，“几个星期前，我想起你时，还心怀感激。原来那天晚上你才是我应该害怕的人，而不是那个酒鬼。‘战场会改变一个人。它会让人失去辨别是非的能力。’我现在才明白你的意思。”

她声音平稳地问：“我想知道，这一切真的都是你做的吗？”

汤姆缓缓地、严肃地点了点头。

汉娜的脸上闪过一丝痛苦的神情，好像刚被打了一巴掌似的。“对你的所作所为，你后悔吗？”

这个问题刺痛了他，他盯着地板上的一个木节，说道：“实在非常抱歉，我知道现在说什么都没用。”

“你难道就没有想过孩子可能有妈妈？难道就没有想过她可能有至亲至爱、牵挂她的人？”她环顾了一下牢房，又看回汤姆，“为什么？我不能理解，你为什么要这么做……”

他的下巴生涩而僵硬。“我真的无法告诉你为什么。”

她应该知道真相。可他什么也不能说，否则就会背叛伊莎贝尔。“真的。我无法告诉你。”

“奥班尼的那个警察觉得你杀了我的丈夫。你有吗？”

他直视着她。“我向你发誓，我找到他的时候，他已经死了……我知道我不应该那么做。我很后悔，当初做那样的决定。可是你的丈夫当时已经死了。”

汉娜深吸了一口气，准备离开。

“你想怎么惩罚我都可以。我不是在请求你的原谅……”汤姆说，“但我的妻子是无辜的。她爱那个孩子。她爱她，好像她是这世界上唯一的珍宝。请你怜悯怜悯她。”

汉娜脸上的苦涩渐渐变成一种疲倦至极的忧伤。“弗兰克是一个好人。”她说，然后慢慢地沿着走廊走了出去。

昏暗的灯光下，汤姆聆听着蝉声，时间一秒一秒流逝。他的双手不由自主地张开，握紧，又张开，仿佛它们能带他去双脚无法企及的地方。有好一会儿，他盯着这双手，想到它们曾做过的一切。这些细胞、这些肌肉、这些思想构成了他的生命——当然，他的生命远不止这些。他的思绪回到当下，回到这凝重的空气中，四面是散发着热量的墙壁。能带他走出这地狱的最后一根救命稻草也断了。

一连好几个小时，伊莎贝尔在帮着母亲打扫屋子。她看着维奥莱特保存的画，那还是上次短假回来时露西画的。她陷在失去女儿的悲痛中，越陷越深。可汤姆依然会回到她的脑海中，她想起拉尔夫送来的那封信。

格温答应过她，会再带露西来见她，可自那以后，无论伊莎贝尔在公园里等多久，她们都再也没有出现过。但就算如此，她也每天都去，哪怕希望再渺茫，她也不能放弃。为了露西，她应当恨汤姆。然而，她还是拿出了那封信，盯着信封边角上那日裁开的痕迹看了一会儿，又将信放了回去，然后匆忙出门跑向公园，等待哪怕万分之一的机会。

老伐木工人的小屋坐落在小镇郊外，都是用薄板搭建而成，不远处是为小镇供水的抽水站。伊莎贝尔知道，汉娜·伦费尔特就住在其中一间小屋里，她珍爱的露西就是被带到了这里。她没有等到格温。走投无路下，她过来寻找露西。她只想知道露西好不好。此时正值晌午，宽阔的街道上空无一人，两旁的蓝花楹树在头顶交织成一片。

伊莎贝尔沿着小巷走到小屋的后面，树篱后传来有节奏的金属摩擦的吱吱声。她透过树叶间细小的缝隙看进去，她的呼吸突然加快起来，她看到了她的小女儿，骑着三轮车在小径上来来回回玩耍。伊莎贝尔孤零零地站在那里，只是全身心地注视着那个骑在车上的小人。她们之间的距离是如此之近：伊莎贝尔几乎可以触摸她、拥抱她、抚慰她。那一瞬间，她突然觉得不能和孩子待在一起是一件多么荒谬的事情——好像整个小镇上的人都是疯子，而她是唯一清醒的人。

她开始思考。每天会有一趟火车从珀斯开往奥班尼，从奥班尼前往珀斯的火车也只有一趟。如果她在最后时刻跳上列车，说不定不会有人注意到她？也许不会有人发现孩子不见了？到了珀斯，做个隐姓埋名的人会更容易。然后她可以坐船去悉尼，甚至英格兰，开始一段新的生活。可她的名下没有一分钱——她也从未有过银行账户，但这并不能阻止她。她看着她的女儿，思量着她的下一步行动。

哈利·卡斯通猛烈地敲着格雷斯马克家的大门。这么晚了，也不知道是谁，比尔透过玻璃往外瞧了瞧，然后打开了门。

“格雷斯马克先生。”警员蛮横地点了点头，说。

“晚上好，哈利。什么风把你吹来了？”

“公务。”

“好。”比尔说，准备迎接更糟糕的消息。

“我在找伦费尔特家的姑娘。”

“汉娜？”

“不是，是她的女儿。格蕾丝。”

比尔愣了一下才反应过来，他指的是露西，他疑惑地看了一眼面前的警察。

“她在这里吗？”卡斯通问。

“她当然不在这里。这到底是……”

“好吧，汉娜·伦费尔特找不到她了。她失踪了。”

“汉娜把她弄丢了？”

“或者是有人带走了她。你女儿在家吗？”

“在。”

“你确定？”他问，语气里有些微微的失望。

“当然。”

“她一整天都在家吗？”

“不，没有一整天。这到底是怎么回事？露西在哪儿？”

维奥莱特站在比尔身后。“发生了什么事？”

“我需要见你女儿，格雷斯马克太太。”卡斯通说，“请你把她叫出来。”

维奥莱特无可奈何地走去伊莎贝尔的房间，可是房间里没有人。她快步跑到屋后，只见伊莎贝尔坐在秋千上，凝望着天空。

“伊莎贝尔！哈利·卡斯通来了！”

“他来干什么？”

“我想你最好去见见他。”维奥莱特说，语气里透出的某种意味让伊莎贝尔不由自主地跟着母亲穿过整栋房子来到前门。

“晚上好，舍伯恩太太。我来这儿是为了格蕾丝·伦费尔特。”卡斯通说道。

“她怎么了？”伊莎贝尔问。

“你最后一次见她是什么时候？”

“她回来后她们就没有在一起了。”她的母亲愤愤不平地说，随即又纠正道，“她们……是碰到过一次，那是意外，在穆切莫店里，但是就那么一次——”

“是这样吗，舍伯恩太太？”

伊莎贝尔没有说话，她的父亲说道：“当然是，你认为她……”

“不，爸爸。事实上，我见过她。”

夫妻两人都转过脸来，疑惑地张大了嘴。

“三天前在公园里。格温·波茨带她来见了我。”伊莎贝尔思考着是否还要说下去，“我没有去找她——是格温带她来见我的，我发誓。

露西在哪儿？”

“不见了。她失踪了。”

“什么时候？”

“我以为你可以告诉我这个。”警察说，“格雷斯马克先生，你不介意我到处看看吧？我只是想确定一下。”

比尔刚要反对，可伊莎贝尔方才说的话让他有些担心。“这房子里什么也没有。你随便看。”

卡斯通警察还记得他被比尔·格雷斯马克惩罚的事情，因为他在一次数学测验时作了弊。他故作正经，打开了所有的衣柜，也检查了所有的床底，做这些的时候，他仍然怀揣着一丝紧张，仿佛校长还会打他手心似的。最后，他回到玄关。

“谢谢。如果看到她，请你们告诉我们。”

“告诉你们！”伊莎贝尔被激怒了，“你们开始搜查了吗？你们为什么不去找她？”

“这跟你没关系，舍伯恩太太。”

卡斯通一走，伊莎贝尔立刻转向她的父亲。“爸爸，我们要找到她！她到底会去哪儿呢？我得去——”

“别着急，伊奇。我去问问弗农·纳吉，问他到底发生了什么。”

第三十三章

对这个在杰纳斯长大的孩子来说，她在灯塔上度过的时光，那个只有三个人的世界已经融入了她的骨血。毫无疑问，她的生命已经与那对抚养她长大的夫妇牢牢地联系在了一起。对于她来说，失去他们远远不只悲伤那么简单。

她知道，她是如此想念爸爸和妈妈，渴望回到他们身边。尽管回到大陆生活已经有几个星期了，她仍然日日夜夜思念着他们。她肯定是做了什么特别淘气的事情，不然妈妈不会一直哭。还有，那个黑头发黑眼睛的女人为什么总说自己才是她真正的妈妈……撒谎是不对的。可大人们为什么老是对她这么说，他们为什么都不管她的想法呢?

她知道妈妈就在帕特吉乌斯。她知道那些坏人把爸爸带走了，但她不知道爸爸被带到哪里去了。她听到过很多次“警察”这个词，但不清楚他们到底是什么人。汉娜说她再也不能见妈妈了。

杰纳斯很大，但她对它了如指掌：沉船滩、危险湾、大风脊。爸爸一直都说，要找到回家的路，只要找到灯塔就可以了。她也知道帕特吉乌斯是个很小的地方，她听别人说过很多次。

这天，汉娜在厨房，格温出去了，小姑娘来到她的房间。她四下看了看，然后认真地扣好凉鞋，又将一幅画放到小背包里，上面画着爸爸、妈妈，还有灯塔。她把早上那个女人给她的苹果也装了进去，还有她平时当玩偶玩的那些衣夹。

她轻轻地关上后门，开始在花园后面的树篱笆里寻找，最后，她找到一个她正好能钻出去的小豁口。她之前在公园里见过妈妈。她要去那里找妈妈。她们再一起去找爸爸，然后回家。

那天下午晚些时候，她开始实施自己的想法。太阳从天边斜斜地照过来，树影像皮筋一样被拉扯得老长。

她爬过树篱，拖着她的小包，向房子后面的矮树丛走去。她慢慢地向前走着，矮树丛变得越来越密，草木也越来越绿。这里有很多小鸟，呼朋引伴地歌唱着。她看到黑色的、长着鳞片的小蜥蜴飞快地穿过灌木丛，一点也不害怕，因为她知道，小蜥蜴是不会伤害她的。但是她不知道，这里与杰纳斯不一样，不是所有黑色的、滑行的动物都是小蜥蜴。她从来不知道有腿的蜥蜴和没腿的蜥蜴有什么区别，因为，她从没见过蛇。

小姑娘走到公园的时候，天色渐渐暗了下来。她跑到长椅那里，但是连妈妈的影子都没见到。她坐在那里，把小包拖到身边，看着空旷的四周。她从小背包里拿出苹果，咬了一口。走了这么多路，苹果的表面已经被擦伤了。

这个时间，帕特吉乌斯镇上各家的厨房里都是一派忙碌的景象，挤满了暴躁的母亲和饥肠辘辘的孩子。一整天都在树丛里钻进钻出，或者刚从海滩上玩耍归来的孩子们，一个个都灰头土脸，现在正忙着洗手洗脸。爸爸们终于有时间喝瓶卡尔古利啤酒了，妈妈们则得看着炖锅里煮着的土豆，或者烤箱里烤着的肉。在一天结束的时候，一家人团团圆圆、安安全全地聚在一起。暮色降临，天边的那抹亮色也渐渐被阴影吞噬，直到黑暗完全吞没了一切。人们回到自己家中，将夜晚还给了那些生物：蟋蟀、猫头鹰，还有蛇。一个亘古不变的世界苏醒过来，仿佛白昼、人类以及沧海桑田的变化都是一场幻觉。街道上，一个人也没有。

纳吉警长来到公园的时候，只看到公园长凳上放着的一个小背包，还有一个苹果核，苹果核上满是小小的牙印，此时已经爬满了蚂蚁。

随着夜幕的降临，黑暗中开始亮起点点灯光。有些是窗户里透出的煤气灯光，有些是新房子里的电灯光。帕特吉乌斯的主街两侧都安装了路灯。晴朗的夜空里，星光闪耀，漆黑的夜幕上，银河横亘，璀璨生辉。

人们提着灯笼在灌木丛中搜寻着，灯笼的亮光在树丛间摇晃着，仿佛一个一个火红色的果子。除了警察，这些人还有来自波茨木材厂的工人，以及港口和灯塔的人。汉娜按照指示被留在了家里，她焦急地等待着。格雷斯马克家的几个人沿着灌木小径往前走着，一边呼唤着孩子的名字。虽然只丢了一个孩子，但空气中却回荡着“露西”和“格蕾丝”两个名字。

小姑娘手里抓着那幅画着妈妈、爸爸和灯塔的画，想起那几个占星师的故事，他们根据一颗星星的指引，找到了耶稣。她已经看到了杰纳斯的灯塔，在海那边：一点都不远——灯塔从来都不远。尽管她觉得有些不太对劲，那道白光之间还夹着一道红光，但她依然朝着它的方向走去。

夜晚的大海变得汹涌起来，翻滚的海浪一次又一次吞噬着海岸。到了灯塔，她就能找到妈妈和爸爸了。她朝着狭长的海岬走去——这是帕特吉乌斯的“尽头”。每往前走一步，她就离灯塔更近一步，离大海更近一步。

可是，她追随的并不是杰纳斯的光束。每座灯塔都有一个独特的灯质，现在这道夹杂着红光的白光是要告诉水手们，他们正在接近帕特吉乌斯港口入口处的浅水区，这里距离杰纳斯岩有一百英里。

风越来越大。海水翻滚着。孩子还在前行。黑暗依旧笼罩大地。

牢房里，汤姆也听到了回荡在外面的喊声。“露西？露西，你在那儿吗？”过了一会儿，他又听到，“格蕾丝？你在哪儿，格蕾丝？”

牢房里只有他一个人，汤姆朝着警察局前厅的方向喊道：“纳吉警长？警长？”

一阵丁零当啷的钥匙声后，林奇警员出现了。“怎么了？”

“出什么事了？外面有人在喊露西。”

鲍勃·林奇想了想，这个家伙有权知道这事。反正他什么也做不了。“她失踪了，那个小姑娘。”

“什么时候？怎么会？”

“几个小时之前。看起来是自己跑掉了。”

“该死的，怎么会发生这种事？”

“我也不知道。”

“那他们现在在干吗？”

“他们在找她。”

“让我去帮忙吧，我不能在这儿干坐着。”林奇脸上的表情已经替他做了回答。“噢，拜托你好不好！”汤姆说，“我能去哪儿啊？”

“我一有消息就会告诉你，伙计。顶多就是这样。”又是一连串叮当声，他走了出去。

黑暗中，汤姆又想到了露西，她是个好奇的孩子，总是迫不及待地探索她周边的事物。她从来不怕黑。或许他应该教会她什么是害怕。他没有为她在杰纳斯以外的地方生活做好准备。他忽然萌生了另一个念头。伊莎贝尔在哪儿？现在的状态下，她会做什么？希望这一切不是她做的，他祈祷着。

感谢上帝，现在还不是冬天。但夜深之后，弗农·纳吉仍然感到了空气中的丝丝凉意。孩子穿着凉鞋和棉布裙，至少现在她在外面过夜还不至于被冻死。

已经这个点了，再这么找下去毫无意义。一过五点，太阳就出来了。现在最好让他们都回去休息一下，等天亮了才能保持清醒。“去跟大家说，”他在街尾遇到卡斯通时说，“今晚到此结束。明天天一亮，让大家都到警察局集合，然后再开始找。”

凌晨一点钟，他觉得自己需要理理思路。于是，他提着灯笼，沿着傍晚散步时熟悉的小路向前走去，手中的灯笼随着他的脚步轻轻摇晃着。

小屋里，汉娜正在祈祷。“上帝啊，请保佑她平安无事。请保护她，

救救她。你曾经救过她……”汉娜很担心——担心格蕾丝会不会已经用完了她的运气？然后她又开始安慰自己。一个孩子独自在外过夜根本不能算是奇迹，她只需要避免厄运就行了。但是很快，这种想法就被一种更可怕更急切的恐惧代替。她筋疲力尽，心里的想法渐渐扭曲。或许上帝并不想让格蕾丝跟她生活在一起？或许她才是这一切的罪魁祸首。她等待着，祈祷着，心里暗暗与上帝做了个约定。

有人在踢门。尽管灯都关掉了，但汉娜毫无睡意，一听到门声，她立刻跳起来开了门。站在她面前的是纳吉警长，格蕾丝软软地躺在他怀里。

“哦，感谢上帝！”汉娜扑向那小小的身体。她的眼睛死死地黏在孩子身上，完全没有注意到另外一个人脸上的微笑。

“在海岬上走的时候差点被她绊倒。她睡得很熟。”他说道，“她真是命大，这一点毫无疑问。”他微笑着，眼里却泛着一丝泪光，怀里的孩子让他想起自己的儿子，多年前也这么躺在自己的怀里，可是却救不了他。

汉娜怀抱着熟睡的女儿，几乎没有听到他的话。

那天晚上，汉娜将格蕾丝放在自己的床上。她紧挨着她，聆听着她的每一声呼吸，注视着她的每一次转头、踢腿。她感受着女儿的体温，满心安慰，可是，这种安慰却被她内心一种更阴郁的认知蒙上了阴影。

雨滴像碎石子般洒落在锡制的屋顶上，仿佛带着汉娜回到她婚礼的那天：简陋的小屋里，屋顶漏着雨，地上是接水的提桶，却充满了爱与希望。

是的，希望。无论生活带给弗兰克的是什么，他总是面带微笑，欣然接受。她希望格蕾丝也能这样，她希望自己的女儿做一个快乐的小姑娘。她向上帝祈祷，祈求上帝将勇气与力量赐予她的女儿，让她能够快乐地生活。

外面的雷声吵醒了孩子，她睡眼惺忪地看了看汉娜，然后向她怀里挪了挪。她依偎着汉娜，又回到梦里。汉娜回忆着过去的誓言，暗自啜泣。

牢房的角落里，那只黑蜘蛛在杂乱无章的蛛丝网上爬来爬去，编织着只有它自己知道的形状——每根蛛丝都有其特定的位置、强度或角度。夜里，它会爬出来修补它的网，蛛丝纤维上积满了灰尘，在漏斗状的蛛网内形成随意的图样。它随意地编织着它的世界，不断修补，不到万不得已，绝不放弃自己这张网。

露西没事了。汤姆浑身都轻松下来。可是，依然没有伊莎贝尔的消息。如果他注定要失去她，或许放手，让一切顺其自然，会让生活变得简单些。他的思绪又陷入回忆之中。煤油蒸气在触到火柴的一瞬间，“轰”的一声发出夺目的亮光。亮光穿过棱镜，变幻成道道彩虹。杰纳斯的海洋像一件神秘礼物般展现在他面前。如果他要告别这个世界，他希望记住这里的美好，而不是只有痛苦。他还要记住露西，她对他们两个陌生人是如此信任，她就如一个分子般与他们融合在了一起。还有伊莎贝尔，以前的那个伊莎贝尔，认识她之前，他如行尸走肉般地活着，是她重新点燃了他的人生。

牢房里雾气弥漫，一阵小雨为他带来了森林的味道。空气里充斥着湿润的草木和泥土的气息，还有山龙眼刺鼻的气味。他忽然想到，他还要跟他自己告别——那个被遗弃的八岁孩童，那个徘徊在地狱里的心思恍惚的士兵，那个被打开心扉的灯塔看守人。他们就像俄罗斯套娃，一个套着一个，存在于他的身体里。

森林在对他歌唱，雨滴轻轻地敲打在树叶上，一滴一滴落入水洼之中。笑翠鸟们像是听到了什么笑话，笑得犹如一群疯子。此时此刻，他觉得自己融入了一个紧密相连的整体，无论过多久也不会改变。他依偎在大自然的怀抱中，等待着最终的接纳，等待着被重塑为另一条生命。

雨开始下大了，闪电过后，远处传来轰隆隆的雷声。

第三十四章

阿迪科特一家的房子，如果不是还隔着几米海草，基本就等于扎根在海里了。拉尔夫将木材和砖理得整整齐齐，而希尔达则在屋后的沙地上弄了个小花园，白日菊和大丽花点缀在小径两旁，开得像舞娘一样妖娆。小径的尽头有一间小小的鸟舍，雀鸟欢快地啁啾其间。

找到露西的第二天，拉尔夫拖着沉重的脚步穿过屋前的小路，闻到窗户里飘出橘子酱的味道。他在玄关脱下帽子，希尔达冲过来拦住了他，手里的木头勺子像橘子棒棒糖一样闪闪发亮。她竖起一根手指按在唇上，领着他往厨房走。“在客厅里！”她瞪大了眼睛，压低声音说，“伊莎贝尔·舍伯恩！她一直在等你。”

拉尔夫摇了摇头。“真是乱了套了。”

“她想怎么样？”

“我觉得这就是麻烦的地方。她搞不清自己想怎么样。”

船长家的客厅虽然小，但却很整齐，没有装在瓶子里的船，也没有斗士的模型，只有油画——大天使米迦勒和拉斐尔，圣母玛利亚和孩子，还有许多圣徒，用他们永恒严肃的、冷静的目光，迎接着每一位客人。

伊莎贝尔手边的水杯几乎空了。她凝神盯着一个天使，他的脚边有一条蛇，手里的剑和盾悬在蛇的上方。窗外云层很厚，屋里也有些昏暗，油画看起来都泛着金色的光晕，悬在阴沉的空气中。

她没注意到拉尔夫进来了。他看了她好一会儿才出声："那是我收藏的第一幅画。四十多年前，我在塞瓦斯托波尔附近的海里捞上来一个俄国兵。后来，他将这幅画送给我，作为谢礼。"他说得很慢，时不时停顿一下。"其他都是我开商船的时候收集来的。"他轻笑了一下，"我不是什么虔诚的信徒，对画也一无所知。可这些画似乎会跟你说话，希尔达说我不在的时候就是它们在陪着她。"

他把手插进口袋，朝伊莎贝尔看着的那幅画点了点头。"我告诉你，我以前老和那家伙唠叨。大天使米迦勒。你看他手握着剑，可半举着盾牌，似乎在为什么事情犹豫不决。"

屋里安静下来，风拍打窗户的声音似乎越来越急。伊莎贝尔转头朝窗外看去。绵延至天际的海面上，波涛狂乱地冲撞着，天色开始阴沉，又一场雨要来了。她的思绪又跳回到杰纳斯岛上——回到那无边无际的空旷，回到汤姆身上。她哭了起来，汹涌而来的泪水像波涛一样，将她冲回到熟悉的海岸。

拉尔夫在她旁边坐下，握住了她的手。她哭着，他坐着，整整半个小时，他们一句话也没有说。

终于，伊莎贝尔开口了："露西昨晚跑出去了，是因为我，拉尔夫，她是为了找我。她可能会死掉。噢，拉尔夫，这真是糟透了。我不能跟爸爸妈妈说……"

拉尔夫还是沉默着，握着伊莎贝尔的手，看着她被咬秃了的指甲。他缓缓地点了点头。"她还活着，平平安安的。"

“我只要她平安就好，拉尔夫。从她来到杰纳斯的那刻起，我就想尽我所能地对她好。她需要我们，我们也需要她。”她顿了一下，“她刚出现的时候——那么突然，毫无征兆——就像一个奇迹，拉尔夫。我本以为她是命中注定要跟我们一起生活的。一个孩子失去了父母，而我们失去了一个孩子。”

“我那么爱她。”她擤了擤鼻子，“在那里……拉尔夫，你是世界上唯一知道杰纳斯是什么样子的人。可就算是你，也从来没有站在码头上，看着船离去，听着马达声渐渐远去，看着船越变越小。你不知道一连好几年与世隔绝是什么滋味。杰纳斯是真实的，露西是真实的。其他的一切不过都是虚幻。”

“我们发现汉娜·伦费尔特的时候——唉，那时候，已经太迟了，拉尔夫。我从来没有过放弃露西的念头——我不能放弃她。”

拉尔夫坐在那里，呼吸缓慢而深沉，间或点点头。他克制着自己不向她发问或反驳她。保持沉默是帮她，也是帮所有人的最好的方法。

“我们曾经是多么幸福的一家。可是，当警察上了岛，当我听说汤姆所做的事情，我就没有安全感了，就连自己的内心也充满了惶恐。我很伤心，很生气，而且还很害怕。自从警察告诉我摇铃的事情之后，一切都乱了。”

她看着他，悲哀地说道：“我到底做了些什么？”

“你难道不觉得，重要的是你接下来该做什么吗？”

“我什么也做不了，一切都毁了。都没有意义了。”

“那个男人爱你，你知道的。那总该有意义吧。”

“那露西呢？她是我的女儿，拉尔夫。”她想给自己找个解释，“你能想象让希尔达放弃她的哪个孩子吗？”

“这不是放弃。这是送还，伊莎贝尔。”

“可露西不是上天赐给我们的吗？不是上帝要我们照顾她的吗？”

“也许他是让你好好照顾她。你做到了。也许他现在又要求让别人来照顾她了。”他呼了一口气，“见鬼，我又不是牧师。我懂什么上帝？可我知道，有个人愿意放弃一切——所有的一切——来保护你。你说对吗？”

“可你也看到昨天的事了。你知道露西有多绝望。她需要我，拉尔夫。我要怎么跟她解释？你无法指望她能理解，她这个年纪理解不了。”

“生活就是这么残酷，伊莎贝尔。有时候，它就是会狠狠地咬你一口。而有时候，当你觉得最糟糕的部分已经过去了，它却又会回来，再打你一耙。”

“我以为，它对我的折磨在好多年前就已经结束了。”

“现在的情况很不好，但如果你不替汤姆说话，事情只会变得更糟。说真的，伊莎贝尔。露西还小，她已经拥有了想照顾她、给她美好生活的人。可汤姆谁都没有，他不应该受这么多罪。”

在圣徒和天使的注视之下，拉尔夫继续说道：“你们之间发生的事情，上帝都知道。虽然有很多谎言，但全是出于好意。可是这一切已经足够了。你为了露西而做的一切，已经伤害到其他人。唉，我当然知道这对你来说有多痛苦。斯普拉格那个浑蛋，我绝饶不了他。汤姆是你的丈夫。不论好还是坏，不论疾病还是健康，他都是你的丈夫。除非你想看着他坐牢，不然——”他说不下去了。“我觉得这是你最后的机会了。”

“你去哪儿？”女儿的举动让维奥莱特担心不已，“你才刚回来。”

“我出去一下，妈。有件事我必须得做。”

“可外面正下大雨呢，起码等雨停了再去吧。”她指了指地板上的一堆衣服，“我决定整理一下你哥哥们的东西。他们的旧T恤、旧靴子什么的，也许别人还能用得上。我想把它们送到教堂去。”她的声音里带着轻微的颤抖。“如果你能陪我一起整理就最好了。”

“我现在得去警察局。”

“到底为了什么？”

伊莎贝尔看着她的母亲，有那么一瞬间，她几乎要将一切和盘托出。可她忍住了，只说：“我得去见见纳吉先生，我一会儿就回来。”

伊莎贝尔刚打开门，就被站在门口正要按门铃的一个身影吓了一跳。是汉娜·伦费尔特，她全身被冲得透湿。伊莎贝尔站在原地，说不出话来。

汉娜站在门口的台阶上，眼睛一直盯着伊莎贝尔身后桌上的玫瑰花，生怕直视伊莎贝尔会让自己改变主意，她飞快地说道：“我来是有话要说——说完就走。请不要问我任何问题。”她想起几个小时以前自己向上帝发下的誓言，她不能食言。她深吸了口气。“昨天晚上，格蕾丝很有可能会出事。她那么急着想见你。”她抬起头，“你知道那种感觉吗？看着自己怀胎十月生下的女儿叫别人妈妈？”她的眼睛瞥向一边。“可是我不得不接受，不管有多痛苦，我不能为了我自己牺牲她的快乐。”

“我的孩子——格蕾丝——不会回来了。我看得出来。事实明摆着，没有我，她也能活得很好。尽管我不能没有她，但我不能因为过去的那些事让她遭罪，也不能因为你丈夫的决定让你承受痛苦。”

伊莎贝尔正要开口反驳，可汉娜打断了她。她再一次注视着那些玫瑰，说道：“我很了解弗兰克，可我对格蕾丝只了解一点点。”她看进伊莎贝尔的眼睛。“格蕾丝爱你。也许，她是属于你的。”她竭尽全力，才挤出下一句话：“可是，我想要得到公正的对待。如果你现在能对我发誓，发誓一切都是你丈夫做的——以你的生命起誓——那么我会让格蕾丝跟你生活在一起。”

伊莎贝尔未经过大脑思考，就条件反射般地说道：“我发誓。”

汉娜继续说道：“只要你拿出证据来，证明他有罪，只要他被送进监狱，格蕾丝就可以回到你身边。”她忽然掉下泪来，“噢，上帝啊，帮帮我吧！”说完，她就跑开了。

伊莎贝尔只觉得一阵恍惚。她一遍又一遍地回想刚才听到的话，怀疑那是不是出于自己的想象。可走廊上还留着湿漉漉的脚印，还留着一摊伞上流下来的水滴。

她贴着纱门往外看去，闪电好像被分成了一小块一小块。雷声随即滚滚而来，连屋顶都被震动了。

“你不是要去警察局吗？”一个声音打断了伊莎贝尔的思绪，刹那间她仿佛不知身在何处。她转过身，看着她的母亲。“我以为你已经走了。出什么事了？”

“闪电。”

“起码露西不会害怕。”一道明亮的闪电划破了天空，伊莎贝尔发现自己这么想着。从露西记事起，汤姆就教育她要懂得尊重大自然的力量，而不是害怕它——有可能击中杰纳斯灯塔的闪电，猛扑上岛的海浪。她想起露西在灯室里表现出来的崇敬：她从不会去触碰那些仪器，也不会去抚摸那些玻璃。她的记忆里有这样一幅画面，露西在汤姆怀里，从高高的瞭望台上朝站在下面晾衣绳旁的伊莎贝尔笑着挥手。“从前，有一座灯塔……”有多少个给露西讲的故事是这么开头的？“暴风雨来了。风吹啊，吹啊，灯塔看守人把灯点上，露西在帮他的忙。天很黑，可看守人一点也不害怕，因为他有魔法般的灯光。”

露西饱受折磨的脸浮现在她的脑海里。她可以将女儿留在身边，保她平安幸福，把一切痛苦都抛开。她可以爱她，珍惜她，看着她长大……几年后，牙仙子会偷走她的乳牙，留下一枚三便士的银币，然后她会渐渐长高，她们可以一起谈论这世界，谈论……

她可以将女儿留在身边。如果……她整个人蜷缩在床上，啜泣着：“我要我的女儿。噢，露西，我受不了。”

汉娜的声明，拉尔夫的恳求。她虚假的誓言，她背叛了他，就像他曾经背叛她一样。一圈又一圈，她就像坐在旋转木马上一样，被拉扯着转来转去，一会儿朝前，一会儿朝后。她不断地听到那些人讲过的话，可其中没有汤姆的声音。这个人现在挡在她和露西之间，挡在露西和她的妈妈之间。

她再也抗拒不了那封信的召唤，慢慢移到抽屉旁边，拿出那封信，慢慢打开信封。

亲爱的伊奇：

我希望你过得不错，精力充沛。我知道你父母会好好照顾你。纳吉警长人很好，让我写信给你，可他会在你之前先读一遍这封信。我真希望我们能够面对面地说话。

可我不知道还能不再跟你说话。人们总是想象着自己能找到机会把该说的都说出来，纠正犯下的错误。可现实并不总是这样。

我不能继续这么下去了——我无法做到心安理得。对不起，我伤害了你。

我们的生命都遭受了小小的曲折。如果这就是我的结局，那一切都还算值得。早些年前，我的生命就该结束了。在我认为生命已经结束的时候，我遇见了你，被你爱过——哪怕再活一百年，我也碰不上比这更好的事。我已经尽了我最大的努力去爱你，伊奇。你是个好女孩，值得比我更好的人去爱你。

我知道你很生气，很伤心，想远离这乱糟糟的一切。我知道那是什么感觉。如果你决定从此离开我，我不会怪你。

说到这里，我想说，我所能做的只有请求上帝，请求你，原谅我所造成的伤害。另外，我要感谢你和我在一起的每一天。

无论你做什么样的决定，我都会接受，并且支持你的选择。

永远爱你的

汤姆

伊莎贝尔的指尖抚过信上的字迹，她沿着那些工整而优美的笔画描画着，就好像这是一幅画，仿佛只有这样，她才能理解这些字句。她想象着笔尖划过纸面时，汤姆握着铅笔的修长的手指，感觉既陌生又熟悉。她想起他们的游戏，她在他裸着的背上写字让他猜，然后换他在她背上写。可是这回忆很快就被打断了，因为她又想起了露西，想起了露西的小脸。随后，她又想象汤姆的手，这一次它在给汉娜写信。她的思绪像钟摆一样，在怨恨和懊悔之间，在汤姆和露西之间，来回摇摆。

她抬起手来，又读了一遍那封信，她努力地理解着那些字句的意思，汤姆的声音仿佛就在耳旁，为她读着这封信。她一遍又一遍读着他的信，感觉自己的身体仿佛被撕成了两半。最后，她浑身颤抖地啜泣着，终于下定了决心。

第三十五章

帕特吉乌斯下雨的时候，雨水就像是从云朵上倾倒下来似的，将整个小镇浸透了。几千年的暴雨洪水赋予这片土地肥沃的土壤和茂密的森林。天空变得阴沉而灰暗，温度骤降。深深的沟渠阻断了泥土路，山洪过后，这些沟壑会变得更深，让汽车无法通过。河流流速加快，最终流入阔别已久的大海，谁也阻挡不了它们回归的步伐。

小镇沉寂下来。几匹马孤零零地站在马车旁。这年头，汽车越来越普及，远远超过了马车的数量。主街商店宽宽的廊檐下，站着许多人。他们撇着嘴，双臂抱胸，满脸苦相。学校后面的操场上，几个小男孩在水坑里跺来跺去踩水玩。妇女们懊恼地望着晾衣绳上还没来得及收的衣服，猫咪们从最近的门口溜了出去，喵喵叫着以示它们的不屑。雨水冲刷着战争纪念碑，碑上的金字已褪了色。雨落在教堂的屋顶上，顺着滴水兽的嘴巴，滴落在弗兰克·伦费尔特的新墓地上。不论是生者还是逝者，雨水毫无半点偏私。

“露西不会害怕。”汤姆不由得回忆起小姑娘带给他的那种感觉——只要他想到她，心中就会有股莫名的悸动。以前这种时候，她会面朝闪电，开怀大笑：“爸爸，等下会嘣的一声！”她会大叫着，等待雷声轰隆而至。

“真是倒霉！”弗农·纳吉嚷嚷，“该死的，又漏水了。”从警察局背后的山上流下来的雨水可不只是“漏水”。雨水灌入整栋建筑的后部，这里的地面本来就建得比前部低。水从屋顶和地板漫进汤姆的牢房，短短几个小时，地面的积水已有六英寸之深。黑屋蜘蛛也抛弃了自己的网，逃到了更安全的地方。

纳吉拿着钥匙出现了。“今天算你走运，舍伯恩。”

汤姆没听懂他的话。

“雨下得这么大的时候就会这样。这边的牢房快要塌了。珀斯方面一直说会修会修，但他们每次都只是派个人来，往上面刷点墙粉和水胶就完事了。要是犯人还没受审就先死了，他们又会来找麻烦。所以，你最好还是暂时到前面来，等牢里的水退了再回去。”他把钥匙插在锁里没动，“我现在放你出来，你不会做傻事吧？”

汤姆直直地看着他，什么也没有说。

“好吧。你出来吧。”

他跟着纳吉来到前面的办公室，警长将手铐的一头铐在他的手腕上，另一头铐在一根暴露在外面的水管上。“只要这里能挺住，我们就淹不死。”他对哈利·卡斯通说道。说完这句话，他自己先笑了起来。“噢，莫·麦克杰基，输给我了吧，可比你说的好笑多了。”

空气中除了雨声，没有其他任何声音，骤雨肆虐而狂暴，敲出强有力的鼓点。风已经停了，除了雨水，一切都静止了。卡斯通拿着一把拖把和几块毛巾，试图让屋子内部的情况变得好一点。

汤姆坐在那儿，透过窗户看着外面的道路，想象着此时站在杰纳斯灯塔的瞭望台上看出去的景象——会觉得自己仿佛置身于一团突然遭遇风流逆转的云朵之中。他凝视着时钟的指针，指针沿着表盘慢慢走动，好像全世界的时间都凝聚于此。

他忽然注意到，有个小小的人影正往警察局走来。那个人没有穿雨衣，也没有撑伞，双臂抱在胸前，弓着背，行走在瓢泼大雨中。他认出了那个轮廓。只一会儿，伊莎贝尔便推开门走了进来。她直视着前方，径直走到前台，哈利·卡斯通正光着膀子，忙着清理水坑。

“我——”伊莎贝尔开口道。

卡斯通转过身来。

“我要见纳吉警长……”

警员有些慌乱，他半裸着上身，手里拿着拖把，脸唰地一下就红了。他瞟了一眼汤姆。伊莎贝尔顺着他的目光看过去，不禁倒吸了一口气。

汤姆跳了起来，却无法靠近她。他朝她伸出手去，她却望着他的脸，惊恐万分。

“伊奇！伊奇，亲爱的！”他用力拉着手铐，努力地伸长自己的手臂。她定定地站在那里，恐惧、懊悔和羞愧轮番折磨着她，一动也不敢动。突然，心头的恐惧战胜了一切，她转身就要冲出去。

一见到伊莎贝尔，汤姆整个人像是复活了一般。想到她可能会再次消失，他就无法忍受。他猛力拉扯着手铐，这一次，他竟然将水管从墙里拉了出来，水柱一下子从水管中喷出来。

“汤姆！”伊莎贝尔泣不成声。汤姆一把将她搂进怀里。“噢，汤姆！”她依偎在他强有力的怀抱里，依然止不住地颤抖，“我早该告诉他们的，我早该——”

“嘘，伊奇，嘘，没事的，亲爱的。没事的。”

纳吉警长从他的办公室里走了出来。“卡斯通，看在上帝的分上，你——”他忽然住了口，看着被汤姆抱在怀里的伊莎贝尔，那两个人被水管里喷出的水浇得浑身都湿透了。

“纳吉先生，那都不是真的——都不是真的！”伊莎贝尔哭喊着，“船冲上岸的时候，弗兰克·伦费尔特已经死了，留下露西是我的主意，是我不让他报告有船上岸的。都是我的错。”

汤姆紧紧地抱住她，亲吻着她的头顶。“嘘，伊奇，别说了。”他松开她，扶着她的肩膀，弯下腰和她对视，“没事的，亲爱的。不要再说了。”

纳吉缓缓地摇了摇头。

卡斯通已经迅速穿好了他的外衣。他一边梳理着他的头发，一边说：“长官，要逮捕她吗？”

“拜托你长长心眼，哪怕就一次，警察先生。在我们全体被淹死之前，赶紧去给我把那根破管子修好！”纳吉转过身来，那两个人四目相对，视线紧紧地纠缠在一起，不发一言，却胜过千言万语。“你们两个，到我办公室里来。”

羞耻。纳吉警长前来拜访，并告诉汉娜伊莎贝尔·舍伯恩已经坦白了事情的真相，那一刻，汉娜感到的不是愤怒，而是羞耻。她想起昨天去见伊莎贝尔，一想到自己提出的交易，脸上就火辣辣的。

“什么时候？她什么时候告诉你这些的？”她问道。

“昨天。”

“昨天什么时候？”

这个问题让纳吉觉得有点奇怪。这有什么区别吗？“大概五点钟。”

“那就是在……”她的声音渐渐低了下去。

“什么？”

汉娜的脸更红了，伊莎贝尔竟然没有接受她的牺牲，她竟然一直在撒谎，这样的事实让她觉得屈辱又愤恨。“没什么……”

“我以为你会想知道。”

“当然，当然……”她努力克制自己，“那么，她现在在哪儿？”

“她被保释了，在她父母那儿。”

汉娜无意识地抠着大拇指上的一根肉刺。“她会怎么样？”

“她会跟她的丈夫一起接受审判。”

“自始至终，她都在撒谎……她骗了我……”她摇了摇头，又陷入自己的思绪中。

纳吉吸了一口气。“唉，真是奇怪。去杰纳斯前，伊莎贝尔·格雷斯马克是一个很好的姑娘。看来，待在那个岛上对她一点好处也没有，应该是对谁都没好处。毕竟，是因为特林布·多切蒂自杀了，舍伯恩才得到了这份工作。”

汉娜犹疑着开口问道：“他们会被判多久？”

纳吉看着她说：“一辈子。”

“一辈子？”

“我不是说在监狱服刑的时间。他们两个人永远也不能获得真正的自由了，也永远走不出来了。”

“我也一样，警长。”

纳吉打量着她，决定赌一把。“你看，没人会把战功十字勋章颁发给一个懦夫，汤姆一定冒着生命危险救过许多兄弟的性命。我觉得，汤姆·舍伯恩是一个值得尊敬的人。他是一个好人，伦费尔特太太。伊莎贝尔也是个好姑娘。在那个岛上，她经历了三次流产，没有人去帮她。这些事情，放在别人身上，恐怕早就疯了。”

汉娜看着他，双手一动不动，等着他说下去。

“眼看着这样一个人沦落到现在的境况，实在是太让人痛心了。更别提他的妻子了。”

“你说这些是什么意思？”

“也许过几年你也会想到我说的这些。可到那时，就已经太晚了。”

她微微地侧头，仿佛想更好地理解他的话。

“我只是想问，这真的是你想要的吗？一场审判？让他们坐牢？你的女儿已经回到你身边了。是不是可以用其他方式……”

“其他方式？”

“现在斯普拉格不得不撤销对谋杀罪名的指控，所以他很快就会失去兴趣。只要这个案件还在帕特吉乌斯的管辖范围内，我就有回旋的余地。说不定哈斯拉克上校可以帮汤姆美言几句。不知你是否介意也替他说上几句话，请求宽大处理……”

汉娜的脸又涨红了，她突然跳起来。那些憋在心里好几个星期，甚至好几年的话，那些连她自己都没有意识到的话，在一瞬间都迸发了出来。“我受够了！我受够了被别人摆布的日子，那些人一时心血来潮毁掉了我的人生，我受够了。你根本就不了解我的感受，纳吉警长！你竟然还会跑到我家里来，对我说这些话？该死的，你凭什么！”

“我不是那个意思……”

“让我说完！我受够了，你明白吗？”汉娜大声吼了出来，“这一次，我绝不会再允许任何人对我的生活指手画脚！一开始，是我的父亲，他非要告诉我我应该嫁给谁；然后是该死的全镇的人，他们就像一群野蛮人一样，逼死了弗兰克。还有格温，她竟然想说服我把格蕾丝还给伊莎贝尔·格雷斯马克，我还同意了。我竟然同意了！你不用那么惊讶，你根本一点也不了解。”

“结果呢，原来那个女人一直在骗我！你凭什么？你凭什么跑来跟我说这些，甚至还建议我，应该再一次以别人为先！”她直起身子。“你给我滚出去！马上！马上给我走！不然我——”她抄起离她最近的一个东西——一个雕花玻璃花瓶，“我会拿这个砸你！”

纳吉躲闪不及，花瓶砸在了他的肩膀上，最后落到地板上，发出沉闷的声响，玻璃的碎片撒了一地，闪闪地发着光。

汉娜愣在那里，不确定自己是不是真的那么做了。她定定地盯着纳吉，等待着他的反应。

纳吉也一动不动地站在那里。微风吹动，窗帘轻轻飘起，一只硕大的绿头苍蝇在纱窗边嗡嗡乱飞。

长久的沉寂之后，纳吉说道：“感觉好点了吗？”

汉娜的嘴巴依然惊讶地张着。她一生中从来没有打过任何人，她甚至都没怎么骂过别人，更别说在她面前的是一个警察。

“有人对我扔过更过分的东西。”

汉娜低头看着地板。“对不起。”

警长弯下腰，捡起比较大的几块玻璃碎片，放到桌上。“小心别让孩子割到脚了。”

“她跟我父亲在河边玩。”汉娜喃喃地说。她胡乱指了指碎花瓶的方向，补充道：“我一般不会……”

“我知道你经历得太多了。不过幸好你砸的是我，而不是斯普拉格警长。”说着，纳吉的脸上露出一丝笑意。

“我不应该那样说话。”

“人有时候就会这样。我们并不总能控制住自己的行为。要是大家自控力都那么好，我就要失业了。”他拿起自己的帽子，“那我先走了，让你静一静，好好想想这些事。不过，时间不多了。法官一到，就会把他们送到奥班尼去，到那时，我就无能为力了。”

他走出门，外面日光正烈，火热的太阳炙烤着从东方飘来的几朵云。

汉娜的身体机械地移动着，她取来簸箕和扫帚，将地板上玻璃碎片都清扫干净，仔细检查了地面，生怕有遗漏。她拿着簸箕走进厨房，将碎片倒在一张旧报纸上，小心翼翼地包起来，然后丢到外面的垃圾桶里。

她正要回屋，却看到一旁的灯笼果树，这让她想起了格蕾丝刚回来的那天，就是躲在这棵树的后面。她一下子跪倒在草坪上，啜泣起来，记忆里跟弗兰克的一段对话突然在她的脑海里清晰起来。“但是怎么办呢？亲爱的，如果是你，你会如何对待这些事情？”她曾经这样问过他，“虽然你经历过很多纷争，却仍然很乐观。你是怎么做到的？”

“因为我选择了幸福，”他说道，“我可以选择沉浸在过去的悲伤之中，把时间用来憎恨那些给我带来不幸的人，我的父亲就是这样。或者，我也可以选择宽恕，选择遗忘。”

“可是这太难了。”

他微笑起来，那是弗兰克特有的笑容。“噢，我的宝贝，这么做的话，你会轻松许多。一次，你只需要宽恕一次就够了。如果你选择怨恨，那你每天每时每刻都要去恨，你得记住一切不好的事情。”他大笑，假装拭去眉毛上的汗水。“那我可得列个单子了，很长很长的单子，确保分配好对每个人的怨恨。这样我恨也恨得比较专业，很典型的日耳曼式怨恨！可其实不然，”他的声音严肃起来，“我们永远都有的选。每个人都是。”

她在草地上躺下来，感觉太阳正一点一点将她晒干。她只觉得筋疲力尽，半睡半醒间，她听到了蜜蜂飞舞的嗡嗡声，闻到了身边蒲公英的香气，她的手指触到了草丛下的红毛榴梿。最终，她坠入了梦乡。

牢房里的积水已经退去，他的衣服也干了，昨天傍晚与伊莎贝尔短暂的重逢也化作了一段回忆，可汤姆依然能感觉到伊莎贝尔皮肤上湿湿的触感。他希望这是真的，却又希望这只是幻觉。如果这是真的，那他的伊奇又回来了，就像他祈祷的那样。如果这是幻觉，那至少说明她很安全，不会有牢狱之灾。他纠结在这两种感觉之间，既宽慰又担忧，他不知道今生是否还有机会与她再次相拥。

塞普蒂默斯和他的外孙女坐在河边，看着来来往往的船只。“你知道谁以前是一个优秀的水手吗？我的汉娜。在她很小的时候。她是个聪明伶俐的孩子，擅长很多事情，总是能给我带来惊喜，就跟你一样。”他拨弄着她的头发，“你是我的救星，格蕾丝，就是你！”

“不是，我是露西！”她很坚持。

“你生下来的时候叫格蕾丝。”

“但是我想做露西。”

他看着她，琢磨一会儿。“这样吧，我们做个交易。我们两人各让一步，我以后就叫你露西 - 格蕾丝。那我们握个手，表示成交？”

草地上，一团阴影遮住了汉娜的脸，她从睡梦中醒来，一睁开眼睛，便看到格蕾丝站在几英尺外，正盯着她看。汉娜迷迷糊糊地坐起来，捋了捋她的头发。

“跟你说了吧，你看着她她就会醒的。”塞普蒂默斯笑道。格蕾丝浅浅地笑了。

汉娜刚要站起来，塞普蒂默斯却对她说：“别动，就坐在那儿。现在，我们的小公主，不如你也去坐在草地上，跟汉娜讲讲我们看到的那些船吧。你一共看到了多少艘船？”

小姑娘犹豫了一下。

“来说说，还记得你是怎么掰手指计数的吗？”

她举起手来。“六艘。”她边说边伸出一只手的五根手指和另一只手的三根手指，然后又收回去两根。

“我去厨房找找看有没有甜酒，你就待在这儿，跟汉娜讲讲那只嘴里叼着一条大鱼的贪心的海鸥吧。”

格蕾丝在离汉娜几英尺的地方坐下来，她的金发在阳光下熠熠生辉。汉娜想跟父亲讨论一下纳吉警长来拜访的事情，想问问他的意见。但她从来没见过格蕾丝这般愿意跟她讲话，愿意跟她一起玩，她舍不得破坏这样的时刻。她习惯性地将眼前的孩子与记忆里的那个宝宝比较，努力找寻她失去的女儿的影子。“我们永远都有的选。”她停下来，忽然想起了这句话。

“我们来做个雏菊花环好吗？”她问。

“雏菊哇环是什么？”

汉娜微笑。“是花环。来，我给你做一顶皇冠。”她说着，摘下了身旁的蒲公英。

她教格蕾丝用拇指的指甲划开蒲公英的茎，然后将另一根茎从划出的孔里穿过去。她看着女儿的双手，看着手上的动作。那不是她宝宝的手。这双手属于一个她需要重新认识的小姑娘，而这个小姑娘也需要了解她。“我们永远都有的选。”胸口一下子轻松了许多，仿佛闷气一下子都吐光了。

第三十六章

太阳从地平线上升起，汤姆站在帕特吉乌斯的码头上，等待着。他看见汉娜正慢慢走来。他上一次见她，还是六个月前，她似乎变了，脸圆润了，整个人也更加轻松。她终于开口道：“那么……”声音平和。

“我想说，对不起。还有，谢谢你为我们所做的一切。”

“我不需要你的感谢。”她说。

“如果不是你替我们说话，我可能还得在班伯里监狱待很久。”班伯里监狱这几个字，让汤姆感到难以启齿，言语中充满了羞愧和内疚，“我的律师说，多亏了你，伊莎贝尔才得以缓刑。”

汉娜看着远方。“让她坐牢于事无补，你也一样。木已成舟，你在里面待得再长都没用。”

“不管怎样，我还是要感谢你，你能做这样的决定一定很不容易。”

“我第一次见你，是你救了我。当时你并不认识我，完全可以不管我。对我来说，那很重要。而且我知道，要不是你救了我的女儿，她可能早就死了。这一点我一直铭记于心。”她停顿了一下，“但我不会原谅你，不会原谅你们两个人，竟然撒那样的谎……但是我会放下过去的事情。

那些人就是因为没有放下，才会对弗兰克做出那样的事情。”她停下来，手指不自觉地转动着结婚戒指。“讽刺的是，弗兰克如果还活着，会是第一个原谅你们的人，也会是第一个为你们说话的人，他总是很体谅别人。这是我唯一能为他做的。”她看着他，眼里闪着泪光。“我爱那个男人。”

他们望着海面，沉默地站在那里。最终，汤姆说：“我们无法将那些年还给你，你思念着格蕾丝的那段日子。她是一个很好的小姑娘。”他看到汉娜脸上的表情，补充道：“我向你保证，我们再也不会靠近她了。”后面的话哽在喉咙里，但他努力往下说，“我知道我没有权利要求你做任何事。可是，如果有一天——也许等她长大了——她想起我们，问起我们的时候，你能不能告诉她，我们爱她。”

汉娜站在那儿，在心里掂量着什么。

“她的生日是二月十八日。你们不知道吧？”

“不知道。”汤姆的声音很安静。

“她出生的时候，脐带在脖子上缠了两圈。弗兰克——弗兰克总是唱着歌哄她睡觉。你看，也有我知道而你们不知道的事情。”

“嗯。”他轻轻地点头。

“我怪你，我怪你的妻子。我当然会怪你们。”她直视着他，“因为你们，我很害怕，我的女儿可能永远不会爱我。”

“爱是孩子的本能。”

她的目光转向码头边一艘随波轻荡的小船，她皱了皱眉，说道：“这里从来没有人提过那件事——关于弗兰克和格蕾丝怎么会跑到那条船里。从来没有人为这个道歉。甚至，连我父亲都不太愿意提起这件事。你至少还对我说了对不起。”过了一会儿，她又说：“你们去哪儿？”

“奥班尼。我出狱时，拉尔夫·阿迪科特帮我在那里的港口找了份工作。现在，我终于可以去找我的妻子了。医生说她需要静养。她现在在疗养院，被照顾得很好。”他清了清喉咙，“得说再见了。希望你的生活能好起来，还有露——格蕾丝。”

“再见。”汉娜深呼了一口气。

夕阳将桉树的叶子都染成了金黄色，汉娜走在小径上，去父亲家接她的女儿。

塞普蒂默斯和他的外孙女一起坐在屋前的走廊上。“这头小猪待在家里……”她坐在他的膝盖上，他一边讲故事，一边扭了扭外孙女的脚趾，“露西－格蕾丝，看，谁来了？”

“妈咪！你去哪儿了？”

女儿的小脸再一次打动了汉娜，在这张脸上，汉娜看到了弗兰克的笑容、弗兰克的眼睛，还有他的金发。“也许有一天，我会告诉你的，小东西。”汉娜轻轻地吻着她说，“我们现在可以回家了吗？”

“我们明天还能来外公家吗？”

塞普蒂默斯大笑。“你随时都可以来看外公，小公主。随时。”

桑普顿医生说得对——只要给她时间，小丫头就会渐渐习惯她的新生活，又或许，这才是她原有的生活。汉娜伸出双臂，等着女儿奔进她的怀抱。她的老父亲微笑着。“这才对，我的女儿。这才对。”

“来吧，亲爱的，我们走了。”

“我要自己走。”

汉娜把她放下来，小姑娘跟在她身后，走出大门，沿路向前。为了让露西-格蕾丝能跟上她，汉娜走得很慢。“看到那只笑翠鸟了吗？”她问，“它在微笑呢，看见了吗？”

小姑娘一开始并没有注意，等她们走近了，那只鸟忽然像机枪一样爆发出一连串大笑声。她停下脚步，惊讶地望着它，她从未这么近距离地看过这种生物。那只鸟再一次连珠炮似的叫唤起来。

“它在笑呢，它一定很喜欢你。”汉娜说，“不过也可能是要下雨了，笑翠鸟总是会在下雨前笑。你会学它笑吗？”汉娜模仿起那只鸟的叫声，二十多年前，她妈妈就是这么教她的。“来，你试试。”

小姑娘学不来那么复杂的叫声。“我要学海鸥叫。”她说，海鸥是她最熟悉的鸟类，她发出的声音尖厉而刺耳，学得惟妙惟肖，“好了，轮到你了。”她说。汉娜大笑，嘲笑起自己的糟糕模仿来。

“你一定要教我，亲爱的。”汉娜说。两个人一起继续向前走去。

码头上，汤姆回想起他第一次来到帕特吉乌斯时的情景。而现在，是他最后一次看着这个地方了。菲茨杰拉德和纳吉对所有的指控进行了权衡，削弱了斯普拉格的那番“激进主义”。菲茨杰拉德律师口才了得，明确表明拐带儿童的罪名不可能成立，因此与此相关的其他指控也都不可能成功。至于剩下的那些行政指控，尽管审判在帕特吉乌斯而非奥班尼进行，但是，如果没有汉娜的有力辩护和请求宽大处理，汤姆仍可能面临严重的处罚。最终，他被送往了班伯里监狱，位于帕特吉乌斯和珀斯的中间，那里的条件要比弗里曼特尔或奥班尼好不少。

太阳徐徐地沉入海平面，汤姆又感觉到那种恼人的条件反射。离开杰纳斯后的几个月里，每到这个时间，他似乎仍准备爬上那一百多级楼梯去点灯。而现在，他坐在码头的尽头，看着那几只海鸥，轻盈地在水面上嬉戏。

他思忖着这个世界，没有了他，生活仍在继续，故事还在展开。露西说不定已经躺进了被窝。他想象着她只露一个脑袋在被子外面的样子。不知道她现在长成什么样了，不知道她会不会梦到她在杰纳斯上的时光，不知道她会不会怀念她的灯塔。还有伊莎贝尔，她躺在疗养院的小铁床上，不停地哭泣，为她的女儿，也为她过去的生活。时间会冲淡一切。这是他对她的承诺，也是他对自己的承诺。她会好起来的。

去奥班尼的火车还有一小时就要出发了。天一黑，他就将穿过小镇，走到车站去。

几个星期后，奥班尼疗养院的花园里，汤姆坐在铁长椅的一端，伊莎贝尔坐在另一端。粉红色的百日草刚刚度过它们最美丽的时期，现在有点颓败，花瓣的边缘已经变成棕色。南风吹过，花瓣落了一地。

“之前见面的时候，你看起来很不好。现在一切都还顺利吗？”伊莎贝尔的口吻有点疏离，却又透着关切。

“不用担心我。我们现在需要关心的是你。”一只蟋蟀停在长椅的扶手上，欢快地鸣叫起来。他看着那只蟋蟀说道：“他们说你已经好了，随时都可以出院，伊奇。”

她垂下头，将一缕头发夹到耳后。“一切都回不去了。我们两个人经历的这一切——没有回头路可以走。”她喃喃自语道，“更何况，还剩下什么呢？”

“什么还剩下什么？”

“一切。我们的生活——还剩下什么？”

“灯塔上的生活一去不复返了，如果你是说这个的话。”

伊莎贝尔重重地叹了口气。“我不是指这个，汤姆。”她摘下一朵金银花，仔细地看了看，然后撕碎了一片又一片叶子，锯齿状的碎片七零八落地撒在她的裙子上。“我失去了露西——就好像身上有什么东西被割掉了。我不知道怎么用语言形容这种感觉。”

汤姆向她伸出手去，伊莎贝尔却躲开了。

“告诉我，你也有这样的感觉。”她说。

“伊奇，说这些能改变什么？”

她将叶子的碎片堆成一堆。“你根本就不明白我在说什么，是吗？”

他皱了皱眉，内心无比挣扎。她扭开脸去看天边的白云，云朵翻滚着，渐渐地向太阳飘去。“你是一个很难被了解的人。有时候，和你生活在一起，让人感到很孤单。”

他顿了顿。“你想要我说什么，伊奇？”

“我想要我们幸福，我们所有人。露西打动你了，让你打开了心扉，我真的很高兴。”她沉浸在回忆中，过了好一会儿才又说话，脸上的表情却变了，“自始至终，我都不知道你做了什么。你每一次抚摸我的时候，你每一次——我根本不知道你有事瞒着我。”

“我试着跟你说过，伊奇。可是你不让我说。”

她一下子站起来，身上的碎叶盘旋着落到草地上。“我要让你觉得痛，汤姆，就像你带给我的痛一样。你知道吗？我要报复。”

“我都知道，亲爱的。我知道。可是一切都过去了。”

“什么，你原谅我了？就这样？就好像什么也没发生过一样？”

“你是我的妻子，伊莎贝尔。”

“你的意思是你还要跟我在一起……”

“我的意思是，我答应过要与你共度一生。而且，我依然想跟你在一起。伊奇，我付出了很大的代价才明白，无论未来怎样，都不要妄想改变过去，过去是无法改变的。”

她转过身，又从金银花的藤上摘下一朵。“那我们要怎么办？我们去哪儿生活？我不能每天看着你，却对你心怀怨恨。这让我感到惭愧。”

“不会的，亲爱的，你不会的。”

“一切都毁了，来不及了。”

汤姆的手覆上她的。“我们已经尽力弥补了错误。能做的我们都做了。现在，我们只需像原来一样生活。”

她沿着草地旁边的小径慢慢地向前走着，汤姆一个人坐在长椅上。她绕着草坪走了整整一圈，最后走回来说：“我不想回帕特吉乌斯，我不再属于那个地方了。”她摇了摇头，看着天空中变幻莫测的云朵。“我最近总在想，我到底属于哪里？”

汤姆站起来，一只手搭上她的手臂。“无论我们在哪里，你都属于我，伊奇。”

“汤姆，是真的吗？”

她手里拿着那朵金银花，心不在焉地抚摸着叶子。汤姆从花朵中拉下一个奶白色的花心。“小时候我们经常吃这个，你吃吗？”

“吃？”

他咬住花心的一头，从最里面吮吸出一滴花蜜。“一会儿就没味道了，不过很值得一尝。”他采下另一个花心，放到她的唇间。

第三十七章

一九五〇年八月二十八日，霍普敦。

那时的霍普敦几乎什么都没有，只有一条长长的码头，仿佛在低声诉说着过去它作为金矿区港口时的那段光辉岁月。一九三六年，汤姆和伊莎贝尔搬到这里的几年后，港口便关闭了。汤姆的哥哥塞西尔只比他们的父亲多活了几年，他去世后，汤姆用他留下的钱在城外买了一座农场。按照当地的标准，他们的房子很小，距离海岸却只有几英里。房子傍山临海，一低头便是一览无余的海滩。他们过着很平静的生活，偶尔进趟城。

霍普敦坐落在帕特吉乌斯以东不到四百英里的宽阔海湾里。这样的距离不是很近，他们不会在这里撞上帕特吉乌斯的任何人，却也不太远，伊莎贝尔的父母在世时，每逢圣诞节，他们都会来这里与他们团聚。汤姆和拉尔夫每隔一段时间就会给对方写信——通常只是一个问候，简短而平淡，但他们之间的感情却一如既往。希尔达去世后，他们的女儿和家人搬进了拉尔夫的小屋照顾他，可最近，他的身体却每况愈下。布鲁伊和吉蒂·凯利结婚的时候，汤姆和伊莎贝尔没有去参加婚礼，但却寄了礼物。他们再也没有回过帕特吉乌斯。

二十年的美好时光就像一条乡间小河般静静流过，在岁月中慢慢沉淀下来，静远流深。

时钟准时响起。他差不多得出发了。如今有了柏油马路，开车一会儿就能到城里，不像他们刚来的时候需要很久。汤姆系好领带，忽然看到有个头发花白的陌生人瞥了他一眼，只一眨眼的工夫，他便意识到那是镜中的自己。如今，他的西装松松垮垮地挂在身上，衬衫领子和脖子间也有了缝隙。

窗外，遥远的海面上，波涛汹涌澎湃，碎作簇簇白色的泡沫。在这茫茫大海中，时间仿佛永远不会流逝。

他将一个信封放进樟木箱里，虔诚地关上箱盖。过不了多久，这封信就将失去一切意义，就像他当年在战壕里用过的那些语言一样，永远被锁在时间的记忆里。岁月冲淡一切悲喜，留下的不过是一段灰白色的往事，不剩半点情意。

已是癌症末期，伊莎贝尔剩下的日子越来越少，除了等待，已别无他策。最后几个星期，汤姆每天都握着她的手，坐在她床边。他会问她："还记得那台留声机吗？"或者也会说："我真想知道缪伊特老太太后来怎么样了。"每当这时，她便会微微笑。有时候，她会提起精神对他说"你可别忘记给那些树剪枝"，或者"给我讲个故事吧，汤姆。讲一个大团圆结局的"。于是，他抚摸着她的面颊，低语："从前有个女孩，她的名字叫伊莎贝尔，她是方圆几英里之内最活泼最热情的女孩……"

他一边讲着故事，一边看着她手上的斑。他注意到，这些天她的指关节肿胀了不少，她的手皮薄如纸，那枚戒指松垮垮戴在指间。

在生命的弥留之际，她已无法喝水，他用湿毛巾的一角给她喂水，为了不让她的嘴唇开裂，他给她涂上了绵羊油。她的长发编成一条粗辫子垂在背后，他抚摸着她的银发，看着她的胸口虚弱地起起伏伏，他又在她的呼吸里看到了那种不确定，露西第一次到杰纳斯的时候，她就是这样，挣扎而喜悦。

“汤姆，遇见我你后悔吗？”

“我生来就是为了遇见你，伊奇。我想，这就是上帝让我来这世间的原因。”他亲了亲她的脸颊。

他依然记得几十年前最初的那个吻，斜阳下，微风习习的海滩上，那个无所畏惧、跟着感觉走的女孩。他也记得她对露西的爱，直接、强烈，毫无疑问——如果事情不是变成现在这样，那将是值得用一生来报答的爱。

过去三十年里的每一个日日夜夜，他的每一个行动都在向伊莎贝尔表达着他的爱。可是现在，没有时间了。他再也没有机会了，于是他迫切地问：“伊奇，”他有点犹豫，“你有什么事情要问我的吗？任何你想知道的事？什么都行。我不太擅长这个，但只要是你想知道的，我一定尽力回答你。”

伊莎贝尔试图挤出一丝微笑。“你会这样说，一定是觉得我快不行了，汤姆。”她微微地点了一下头，拍了拍他的手。

他对上她的眼。“也可能是我准备好告诉你了呢……”

她的声音很虚弱。“没关系。现在，我已经没什么想知道的了。”

汤姆抚摸着她的头发，久久凝视她的眼睛。他将额头贴上她的，他们就这么一动不动，直到她的呼吸变得急促起来。

“我不想离开你。”她抓着他的手说，“我很害怕，亲爱的，很害怕。如果上帝不原谅我怎么办？”

“上帝早就原谅你了。他当时就原谅你了。”

“那封信？”她焦急地问道，“你会好好保管那封信的，是吗？”

“我会的，伊奇。我会好好保管它。”外面的风将窗户吹得咣咣直响，就像几十年前在杰纳斯岩上一样。

“我不想说再见，万一被上帝听见了，他会觉得我已经准备好要走了。”她再次紧握住他的手。在那之后，她就再也说不出话来了。她的呼吸越来越弱，只偶尔还会睁开眼来。她的眼里流转着很亮很亮的光芒，仿佛刚刚知晓了一个秘密，忽然明白了什么。

最后的那个晚上，她的呼吸变了，对于这种变化，汤姆再了解不过。就像冬日云层里的一痕残月，她离开了他，飘然而去。

尽管他们已经有了电，但他没有开灯。他坐在那里，看着她的脸沐浴在煤油灯柔和的光线里。火焰的光芒，更温和，更仁慈。整整一夜，他守在她的身边，等到天亮他才给医生打电话。他就像从前一样，坚守着。

葬礼结束两天了，汤姆一个人坐在空荡而冷清的屋子里。有辆汽车正从远处驶来，在天空中扬起一缕尘烟。也许是农场里的哪个工人回来了。等它驶近，他又看了看，那是一辆新车，看上去很贵，挂着珀斯的牌照。

车子停在屋子旁边，汤姆走到前门。

一个女人从车里下来。她花了一点时间理顺她的金发，在颈后编了个辫子。她看看四周，然后慢慢地走上走廊。汤姆等在那里。

“下午好，”他说，“你迷路了吗？”

“希望没有。”那个女人答道。

“有什么我能帮你的吗？”

“我在找舍伯恩家。”

“那你找到了。我是汤姆·舍伯恩。”他等着她继续往下说。

“那我没有迷路。”她腼腆地笑起来。

“不好意思，”汤姆说，“这周太忙了。我是不是忘记什么了？是不是有预约？”

“没有，我没有预约，我就是来找你的，还有——”她犹疑了一下，“——舍伯恩太太，我听说她病得很重。”

看到汤姆有些疑惑，她说：“我是露西－格蕾丝·卢瑟福。伦费尔特是以前……”她又微笑起来。“我是露西。”

他难以置信地看着她。“露西？小露西。”他一动不动，几乎是在自言自语。

她的脸一下子就红了。“我不知道该称呼您什么。还有——舍伯恩太太。”她忽然闪过一个念头，“希望她不会介意，希望我没有打扰到她。”

“她一直希望你能够来。”

“等等，我有个特别的礼物要给你们看。”说着，她转头朝车子走去。她伸手从前座拎出一个摇篮走回来，脸上的表情既温柔又骄傲。

“这是克里斯多夫，我的儿子。三个月大了。”

汤姆看着那个从毯子中探出头来的孩子，他跟露西小的时候那么像。他的心里忽然一阵刺痛。“要是伊奇能看到他就好了，你的到来，对她来说是那么重要。”

“噢，真对不起……她是什么时候……”她没有说出那几个字。

“一周前。星期一是她的葬礼。”

“我不知道。如果你介意，我……”

他又看了一会儿那个孩子，最后终于抬起头来，唇边带着一丝恋恋不舍的微笑。“进来吧。”

汤姆端着一个托盘走进来，托盘上放着茶壶和茶杯。露西－格蕾丝坐在那儿，远远望向大海，孩子躺在她身边的摇篮中。

“我们从哪儿说起呢？”她问。

“我们先静静地坐一会儿怎么样？”汤姆叹了一口气，“小露西，已经过了那么多年了。”

他们沉默地坐在那儿，喝着茶，听着风从海面上咆哮而来。偶尔，风会吹开云层让阳光射下来，穿过窗玻璃，落在地毯上。露西呼吸着这屋子里旧木、烧火和打蜡的味道。她不敢直视汤姆，所以打量起整个屋子。一幅圣米迦勒的画像、一只装着黄玫瑰的花瓶。汤姆和伊莎贝尔的结婚照片，那时的他们，脸上绽放着明媚的笑容，充满了希望。架子上放着很多有关航海、灯塔、音乐的书，有些书很厚，只能横着放在书架上，其中有一本叫作《布朗星图》。房间的角落里有一台钢琴，钢琴的顶上堆着许多乐谱。

“你怎么会知道的？”汤姆最终问道，“伊莎贝尔的事情？”

“我妈妈告诉我的。拉尔夫·阿迪科特去见了她，他说你信中写伊莎贝尔病得很重。”

“在帕特吉乌斯？”

“嗯，她现在住在那儿。我五岁的时候，妈妈带着我去了珀斯。

一九四四年，我加入了澳大利亚空军女兵辅助队，她就搬回了帕特吉乌斯。后来，她好像一直和格温阿姨一起住在柏梦塞。战后，我一直住在珀斯。”

“那你的丈夫……？”

她灿烂地一笑。“亨利！我们是在军队里认识的……他是一个很好的人。我们去年结的婚。我很幸运。”她望着远处，“这些年，我经常会想起你们，想知道你们怎么样了。但是，直到……”她停了停，“直到有了克里斯多夫，我才真正明白你们为什么要那么做，也明白了妈妈为什么一直不能原谅你们。”

她抚平裙子。“我还记得一些事情。至少我觉得还记得——有点像某个梦中的片段，灯、灯塔，还有围着它的阳台——那叫什么？”

“瞭望台。”

“我记得我坐在你的肩膀上，还有和伊莎贝尔一起弹钢琴。好像还有一种鸟，会站在枝头对你说再见？

“这一切混在一起，我记得不太清楚。然后就是去了珀斯，开始了新生活，又上了学。可最重要的是，我记得风、海浪和大海，它们已经融进了我的血液。我妈妈不喜欢水，从来不去游泳。”她看着孩子。“我没法早来。我必须得等到妈妈她……我得为她祈福。”

汤姆看着她，偶尔，他能从这张脸上看到她孩提时的影子。可他很难将眼前的女人和那时的小丫头联系在一起，也很难找回那个年轻时候的自己，那个如此深爱着她的自己。可在他心中的某个角落，有那么一会儿，他仿佛又听到了她的叫声，清晰如昨，“爸爸！抱我，爸爸！”

“她留了东西给你。”说着，汤姆走向那个樟木箱，从箱子里拿出一个信封，交给了露西－格蕾丝。她拿着那封信，过了好一会儿，才打开来。

亲爱的露西：

好久不见。真的好久。我答应过要远离你，这对我来说很难，可是我做到了。

当你读到这封信的时候，我已经离开了人世。我很高兴，因为这意味着你来找我们了。我从来没有放弃过希望。

箱子里有一些你小时候的东西：你的洗礼袍、你的小黄毯子、一些你孩提时代画的画，还有那些年里我为你做的东西。我都帮你好好保管着——你生命中遗失的那段时光。也许有一天你会来寻找它。

你现在是大人了。希望上天能够善待你。

希望你能原谅我，原谅我将你留下，又让你离开。

你要知道我们一直爱着你。

致上我全部的爱。

精致的绣花手帕、针织的毛线鞋、绸缎软帽，这些都仔细地叠放在樟木箱里。直到此时，汤姆才知道，原来伊莎贝尔一直保留着这些东西，这些过去时光的片段。露西－格蕾丝打开一个系着缎带的画卷。那是杰纳斯的地图，很久很久之前被伊莎贝尔点缀过的那张：沉船滩、危险湾——纸上的墨迹清楚依旧。他只觉得一阵心痛，想起她捧着这张地图给他看时，他却在害怕违反条例。那一瞬间，对伊莎贝尔的爱和失去她的痛再次淹没了他。

露西－格蕾丝看着地图，一滴泪顺着她的脸颊流了下来。汤姆将他叠得整整齐齐的手帕递给她。她擦干眼泪，思索着，终于说道：“我一直没有机会感谢你们。谢谢你，还有——还有妈妈，谢谢你们救了我，还把我照顾得那么好。那时我太小了……现在，一切都晚了。”

“没什么好谢的。”

“如果不是你们，我早就不在这个世界上了。”

孩子哭了起来，露西弯腰抱起他。“嘘，嘘，宝宝乖。没事，宝宝没事。”她来回轻轻摇晃着，孩子渐渐安静下来。她转向汤姆。“你要抱抱他吗？”

他犹豫着。“我很久没抱过孩子了。”

“来嘛。”她说着，将小小的襁褓轻轻地送到他的怀里。

“噢，瞧瞧你，”他笑着说，“长得跟你妈妈小时候一模一样。一样的鼻子，一样的蓝眼睛。”孩子好奇地盯着他，那种久违的感觉一瞬间将他淹没。“噢，伊奇如果看到你一定很高兴。”一个唾沫泡泡从孩子的唇间冒出来，在阳光下晶莹剔透，汤姆看着泡泡上的那道彩虹。“伊奇一定会很爱很爱你。”他说着，声音哽咽。

露西－格蕾丝看了看她的手表。“我差不多得走了。我今晚住在雷文斯索普，天黑了开车不太方便——路上会有袋鼠。”

“当然。”汤姆朝樟木箱子点了点头，“我帮你把东西放到车上吧？我是说，如果你想带走的话。当然，如果你不想，我也理解。”

“我不想带走它们。”她说。汤姆的脸色一下子就变了，她却微笑起来。“因为这样，我们就有借口回来了。”

阳光洒在海面上，波光粼粼。走廊上，汤姆坐在那张旧躺椅里。在他旁边，伊莎贝尔的椅子上放着她做的靠垫，上面绣着星星和一弯月亮。

风小了些，海平面上，云层被染了深深的橙红色。一束光芒从暮色中穿透而出：那是霍普敦灯塔。这个灯塔现在是自动的——自从主港口关闭后，它就不再需要看守人。他回忆起在杰纳斯的那些日子，还有那盏他照顾了很久很久的灯，它的每一次闪烁仿佛都能穿透黑暗，抵达这个世界的边缘。

他的双臂仿佛依然抱着克里斯多夫，他是那么小，那么轻。这种感觉唤醒了他身体里的记忆，他想着自己那个死去的儿子。如果他还活着，这么多人的生活都将会不一样。他想了很久，叹了口气。这种想法毫无意义。人生只有一条路，他生活在他的生命里，他爱那个他爱着的女人。这个世界上，没有哪两个人的生命轨迹是相同的，过去不曾有，将来也不会有，这于他，毫无关系。他依然想念着伊莎贝尔，想念她的笑容，想念她皮肤的触感，泪水不由得潸然而下。

海平面上，太阳即将落下，仿佛沉甸甸压在天平一端的砝码，而另一端——他回头看了看身后——一轮圆月正徐徐升起。每一次的结束，都是一个新的开始。

他这辈子的旅程还没有完。他知道，是过去的每一天，沿途遇到的每一个人成就了他。伤痕只是另一种记忆。无论伊莎贝尔在哪儿，她都是他的一部分，还有那场战争、那座灯塔、那片海洋。很快他们的人生将被时光淹没。青草渐渐爬满他们的坟头，他们的故事终究不过是一块无人问津的墓碑。

他望着大海渐渐沉入黑夜，清楚地知晓，那道光一定会再次出现。